Andrea Vitali

# Als der Signorina Tecla Manzi das Herz Jesu abhanden kam

Zu diesem Buch

Friedlich träumt der kleine Ort Bellano am Comer See dem Ferienende entgegen. Auch in der Kaserne der Carabinieri richtet man sich auf einen entspannten spätsommerlichen Nachmittag ein. Bis eine kleine alte Frau sich resolut den Zugang zum Büro des Brigadiere erstreitet: die Signorina Tecla Manzi. Hat man ihr doch aus dem wohlgehüteten Heim das Bildchen des heiligen Herzen Jesu entwendet. Um die scheinbar senile Kundin loszuwerden, bemühen sich die Carabinieri um eilige Erfüllung der lästigen Pflicht – und stoßen dabei auf ein dunkles Geheimnis, in das so mancher unbescholtene Bürger des Ortes verwickelt ist. Mit köstlichem Humor und einem liebevollen Blick auf die skurrilen Eigenarten seiner Landsleute erzählt Andrea Vitali eine charmante Geschichte um Madonnenerscheinungen, korrupte Bankdirektoren und auferstandene Tote.

*Andrea Vitali*, geboren 1965 in Bellano am Comer See, betreut heute die Einwohner seines Heimatortes als Hausarzt, und ganz Italien liebt ihn für seine vergnüglichen Romane um die Eigenheiten seiner Mitmenschen und die norditalienische Lebensart. Seine Bücher brachten ihm bereits mehrere Literaturpreise sowie ausgezeichnete Plazierungen auf der Bestsellerliste ein. Zuletzt erschien von ihm auf deutsch »Tante Rosina und das verräterische Mieder«.

Andrea Vitali

# Als der Signorina Tecla Manzi das Herz Jesu abhanden kam

Roman

Aus dem Italienischen von
Christiane Landgrebe

Piper München Zürich

FSC

Dieses Taschenbuch wurde auf FSC-zertifiziertem Papier gedruckt. FSC (Forest Stewardship Council) ist eine nichtstaatliche, gemeinnützige Organisation, die sich für eine ökologische und sozialverantwortliche Nutzung der Wälder unserer Erde einsetzt (vgl. Logo auf der Umschlagrückseite).

Ungekürzte Taschenbuchausgabe
1. Auflage März 2007
3. Auflage November 2008

Titel der italienischen Originalausgabe:
»La Signorina Tecla Manzi«

Umschlag / Bildredaktion: Büro Hamburg
Heike Dehning, Charlotte Wippermann,
Alke Bücking, Daniel Barthmann
Umschlagfoto: Lester V. Bergman / Corbis (oben) und
Susanna Rescio / Bilderberg (unten)
Autorenfoto: Basso Cannarsa
Satz: Filmsatz Schröter, München
Papier: Munken Print von Arctic Paper Munkedals AB, Schweden
Druck und Bindung: CPI – Clausen & Bosse, Leck
Printed in Germany ISBN 978-3-492-24934-8

www.piper.de

*Anmerkung:*

Rangfolge in der Hierarchie der Carabinieri/Arma:
Maresciallo maggiore (Hauptfeldwebel)
Maresciallo (Feldwebel)
Brigadiere (Obergefreiter)
Appuntato (Gefreiter)
Piantino oder Carabiniere semplice (Schütze)

# I

*»Osmide heißt sie«*, sagte Zio Pino.

Der Brigadiere Efisio Mannu blieb abrupt stehen, mitten in dem kleinen Innenhof des Hauses von Zia Ninna. Er drehte sich um und sah seinen Onkel wortlos an, dann verharrte er neben dem großen Limonenbaum, der im Hof gen Himmel ragte. Pino grinste. Dabei hat ihn doch keiner was gefragt, dachte Efisio.

Zio Pino aber hatte den Weitblick des Jägers. Es war schwer, etwas vor ihm zu verbergen. So hatte er erst vor kurzem gemerkt, wie Efisio während der Prozession der heiligen Margarita, der Schutzheiligen von Siliqua, wie vom Blitz gerührt stehengeblieben war. Als an der Spitze des Zuges von singenden Frauen das Mädchen in der Tracht erschien, nahm er auf dem Gesicht seines Neffen eine plötzliche Blässe wahr, als habe diesen ein Kälteschauer gepackt – ein Ding der Unmöglichkeit, denn es war der dritte Samstag im September, und die Sonne schien noch kräftig.

»Osmide Bachis«, sagte Zio Pino aufdringlich.

Immer noch schweigend, pflückte Efisio eine riesige Limone vom Baum, rieb sie an der Hose und biß die Hälfte ab. Langsam kaute er das saftige Fruchtfleisch und spürte sogleich, daß Schweißperlen von seiner Nase herabfielen. Dann wollte er etwas sagen.

»Aber es wäre besser, die Finger davon zu lassen.« Schon wieder Zio Pino.

Efisio sah zum Himmel auf, einem ganz anderen

Himmel als am Comer See, höher und weiter. Hoch oben zogen Wolken dahin, Schwärme von Bienenfressern kreisten umher. Er spritzte sich den Saft der anderen Limonenhälfte in den Mund und schluckte.

»Ennio Bachis, ihr Vater«, erklärte Zio Pino weiter, »steht auf der schwarzen Liste. Er ist nicht zur Wahl gegangen.«

Zio Pino meinte die von der Mussolini-Regierung anberaumte Volksabstimmung: Die Wahlen hatten am 24. März 1929 stattgefunden. Die Namen derer, die den Mut gehabt hatten, nicht zu wählen oder mit Nein zu stimmen, standen auf einer Liste, die in den Polizeiquästuren ganz Italiens hing.

Efisio wandte sich um und sah ihn an, Tränen in den Augen. Jetzt begriff er, worauf Zio Pino anspielte: Wenn die Armee erfuhr, daß einer ihrer Angehörigen ein Techtelmechtel mit der Tochter eines mutmaßlichen Regimegegners hatte, der in der Quästur bekannt und vielleicht bereits verwarnt worden war, würde er nicht befördert.

Der Limonensaft brannte im Magen des Brigadiere Efisio Mannu wie in seinen Gedanken das Verlangen, das Mädchen wiederzusehen. Aber sein Urlaub war zu Ende. Am nächsten Morgen um sechs würde schon der Autobus warten und die lange Strecke von Siliqua über die Via Carlo Felice bis nach Porto Torres vor ihm liegen, wo er das Schiff besteigen und auf das Festland zurückkehren würde.

»Die Limonen von Zia Ninna!« rief endlich der Brigadiere. Seine Zunge hatte sich zusammengezogen.

»Nimm ein paar mit«, sagte Zio Pino, pflückte eine

und ließ sie in der Hand auf- und abspringen. »Dann kannst du ja, wenn du Sehnsucht bekommst …«

Efisio begriff sofort, was er meinte. Er wandte ihm den Rücken zu und ging auf das Haus zu. An der Schwelle warf er die Limone, ohne sich umzudrehen, nach hinten zu Zio Pino zurück.

Sie setzten sich zu Tisch. Zum Abschiedsessen hatte Zia Ninna Schweinsfüßchen mit frischen Artischocken gekocht. Efisio spürte, wie sich sein Magen zusammenzog, und das nicht nur wegen der Limone, die er gerade gegessen hatte.

»Danke für den Hinweis, Pino«, sagte er.

»Ich sage dir morgen früh noch auf Wiedersehen.«

## 2

*Er war noch im Zug*, die Tür war bereits geöffnet, die Bremsen kreischten. »Bellano Tartavalle Terme« – ein Buchstabe nach dem anderen wurde die Schrift auf der Tafel sichtbar.

Der Brigadiere Efisio Mannu sah den Stationsvorsteher Masento mit dem üblichen Grinsen aus seinem Häuschen treten. Nun ist die Reise endlich vorbei, dachte er, eine lange, mühsame, unbequeme Fahrt. Und dann auch noch mit immer den gleichen Gedanken, die ihn am Essen und Schlafen gehindert hatten. Er fühlte sich müde und lustlos. Außerdem war er nervös. So sehr, daß er spürte, wie das lange Bremsen des Zuges in alle Fasern seines Körpers drang, bis in seinen langen, gepflegten Bart. Endlich hielt der Zug. Auf dem Bahnsteig warteten einige Fahrgäste, die einsteigen wollten.

Während der Brigadiere ausstieg, schnappte er aus dem Gespräch zweier Frauen, die einsteigen wollten, die Worte »Frauen und Ochsen« auf. Den Zusammenhang verstand er nicht, aber es genügte, daß die Unruhe, die er überwunden glaubte, seit das Schiff in Porto Torres abgelegt hatte, voll und ganz zurückkehrte. Das Bild von Osmide Bachis, der größten aller Frauen in der Prozession, tauchte wieder so deutlich vor ihm auf wie am letzten Abend seiner Ferien. Vor allem ihre Augen. Schwarz und voller unaussprechlicher Verlockungen. Flammen in dem von der Sonne gebräunten Gesicht. Geheimnisvoll, vielversprechend, trotz der artigen Erscheinung des Mädchens, trotz des Schleiers auf dem Hut und trotz der verzehrenden Litaneien, die die Stunde jenes späten Nachmittags erfüllten.

Diese Erinnerung ergriff ihn so, daß er den Gruß des Stationsvorstehers, der ihn willkommen hieß, gar nicht wahrnahm und nicht erwiderte. Er folgte dem staubigen Weg, der zum Bahnhofsgebäude führte. Die Sonne ging gerade hinter dem Gipfel des Bregagno unter. Gern hätte er jetzt in eine von Zia Ninnas Limonen gebissen. Hätte er den Duft von Osmides Haar atmen können, so hätte er – da war er sicher – das gleiche Limonenaroma gerochen. Aber er hatte trotz Zio Pinos Rat keine Limonen mitgenommen, um erst gar keine Sehnsucht nach diesem Geruch zu wecken.

Er erreichte das Eingangstor der Wache, die Sonne war inzwischen untergegangen. Doch er dreht sich nicht um, um das letzte Sonnenlicht zu sehen, das die stahlblaue Härte der Seeoberfläche sanfter machte. Er wußte, daß bis zu seinem nächsten Urlaub noch viel Wasser unter den Brücken hindurchfließen würde …

Er atmete den Kanalgeruch ein, der über der Piazza Tommaso Grossi hing.

Er träumte.

Er klingelte.

Der Wachtposten öffnete und grüßte.

Der Brigadiere sah ihn an. Er war neu, er hatte ihn noch nie gesehen.

»Maresciallo Maccadò erwartet Sie«, sagte der Carabiniere.

Natürlich erwartete er ihn. Sein Urlaub begann, und er mußte die Amtsgeschäfte übergeben.

»Ich bin schon ganz aufgeregt«, brummte er.

»Was haben Sie gesagt, Brigardiere?« fragte der Wachtposten.

Mannu musterte ihn.

»Magst du Limonen?« fragte er und fand vorübergehend zum vollen Klang seiner Stimme zurück.

Der Wachtposten riß die Augen auf, ihm verschlug es die Sprache. Was, zum Teufel, sollte er, Eugenio Locatelli aus Bergamo, über Limonen wissen?

# 3

*Am folgenden Morgen* war schönes Wetter, der Himmel wolkenlos, das Wasser im See klar und ruhig. Die Luft war rein und roch nach Wald, doch in der Wache gegenüber der Anlegestelle, auf dem Pier und der Piazza war sie von Fischgeruch durchdrungen. Aber es waren nur zehn Grad und damit gute zehn Grad weniger als in dem Ort, den der Brigadiere Mannu gerade hinter sich gelassen hatte. Noch zwei Abende zuvor hatte Efisio Mannu auf Zia Ninnas Dachboden in einem Feldbett geschlafen, nur mit einem dünnen Laken bedeckt, die Schultern entblößt. In der ersten Nacht nach seiner Rückkehr auf das Festland hatte er gefroren, und da er keine Decke zur Verfügung hatte, mußte er sich mit der Uniformjacke begnügen. Er hatte wirklich schlecht geschlafen, nicht nur wegen der Kälte.

Um sechs Uhr morgens beschloß er aufzustehen. Schon deshalb, weil er eine gute Stunde brauchen würde, um den Widerstand seines sonst so gepflegten Bartes zu brechen, den er zwei volle Tage vernachlässigt hatte. Es war schon ein paar Minuten nach sieben, als er – in Uniform, den Bart gestutzt – vom Fenster der Wache aus den Appuntato Misfatti erblickte, der widerwillig auf seinem Fahrrad vorbeifuhr. Nicht daß er ihn vergessen hätte. Er hatte ihn eher in einen fernen Winkel seines Gedächtnisses verbannt.

Als er ihn nun erblickte, wurde ihm klar, daß er von diesem Morgen an, solange der Maresciallo Maccadò fort war – also genau zwanzig Tage –, Seite an Seite mit diesem eitlen und aufdringlichen Sizilianer verbringen mußte. Um ihm nicht gleich zu begegnen, kam der Brigadiere Mannu auf die Idee, sich in das Zimmer des Maresciallo zurückzuziehen, das in den nächsten zwanzig Tagen sein Büro sein würde. Aber er hatte Pech. Denn während er die Treppe herunterging, traf der Sizilianer ein. Und als wüßte der von dem Kummer, der Mannus Herz beschwerte, pfiff er fröhlich das Lied *Vivere*. Und anschließend, als er sein Fahrrad an die Mauer des Innenhofes lehnte – nach der Hausordnung der Wache war dies verboten, was Misfatti jedoch noch nie geschert hatte –, sang er auch noch das Liedchen *Heute ist meine Schöne fortgegangen*. Dem Brigadiere glitt die Klinke aus der Hand, und die Tür schlug zu.

»Was, verdammt noch mal, war das denn?« fragte der Appuntato den Wachtposten.

»Was weiß ich!« antwortete der Junge aus Bergamo. »Es wird der Durchzug gewesen sein.«

## 4

*Der Appuntato Misfatti war nicht bereit*, diesem Hammelfresser von Brigadiere Genugtuung zu gewähren. Er wußte natürlich, daß der Brigadiere von diesem Tag an, solange der Maresciallo im Urlaub weilte, der Chef sein würde. Doch nichts zwang den Appuntato, ihm zu huldigen, das stand in keiner der Vorschriften. Wenn der Brigadiere ihn brauchte, wußte er, wo er zu finden war. Andernfalls würde er es diesem Trottel mal so richtig zeigen. Er hatte eine Menge zu tun mit all den Berichten, die er abfassen und versenden mußte. Wie sein Vorgesetzter zog sich auch Misfatti – wenn auch ohne die Tür zuzuschlagen – in sein Büro zurück und vertiefte sich in die Akten. Hin und wieder hörte er die Schritte des Brigadiere Mannu, der in seinem Büro auf- und abging. Was macht der bloß? fragte er sich irgendwann.

Eine Weile hatte der Brigadiere versucht, sich abzulenken, und in einer Ausgabe der Zeitschrift *Gioventù Fascista*, Faschistische Jugend, geblättert. Seltsamerweise hatte er diese auf dem Schreibtisch von Maccadò gefunden. Das war wirklich seltsam, denn der Maresciallo hegte keinerlei Sympathie für die Faschisten. Im Gegenteil, da er leicht abergläubisch war, hielt er sie für Unglücksboten. Wenn es einmal vorkam, daß irgendeine Parteigröße in Uniform auftauchte, dann konnte er es nicht lassen, auf Holz zu klopfen – auch auf die Gefahr hin, sich lächerlich zu machen. »Die können die Rechte nicht von der Linken unterscheiden«, war sein

Lieblingssatz. »Und geben auch noch vor, uns zu regieren.«

Und was soll nun diese Zeitschrift? fragte sich Mannu. War es möglich, daß auch Maccadò sich wie so viele andere innerhalb der kurzen Zeitspanne eines Monats für das faschistische Gedankengut begeistert und für die Sache erwärmt hatte? Der Brigadiere blätterte und blätterte, und schließlich begriff er: Sicher hatte der Maresciallo dieses Exemplar extra behalten, um ihm zu demonstrieren, wie sehr er für die Sache war, und hatte es dann nur vergessen, unter dem Druck der Amtsübergabe und mit den Gedanken bereits im Urlaub.

Der selbstsichere junge Mann auf dem Titelblatt, der auf einem Motorrad saß, lächelte und zeigte den römischen Gruß: Allerdings hob er den linken Arm und nicht, wie vorgeschrieben, den rechten. Und wer wußte, ob der Maresciallo auch das rote Tüchlein gesehen hatte, das ungewöhnlicherweise den Hals des Motorradfahrers zierte.

»Schwachköpfe«, sagte der Brigadiere, während er die Zeitschrift in den Papierkorb warf und seiner Langeweile den Kampf ansagte. So wie es bisher aussah, gab es an diesem Morgen in der Wache nichts zu tun. Und aufgrund dieser Tatsache hatte Efisio Mannu in Windeseile wieder das Bild des Mädchens im Kopf. Er sträubte sich nicht dagegen, denn obwohl er erst seit ein paar Tagen aus Sardinien fort war, begannen die Konturen von Osmide Bachis bereits zu verschwimmen, und wenn dies so weiterging, würde er schon bald Mühe haben, sie aus dem Gedächtnis zum Leben zu erwecken.

Gegen Mittag kam zu dieser Erkenntnis eine weitere hinzu, die seinen Zorn und seine Nervosität wieder anheizte: das Wissen um die dreckige Arbeit, die der Mann im Nebenzimmer verrichtete. Das widerwärtige, hündische, denunziatorische Verfassen von Berichten, die vielleicht auch ihn nicht verschonen würden, wie ihm Zio Pino bereits in Aussicht gestellt hatte.

Es läutete Mittag, und noch immer steckte der Brigadiere Mannu tief in diesen Überlegungen. Von Appetit konnte keine Rede sein. Das teilte er, undeutlich und ohne die Bürotür zu öffnen, dem Wachtposten aus Bergamo mit, als dieser kam, um ihm zu verkünden, daß nun Zeit zum Essen sei. Jetzt ans Essen zu denken! Er mußte viel mehr so schnell wie möglich Arbeit finden. Etwas, das ihn von der Obsession ablenkte, die sich am Vorabend seiner Rückkehr auf das Festland in seinem Kopf festgesetzt hatte. Sonst wäre er spätestens in einer Woche krank. Aber was konnte er schon tun, da doch in diesem Ort so gut wie gar nichts passierte.

# 5

*»Was ist das bloß für ein Kerl«*, murmelte der Carabiniere Eugenio Locatelli, während er beim Abwaschen an den Brigadiere dachte. Locatelli war Mitte September nach Bellano gekommen, als der Brigadiere Mannu noch im Urlaub weilte. Es war seine erste Stelle. Der Maresciallo maggiore Maccadò hatte ihn väterlich empfangen und ihn, da er wußte, wie leicht ein Jüngling die Orientierung verlieren kann, durch die Kaserne geführt und den anderen Militärs vorgestellt. Dem Brigadiere Mannu natürlich nicht. Doch der Maresciallo hatte ihm Mannu als offenen, sympathischen, fröhlichen und zugänglichen Menschen beschrieben. Jetzt aber hatte der Junge aus Bergamo tatsächlich die Orientierung verloren. Er war geneigt zu glauben, Maresciallo Maccadò habe sich mit ihm einen Scherz erlaubt, so wie es in Kasernen, ganz besonders auf Kosten von Neulingen, an der Tagesordnung war. Vielleicht war der Brigadiere ja genau das Gegenteil von dem, wie der Maresciallo ihn beschrieben hatte: verschlossen, immer schlechter Laune, unberechenbar und tyrannisch. Im übrigen, dachte Locatelli, war er doch Sarde, oder nicht? Und die Sarden waren nun mal, das war bekannt, etwas merkwürdige, widerborstige Typen. Wie eben dieser Brigadiere, der sich seit dem frühen Morgen in seinem Büro eingebunkert hatte. Was macht der da bloß? fragte sich Locatelli, während er den letzten Teller abtrocknete.

Immer noch nichts.

Kerzengerade, mit durchgedrückten Knien, die Hände hinter dem Rücken, stand der Brigadiere Efisio Mannu am Fenster, das auf die Straße hinausging, und blickte in die Leere des frühen Nachmittags. Er sah hinaus, ohne etwas zu sehen. Sein ganzes Sein war auf das letzte Bild konzentriert, das er von dem Mädchen aufgenommen hatte, und er versuchte wie besessen, es Stück für Stück mit größtmöglicher Genauigkeit zu rekonstruieren. Denn, so sagte er sich, sie zu vergessen, hieße, sie zu verlieren. Damit tat er also genau das, was man bei der Armee so schätzte. Er recherchierte. Er suchte nach Hinweisen. Diese Augen waren kostbarer als alles andere. Doch er brauchte Ruhe. Ruhe und Konzentration, um die Erinnerung wieder an die Oberfläche zu holen und sie unwiderruflich in seinem Gedächtnis zu verankern. Schließlich war sie da – in dem Moment, als er am wenigsten damit rechnete. Vielmehr noch, er sah sie vor sich. Nachlässig gekleidet.

Mit gelockertem Krawattenknoten, aufgeknöpfter Uniformjacke, die Mütze weit nach hinten geschoben, die Hosenbeine von zwei Klammern festgehalten: Misfatti nahm die große Kurve der Via Gavazzi und steuerte geradewegs auf die Kaserne zu. Sein Anblick brachte die Gedanken des Brigadiere Mannu jäh durcheinander.

»Leck mich doch«, knurrte er leise.

Dabei pfiff der Appuntato auch noch. Vielleicht mal wieder *Vivere*, dachte der Brigadiere, als er Misfattis Mund betrachtete, zum Pfeifen zusammengezogen wie ein Hühnerarsch. Komm schon, fall hin! wünschte er sich.

Statt dessen bremste Misfatti. Warum, war dem Brigadiere nicht sofort klar. Doch gleich darauf begriff er: Der Appuntato hatte gebremst, damit eine kleine Frau die Straße überqueren konnte. Sie war winzig, trug einen mausgrauen Mantel und hielt mit beiden Händen eine Handtasche vor der Brust. Sie war zwischen den Häusern hervorgekommen und am Rand der Straße stehengeblieben, die sie offensichtlich überqueren wollte. Der Anblick des Carabiniere auf dem Fahrrad hatte sie wahrscheinlich überzeugt, ihm Vorfahrt einzuräumen. Aber der Appuntato hatte gehalten. Und jetzt, als sich die Frau nicht entschließen konnte weiterzugehen, forderte er sie mit einer weitausholenden Geste dazu auf und fügte noch, albern wie er war, eine halbe Verbeugung hinzu. Endlich hatte sie sich entschieden, und mit Schritten, die an das Watscheln einer Ente erinnerten, überquerte sie die Straße, ohne den Appuntato Misfatti eines Blickes und noch weniger des Dankes zu würdigen.

Es war etwa zwei Uhr nachmittags, als das Läuten der Türglocke durch die reglose Luft der Kaserne drang. Der Brigadiere stand noch immer am Fenster. Er wäre dort bis zum Abend geblieben, hätte ihn dieses schrille Läuten nicht daran erinnert, daß er im Dienst war und vielleicht gebraucht wurde. So setzte er sich an den Schreibtisch und wartete, daß der Wachtposten an die Tür seines Zimmers klopfte. Etwas zu tun zu haben würde ihn ablenken. Doch nichts geschah. Er hatte Schritte gehört und das Zuschlagen der Eingangstür, mehr nicht: Der Wachtposten hatte nicht geklopft. Dafür hörte er jetzt die Stimme des Appuntato Misfatti, der gelangweilt und in fragendem Ton als einziger redete. Antworten auf seine Fragen waren nicht zu hören. Das hieß, daß der Sizilianer entweder mit sich selbst redete oder die befragte Person mit sehr leiser Stimme sprach. Der Brigadiere lauschte genau auf die Stimme des Appuntato. Kein Zweifel, sie wurde deutlich lauter. Einige Minuten später mischten sich zornige Klänge hinein.

»Und was paßt Ihnen an mir nicht?« hörte er ihn brüllen. Und dann, peng, schlug eine Hand auf den Tisch.

Was ist denn da los? fragte sich Mannu. Ist der übergeschnappt? Von einer anderen Stimme war noch immer nichts zu vernehmen. Verhörte sich der Sizilianer selbst? Wollte er irgendwem irgend etwas vormachen? Auch nachdem der Brigadiere sich dicht an die Trennwand zwischen den beiden Büros gestellt hatte, konnte er nichts ausmachen, was auf eine weitere Person hindeutete.

»Hier kommt man nicht zum Einkaufen her!« schrie der Appuntato, und wieder folgte ein Schlag mit der Hand auf den Tisch.

Was soll das jetzt? fragte sich der Brigadiere. Und sogleich, wie zur Antwort, brüllte der Appuntato: »Sie sollten wissen, daß alle Carabinieri gleich viel wert sind …«

Aber nein! dachte der Brigadiere diesbezüglich. Nein. Solchen Unsinn zu reden, das sollte sich Misfatti wirklich nicht erlauben. Wenn er es trotzdem tat, überlegte der Brigadiere, war er selbst nicht ganz unschuldig daran, denn zugegebenermaßen war er nur körperlich in die Wache zurückgekehrt, während sein Kopf sich anderswo herumtrieb.

Jetzt war es höchste Zeit, beschloß er, mit Leib und Seele anwesend zu sein. Nicht umsonst war ihm der Gedanke gekommen, daß der Appuntato Misfatti vielleicht eine Komödie aufführte. Wollte er ihn womöglich verarschen? Er stürzte aus dem Raum. Während der Sizilianer weiterschimpfte, ergriff er die Türklinke zu dessen Büro. Er klopfte nicht an und grüßte nicht, er stand plötzlich in der Tür. »Was ist hier los?« schrie er wütend.

Der Appuntato Misfatti war auf der Stelle ruhig. Er hielt mitten im Satz inne, mit offenem Mund, leicht schielendem Blick und einer widerspenstigen Haarsträhne in der Stirn.

Der Brigadiere ließ seinen Blick prüfend durch den Raum schweifen. Auf dem Stuhl vor dem Schreibtisch des Appuntato saß … Der Brigadiere sah genauer hin und runzelte die Stirn.

War sie das? Die kleine alte Frau, die er vor einer Stunde die Straße hatte überqueren sehen? Es sah ganz danach aus. Als er dann die Handtasche bemerkte, die sie mit beiden Händen vor der Brust hielt, war er sich sicher.

»Was ist los?« fragte er schließlich gemäßigter und brach damit das Schweigen.

Der Appuntato Misfatti strich sich die Haarsträhne aus dem Gesicht und zog den Krawattenknoten fester.

Dann verließ er den Platz hinter dem Schreibtisch und baute sich vor seinem Vorgesetzten auf.

»Willkommen zurück, Brigadiere«, sagte er.

Doch Efisio Mannu war nicht in der Stimmung, Freundlichkeiten entgegenzunehmen.

»Ich habe gefragt, was hier los ist!« erwiderte er mit Nachdruck. »Was gibt es hier zu brüllen?«

# 6

*»Nichts«, war die Antwort* des Appuntato Misfatti.

Der Brigadiere Mannu lächelte ungläubig.

»Nichts?«

Dieses Geschrei, einfach nur so?

Wegen nichts?

Weil es ihm paßte zu schreien?

Der Appuntato zog den Kopf ein.

»Nein, nein ...«

»Also, was war hier los?« hakte der Brigadiere nach.

»Hier war los, daß sie ...«, begann der Appuntato.

»Die Signora?« fragte Mannu eindringlich.

Der Appuntato schluckte.

»Die Signora Tecla Manzi.«

»Signorina«, sagte diese dazwischen.

Signorina Tecla Manzi!

»Sie wollte um jeden Preis mit dem Maresciallo reden«, erklärte der Appuntato.

Der Brigadiere sah sich die Signorina Tecla Manzi an. »Signorina« war gut, sie war mindestens sechzig Jahre alt. Vielleicht sogar älter. Ihr Alter war nicht wirklich bestimmbar. Sie gehörte zu denen, die alt auf die Welt kommen.

»Der Maresciallo ist nicht da«, sagte er dann. »Er ist auf Urlaub.«

Misfatti grinste. Das habe er ihr auch schon gesagt. Und nicht nur einmal. Aber sie habe nichts davon wissen wollen und ihre Forderung nur ständig wiederholt.

Schließlich sei ihm dann der Kragen geplatzt, und da habe er geschrien.

Nichts zu machen. Die Signorina Tecla Manzi hatte etwas mitzuteilen – aber nur dem Maresciallo.

»Als ob wir anderen …«, begann der Appuntato, brachte den Satz jedoch nicht zu Ende.

»Und warum nur dem Maresciallo?« fragte der Brigadiere Mannu und sah dabei der aufgebrachten Signorina fest in die Augen.

Sie gab keine Antwort, aber ihre Nasenflügel zitterten, was wohl bedeutete, daß es einen Grund gab, dies allerdings nicht der richtige Ort war, ihn zu verraten.

»Also«, forderte der Brigadiere sie auf, »kommen Sie mit.«

Und er geleitete sie in sein Büro.

# 7

*»Der ist ein Speichellecker!«* erklärte die Signorina Tecla Manzi. Allerdings erst, nachdem ihr klar war, daß sie es mit einem Brigadiere zu tun hatte.

»Also im Grunde so was wie ein Maresciallo«, meinte sie.

»Genau«, bestätigte Mannu.

Dem Appuntato Misfatti hatte sie nichts von der Sache erzählen wollen, denn sie wußte genau, was der war: ein Appuntato und damit ein Schleimscheißer. Oder ein Waschweib, wenn der Brigadiere das lieber hörte, eine Klatschtante. Einer, der alles überall ausplappert, tratsch, tratsch, tratsch. Der seine Nase in fremde Angelegenheiten steckt. Der mit dem Priester und dem Bürgermeister, dem Doktor und dem Straßenfeger Heimlichkeiten austauscht. Sie jedenfalls wolle nicht, daß das, was sie zu sagen hatte, überall ausgeplaudert würde.

Der Brigadiere Mannu, der mit den meisten Behauptungen der Signorina Manzi einverstanden war, gab ihr Gelegenheit, Dampf abzulassen. Währenddessen studierte er sie aufmerksam.

Sie war in beängstigender Weise vertrocknet und nicht größer als einen Meter fünfzig. Sie saß kerzengerade auf dem Stuhl, den Rücken schön durchgedrückt, und hielt immer noch mit beiden Händen die Handtasche. Ihr Kopf zitterte leicht, und in regelmäßigen Abständen zog sie die Nasenflügel zusammen und gab danach ein geräuschvolles, merkwürdiges Schnauben von sich.

Er sah auf ihre Hände: kein Ring. Die Signorina Tecla Manzi war der Inbegriff der vom Schicksal erkorenen alten Jungfer.

Während sie redete, rechnete der Brigadiere aus, daß wenn man Mantel, Handtasche, Schuhe und alles andere abzog, höchstens ein Skelett von siebenunddreißig oder achtunddreißig Kilo mit etwas Haut darüber übrigblieb. Schönheit ist eine vergängliche Gabe, dachte er. Aber gerade deswegen mußte man den Augenblick genießen und durfte ihn nicht entwischen lassen.

Als dem Brigadiere die Schönheit in den Sinn kam, die er in Sardinien zurückgelassen hatte, begann sein Herz zu klopfen, sein Geist gab sich einem Phantasiegebilde hin. Osmide erschien ihm so, wie er sie zum letzten Mal gesehen hatte, mit dem Schleier auf dem Hut, den Blick gesenkt, aber ... ohne irgend etwas am Leib. Ihr Körper strahlte eine ansteckende Wärme aus. Efisio, von dem Traumbild hingerissen, sah sie vor sich, wie sie tatsächlich sein mußte: mit hohen und vollen Brüsten, die Brustwarzen wie zwei Nägel, die Mulde des Bauches glatt, ein Dreieck von geheimnisvoller Schönheit, das im schwarzen Wald der Venus endete.

Währenddessen redete die Signorina. Sie redete ununterbrochen. Gerade erzählte sie, daß sie die Sache nicht mal dem Priester bei der Beichte anvertraut habe. Wobei sie, wie sie sagte – und in diesem Moment begriff der Brigadiere, daß er ihr sofort zuhören mußte –, nicht ausschloß, auf die Intervention Don Luigis zurückzugreifen, weil auch der Teufel seine Hand im Spiel haben könnte.

Oh Gott, dachte der Brigadiere.

»Entschuldigen Sie, Signorina«, unterbrach er sie dann, »darf ich wissen, weshalb Sie sich an die Carabinieri gewandt haben?«

Die Signorina Tecla Manzi schwieg zunächst. Sie schüttelte den Kopf ein paarmal, zog die Nasenflügel zusammen und schnaufte so heftig, daß kleine Haarbüschel aus ihren Nasenlöchern hervortraten.

»Weil mir das Herz gestohlen worden ist«, sagte sie ernst.

Der Brigadiere Mannu sank auf den Stuhl zurück. Vielleicht hatte er eben, als er abgelenkt war, einen wichtigen Teil der Geschichte verpaßt.

»Das Herz?« fragte er, ungläubig murmelnd.

Die Signorina Manzi bestätigte es mit einem zweifachen Nasenschnaufen.

Der Brigadiere verschränkte die Arme vor der Brust. Hatte er es mit einer Lügengeschichte zu tun? Das fehlte gerade noch.

»Sehen Sie mich nicht so an«, sagte die Signorina Tecla Manzi streng, »ich bin noch nicht senil.«

»Das habe ich auch nicht ansatzweise gedacht«, log der Brigadiere.

# 8

*»Ein heiliges Herz«*, erklärte die Signorina.

Der Brigadiere bedeckte das Gesicht mit den Händen. Er verstand es nicht. Er merkte aber, daß er allmählich nervös wurde.

»Ein heiliges Herz?« fragte er. Angespannt, zum Angriff bereit.

Die Signorina Tecla Manzi nickte zweimal. Zum Glück machte sie nicht wieder das scheußliche Nasengeräusch, sonst hätte der Carabiniere möglicherweise die Kontrolle über sich verloren.

»Ja.«

»Aber was ist das?«

Die Signora Manzi warf sich in die Brust. Ihre Nase wurde fast durchsichtig, so fest zog sie die Flügel zusammen. Zwei kleine Schnaufer entwichen kurz nacheinander.

»Das heilige Herz Jesu«, sagte sie.

Doch der Brigadiere begriff noch immer nicht.

»Und was soll das sein?« fragte er.

Daraufhin belehrte ihn die Signorina Tecla Manzi: Es sei ein Bild oder, genauer gesagt, ein rundes Bild, auf dem unser Herr Jesus Christus mit verwundetem Herzen dargestellt sei, dieses auf sein Gewand aufgemalt und mit tropfendem Blut wegen all der Pein, die er erlitten habe und die er immer noch erleide. Es sei ein heiliges Bild, allen Menschen, die die Vorschriften unserer heiligen Mutter Kirche befolgten, lieb und teuer. Alle oder so gut wie alle Familien, wie die Signorina betonte, hätten ein solches Herz Jesu zu Hause, und von Zeit zu Zeit wandten sie sich an das Bild, um seinen Schutz zu erflehen. Dabei sprachen sie folgende Worte: »Heiliges Herz Jesu, beschütze mich.«

»Und das«, so schloß die Signorina, »wurde mir gestohlen.«

»Und von wem?« fragte der Brigadiere unvorsichtigerweise.

»Wenn ich das wüßte, wäre ich nicht hier«, war die prompte Antwort der Signorina.

»Das stimmt natürlich, entschuldigen Sie«, lenkte Mannu besänftigend ein. »Ich wollte sie nur bitten, es mir genauer zu erklären.«

# 9

*Es war ihr am Morgen aufgefallen.* Als sie das Zimmer ihres Bruders betrat.

»Sie haben einen Bruder?« fragte der Brigadiere.

»Ich hatte zwei«, antwortete die Manzi.

Aber jetzt, stellte sie klar, habe sie nur noch einen. Der andere, dessen Zimmer sie an diesem Morgen betreten hatte, war nicht mehr da, seit einer Woche. Und genau eine Woche nach seinem Tod hatte sie den Mut gefunden, in sein Zimmer zu gehen, um Staub zu wischen, aufzuräumen und dergleichen. Kurz gesagt: um Ordnung zu schaffen. Beim Umdrehen der Matratze war es ihr dann aufgefallen.

Zuerst war es nur so ein Gefühl, eine Intuition. Sie merkte, daß in dem Zimmer etwas fehlte, ohne zu wissen, was es war. Dann blickte sie nach oben auf die Wand hinter dem Bett, und da entdeckte sie diesen runden Fleck, heller als die übrige Wand, und sie erkannte: Das heilige Herz Jesu war verschwunden. Natürlich hatte sie, bevor sie beschloß, sich an die Carabinieri zu wenden, genau nachgeschaut, ob das Bild nicht gefallen und vielleicht unter das Bett gerutscht war. Oder ob es – von wem auch immer – heruntergenommen und an einen anderen Platz gebracht worden war. Sie hatte in allen Schubladen gekramt, alle Schränke durchsucht, prüfend unter alle Möbel geschaut. Bei dieser fieberhaften Suche hatte sie sich nicht geschont und sogar das Mittagessen ausgelassen, was allerdings nicht besonders schlimm für sie gewesen war, weil sie sowieso aß wie ein Spatz.

Nichts.

Um zwei Uhr nachmittags, nachdem sie auch die Zinnerei durchsucht hatte …

»Die was?« unterbrach sie der Brigadiere.

Die Zinnerei, erklärte Signorina Manzi, sei der Schrank, in dem das Zinngeschirr aufbewahrt werde, daher der Name.

Sie sagte, um zwei, nachdem sie auch die Zinnerei durchsucht hatte, sei sie schließlich überzeugt gewesen, daß das heilige Herz wirklich verschwunden war, und habe beschlossen, das Haus zu verlassen: Sie habe einen langen Spaziergang durch die Puncia-Gärten gemacht, um sich über alles klar zu werden, dann sei sie zu den Carabinieri gegangen, um den Diebstahl anzuzeigen.

Sie schwieg.

Der Brigadiere Mannu wußte nicht, ob er weinen oder lachen sollte. Zwei synkopische Schnaufer aus der Nase der Signorina Tecla Manzi erinnerten ihn schließlich daran, daß nun er an der Reihe war. Er mußte eine Entscheidung treffen, ganz gleich, welcher Art, um dieser Situation zu entkommen. Einer lächerlichen Situation. Allein der Gedanke, daß er sie hier hereingeholt hatte …

»Daher sind Sie also hergekommen«, sagte er, um Zeit zu gewinnen. Die Signorina würde ihm etwas Giftiges erwidern. Der Brigadiere ahnte es schon.

»Auf der Grundlage dieser Überlegungen gehen Sie davon aus, daß es sich um einen Diebstahl handelt?« fragte er.

Die Signora bewegte zweimal ruckartig den Kopf.

»Glauben Sie, ich bin verrückt? Oder eine Träumerin?«

*»Uè!«* stieß der Brigadiere hervor. »Ich stelle Ihnen Fragen, weil ich verstehen will, wie jemand auf die Idee kommen konnte, Ihnen ein Bild zu stehlen. War es wertvoll? Vielleicht aus Gold oder aus einem anderen besonders kostbaren Metall?«

Ein Schnaufer.

»Nein«, antwortete die Signorina trocken.

»Haben Sie eine Ahnung, was der Grund gewesen sein könnte, es zu stehlen?«

»Nein.«

»Haben Sie einen Verdacht, wer für den Diebstahl verantwortlich ist?«

»Nein.«

»Können Sie sich vorstellen, wann der Diebstahl ausgeführt wurde?«

»Nein.«

Schweigen senkte sich über das Büro des Brigadiere. Was, zum Teufel, sollte er tun? Etwa Ermittlungen wegen des Diebstahls eines Bildchens mit dem heiligen Herz Jesu einleiten? Doch die Frau ihm gegenüber würde sich von ihrem Stuhl nicht erheben, bevor er nicht etwas unternommen hatte. Also, wollte sie vielleicht Anzeige erstatten? Na, das wäre mal eine Anzeige!

Ein heiliges Herz! dachte er.

»Fangen wir an«, sagte er, »Name, Vorname …«

Manzi, Tecla, ledig, fünfundsechzig Jahre, Hausfrau, wohnhaft in Bellano, Via Balbiani 45 und so weiter und so fort.

Eine halbe Stunde später war die Anzeige aufgesetzt. Die Signorina Tecla Manzi unterzeichnete in Schönschrift.

»Ich schicke einen meiner Leute für erste Ermittlungen an den Tatort«, sagte der Brigadiere Mannu mit tiefem Ernst.

Die Signorina Tecla Manzi riß die Augen auf. Der Brigadiere begriff sofort, was das bedeutete.

»Wir haben keine Wahl bei den wenigen Mitarbeitern, über die wir verfügen«, erklärte er und breitete die Arme aus. »Zwei sind immer draußen auf Patrouille, der Maresciallo ist im Urlaub, ich muß die Dienststelle leiten. Da können Sie es sich ja ausrechnen.«

Nachdem die Frau gegangen war, rief er den Appuntato Misfatti in sein Zimmer und beauftragte ihn mit den Ermittlungen.

## 10

*Kra-kra, kra-kra ...*

Seit den frühen Morgenstunden erfüllte das Krächzen der Krähen die Luft.

Der Totengräber Sabino Frascati ahmte ihren Ruf – kra-kra – leise nach und klopfte mit dem Holzhammer die Pflastersteine fest, die er soeben wieder an die richtige Stelle gelegt hatte.

Die Gewitter Ende August waren schuld daran, daß sich auf den Friedhofswegen hier und da Löcher gebildet hatten, weil ein paar Steine weggesprungen waren. Stück für Stück hatte er, trotz seiner sechzig Jahre, der steifen rechten Hüfte und des arthritischen linken Knies, ohne fremde Hilfe alles wieder in Ordnung gebracht. Er hatte am oberen Ende des Friedhofs begonnen und dort alle Löcher beseitigt. An diesem Morgen vollendete er die Arbeit und besserte noch die letzten Stellen aus, auf dem Weg, der im unteren und ältesten Teil des Friedhofs von Bellano zum Campo San Pietro führte.

Es war neun Uhr morgens, Zeit zum Frühstücken: Brot und Salami erwarteten ihn bereits. Er stand auf, blickte nach oben und wischte sich mit dem Handrükken ein paar Schweißtropfen von der Stirn. Da sah er ein Schauspiel, das ihn erstarren ließ.

Die Luft war noch immer von dem Krak-kra der Krähen erfüllt. Nichts Außergewöhnliches, denn die Krähen waren hier auf dem Friedhof zu Hause. Aber dort oben über dem Campo San Gerardo, dem neuesten Abschnitt gleich neben dem Campo San Nazzaro, bemerkte er ein ungewöhnliches Treiben. Dort tummelten sich aufgeregte Krähen. Tobend, krächzend. Nervös flogen sie von einer riesigen Zypresse auf, die zwischen den beiden Abschnitten stand, dann landeten sie am Boden, flogen wieder weg und kamen erneut.

Kra-kra, kra-kra ...

Der Totengräber schüttelte den Kopf. »Wetterpropheten«, sagte er und blickte zu der zackigen Linie der Orobischen Voralpen hinüber, über deren Gipfeln jedoch keinerlei Wolken zu sehen waren, die einen Wetterwechsel ankündigten. Er machte sich auf den Weg, und er wußte, daß die Krähen wegfliegen würden, sobald er sich dem Geräteschuppen näherte, in dem das Frühstück bereitstand. Doch diesmal taten sie es nicht.

Als er die Tür des Schuppens erreichte, blieb Sabino Frascati noch einmal stehen, um das ungewöhnliche Schauspiel zu beobachten. Fünfzehn, vielleicht zwanzig Vögel waren dort. Anstatt bei seiner Ankunft wegzufliegen, blieben sie, ohne ihn zu beachten.

Merkwürdig, dachte er. Dann wurde er neugierig.

Um den Campo San Gerardo zu erreichen, mußte er noch eine Treppe hinaufsteigen, was noch mehr Schmerzen in der Hüfte bedeutete. Aber seine Neugier war stärker, sogar größer als sein Hunger. Das Essen konnte warten. Er stieg hinauf.

Und sah es.

## II

*»Maresciallo Maccadò?«*

Der Brigadiere Efisio Mannu hatte den Hörer schon in der Hand, als das erste Klingeln noch nicht verstummt war. Doch hatte er den Mund nicht schnell genug aufgemacht, um sich mit »Carabinieri« zu melden, die Stimme am anderen Ende der Leitung war schneller gewesen.

Und sie war wütend. Äußerst wütend.

Am Vortag hatte ihm der Appuntato Misfatti mehrere stichhaltige Gründe präsentiert, um den Ortstermin im Haus der Signorina Tecla Manzi um mindestens einen oder zwei Tage zu verschieben. Er hatte ihm gesagt, daß er aufgrund seines Urlaubs im September mit dem Schreiben von Berichten im Rückstand sei und jetzt unbedingt die verlorene Zeit aufholen müsse. Es sei denn, hatte er in zweideutigem Tonfall hinzugefügt, der Brigadiere übernehme persönlich die Verantwortung und teile der Abteilung in Lecco mit, die Entsendung der Berichte müsse aus höchst dringlichen Gründen verschoben werden.

Diese dringenden Gründe zu konkretisieren sei natürlich der Phantasie des Brigadiere überlassen, denn der Signor Brigadiere müsse schon entschuldigen, aber den Diebstahl eines kleinen Bildes als Entschuldigung anzuführen, selbst wenn es sich um einen Kultgegenstand handele, scheine dem Appuntato nicht ausreichend.

Der Brigadiere hatte Misfattis unverschämten Tonfall geflissentlich überhört.

»Auf welche lebensnotwendigen Berichte warten die in Lecco denn?« hatte er gefragt.

Dies wiederum überhörte nun Misfatti.

Was der Brigadiere nicht wissen konnte: Während seiner Abwesenheit hatte sich in Mornico, das zu Vendrogno gehörte und vom Bezirk Bellano verwaltet wurde, etwas höchst Seltsames ereignet. Es ging um die Aufklärung eines Falles, dessen Hauptperson ein gewisser Giovanni Lorenzo Benacquista war, ein Landarbeiter, der nach eigener Aussage zum Einrenker berufen war, das hieß: zum Behandeln von verstauchten Gelenken und Knochen.

Im Laufe der letzten Jahre hatte sich Benacquista einen so guten Ruf erworben, daß sich an manchen Tagen vor seiner Haustür eine Schlange bildete, und oft waren unter den Wartenden sogar Leute aus der Valtellina oder aus den Dörfern vom Westufer des Sees. Da die Dinge nun einmal so standen, hatte Benacquista es für an der Zeit gefunden, aus seiner erprobten Fähigkeit des Knocheneinrenkens größeren Nutzen zu ziehen. Vielleicht, so sagte man, war ihm alles auch ein wenig zu Kopf gestiegen, jedenfalls hatte er seinen Aktionsradius erweitert. Irgendwann führte er sich dann auf wie ein Heiliger und begann, Ratschläge zu erteilen, wie Koliken, Durchfall, Appetitlosigkeit, Frigidität und Liebeskummer zu vertreiben seien. Später, nachdem er, wie er versicherte, ein Handbuch über Pflanzenheilkunde studiert hatte, fing er zudem an, Arzneien auf Pflanzenbasis zuzubereiten und zu verkaufen, um auf diese Weise die eine oder andere Krankheit zu kurieren. Soweit sei nichts dagegen einzuwenden. Schließlich sei jeder frei, sich behandeln zu lassen, wie es ihm am besten schien, sagte der Appuntato Misfatti, wobei er beim Brigadiere Mannu Anzeichen wachsender Unruhe wahrnahm. Daher versuchte er, sich kurz zu fassen und zur Sache zu kommen.

Es war bekannt, daß Benacquista zur Heilung bestimmter Leiden echte oder vorgebliche Rituale erfunden hatte, durch die er, wie er behauptete, die Kräfte des Bösen aus dem kranken Körper trieb. Würmer zum Beispiel.

»Würmer?« fragte der Brigadiere.

Genau.

Um Wurmbefall zu heilen, hatte Benacquista ein Ritual entwickelt, bei dem er eine Art Handauflegen auf dem Bauch praktizierte und eine Formel sprach, die der Befallene daraufhin wiederholen mußte, eine Woche lang dreimal am Tag. So, behauptete er, verschwänden die Würmer.

»Aber was haben die Carabinieri damit zu tun?« fragte der Brigadiere, inzwischen ausgesprochen ungeduldig geworden.

»Dazu kommen wir gleich«, antwortete der Appuntato.

Bekanntlich waren im Sommer Vendrogno, Mornico, Sanico, all die kleinen Dörfer im Muggiasca-Tal, ein beliebtes Ferienziel. Vor allem aus Mailand und vom unteren Seeufer rückten ganze Familien an, um dort die

Sommermonate zu verbringen. Auch in diesem Jahr war es so gewesen. So hatte Benacquista in den Sommermonaten einträgliche Geschäfte gemacht: bei Wanderungen über Almen und Kuhfladen verstauchte Knöchel, Durchfall aufgrund des übermäßigen Konsums des eisenhaltigen Wassers an der Quelle von Noceno ... es gab jede Menge zu tun.

In diesem Jahr war im Ferienhaus des Anwalts Belotti, einer echten Villa mit einem Park und einem Fischteich, Laura Impinati zu Gast, ein Mädchen von achtzehn Jahren, eine Schulfreundin von Gioconda Belotti, der gleichaltrigen Tochter des Anwalts. Um es kurz zu machen: Die kleine Impinati bekam Würmer, und Domenica Persetti, die Haushälterin, riet ihr, sich von Benacquista behandeln zu lassen. So geschah es, zur allgemeinen Zufriedenheit, denn das Mädchen war schon bald wieder gesund.

»Dennoch«, sagte der Appuntato Misfatti und legte eine wirkungsvolle Pause ein, vorgeblich, um Luft zu holen. Dennoch – und jetzt endlich lüftete er das Geheimnis – müsse man wissen, daß Laura Impinati die Nichte von Giovanni Maria Ardenti sei, einem Mann aus Como, Chef der Milizia Volontaria Sicurezza Nazionale und enger Freund des Bürgermeisters von Como.

Drei Tage bevor der Signor Brigadiere den Dienst wieder angetreten hatte, hatte Ardenti – dem die Nichte natürlich von ihren Ferienerlebnissen berichtet hatte, auch von der Wurminfektion und der schnellen Heilung – persönlich beim Territorialkommando von Lecco angerufen und von dem Kommandanten Capitano Sestrelli sofortige Nachforschungen zur Person des Benacquista verlangt. Der habe, nach Auskunft von Ardentis Nichte Laura, diese von den Würmern befreit, indem er ihr die Hand aufgelegt und dazu eine Formel gemurmelt hatte, die das Mädchen dann nachsprechen mußte und die da lautete: »Mussolini raus!« Er wollte wissen, ob dies der Wahrheit entsprach, und sollte dem so sein, bestehe er darauf, daß die für den Fall notwendigen Maßnahmen ergriffen würden, da es sich dann um nichts anderes als eine Beleidigung des Staatsoberhauptes handelte. Der Kommandant von Lecco hatte daraufhin nichts mehr getan, als die Frage an die Wache in Bellano weiterzuleiten, mit der Bitte, so schnell wie möglich in Aktion zu treten und dieser Ermittlung absoluten Vorrang einzuräumen.

Am Ende dieses langen Berichts schwieg der Brigadiere Mannu eine gute Weile. Dann fragte er Misfatto, wie denn sein Aktionsplan aussehe.

Der Appuntato erklärte, er habe vor, am nächsten Tag nach Vendrogno zu fahren, um die Ermittlungen aufzunehmen, wobei er eine von Doktor Lesti angebotene Mitfahrgelegenheit in dessen Auto nutzen wolle, da dieser jeden Mittwoch und Freitag dort Sprechstunde abhalte.

»In Ordnung«, willigte der Brigadiere zähneknirschend ein.

Zufrieden, als habe er eine Schlacht gewonnen, verließ der Appuntato hocherhobenen Hauptes das Büro.

## 12

*»Er ist nicht da«*, antwortete Mannu wütend. Dann schwieg er.

»Mit wem spreche ich?« fragte die Stimme.

»Und ich?« erwiderte der Brigadiere.

»Ich bin Bürgermeister Balbiani.«

Hätte er ja gleich sagen können, dachte Efisio.

»Brigadiere Mannu«, antwortete er.

»Ist der Maresciallo Maccadò nicht da?«

Wieder einer, der nur mit dem Maresciallo reden wollte.

Nein, er war nicht da. Der Brigadiere erklärte die näheren Umstände.

Einen Moment lang herrschte Schweigen am anderen Ende der Leitung. Dann hörte der Brigadiere ein Tuscheln, als flüstere jemand dem Bürgermeister etwas ins Ohr.

»Sind Sie der zuständige Mann?« fragte der Bürgermeister schließlich.

*»Eja«*, lautete die Antwort.

»Wie bitte?«

»Ja.«

»Sehr gut«, sagte der Bürgermeister anerkennend. »Ich müßte Sie sprechen, mit absoluter Dringlichkeit«, fügte er schnell hinzu.

Alle haben es eilig, dachte der Brigadiere.

Dieser Bürgermeister war ihm nicht allzu sympathisch. Er war eitel und eingebildet. Sicher konnte er die Leute aus dem Süden nicht leiden. Der Brigadiere kannte ihn zwar nicht gut, doch ein kurzer Schlagabtausch vor einiger Zeit hatte genügt, sich ein Urteil zu bilden. Der Vorfall hatte sich auf dem Bahnhof ereignet, gegen Ende Juni, während einer Feier, die das kommunale Komitee der faschistischen Staatsjugend *Opera Nazionale Balilla* und die Sektion des faschistischen Frauenbundes *Fascio Femminile* anläßlich der Kinderlandverschickung von zehn Kindern, die an Skrofulose litten und deren Eltern mittellos waren, organisiert hatten. Maresciallo Maccadò drückte sich vor solchen Feiern, wann immer er konnte, und so mußte auch bei dieser Gelegenheit der Brigadiere Mannu die Arma vertreten.

Als der Bürgermeister am Bahnhof ankam, hatte er ihn zuerst erstaunt angesehen, weil er nicht den Vorgesetzten antraf.

Mannu hatte sich vorgestellt.

»Aha«, hatte Balbiano ausgerufen, »Sie sind also dieser Sarde!«

Efisio Mannu hatte sich auf die Zunge gebissen.

»Wer weiß, wie viele kranke Kinder es erst in Ihrem Dorf gibt«, hatte der Bürgermeister daraufhin seufzend gesagt.

Nur die Tatsache, daß der Brigadiere Uniform trug, hatte den Bürgermeister gerettet. Doch auf sein Haupt waren sämtliche Verwünschungen niedergegangen, die Mannu in den Sinn gekommen waren.

»Was ist geschehen?« fragte der Brigadiere nun, sicher, damit den Unwillen des Bürgermeisters zu erregen. Dieser schnaubte tatsächlich.

»Eine schlimme Sache«, antwortete er.

Der Brigadiere sagte kein Wort.

»Eine sehr schlimme Sache, würde ich sagen. So etwas hat es in unserer Gemeinde bisher nicht gegeben.«

Der Brigadiere setzte sich auf dem Stuhl aufrecht hin.

»Ich höre.«

Erneut gab der Bürgermeister ein Schnaufen von sich.

»Ich möchte darüber lieber nicht am Telefon sprechen«, sagte er. »Wenn Sie so freundlich wären, mich hier im Rathaus aufzusuchen ...«

Läuft ja nicht schlecht, dachte der Brigadiere.

»Geben Sie mir fünf Minuten«, bat er und legte auf. Dann rief er den Appuntato Misfatti.

»Ich muß weg, Appuntato. Ich weiß nicht, wann ich zurück sein werde. Bleiben Sie so lange in der Kaserne.«

Misfatti sah ihn schief an.

»Und Vendrogno?« fragte er.

In einer halben Stunde würde der Doktor weg sein.

»Appuntato, Sie wissen doch, daß in einer Dienststelle immer jemand von Rang anwesend sein muß. Da die Carabinieri Milagra und Repetiti auf Streife sind, wäre, wenn wir beide weggingen, nur noch Locatelli hier, ein Grünschnabel. Sie fahren morgen nach Vendrogno, und den Leuten aus Lecco sagen Sie, falls sie anrufen, daß wir bereits ermitteln.«

Widerlicher Sarde, dachte Misfatti. Er hatte tatsächlich einen Weg gefunden, ihn zu verarschen.

»Zu Befehl, Brigadiere«, preßte er zwischen den Zähnen hervor.

»Bravo, Appuntato.«

# 13

*Im Büro des Bürgermeisters* war der Totengräber Frascati augenscheinlich verlegen. Kleine Schweißperlen standen auf seiner Oberlippe. Er wagte es nicht, sie mit dem Handrücken abzuwischen, und fuhr statt dessen mit der Zunge darüber.

Als der Brigadiere eintrat, erhob sich der Bürgermeister nicht aus seinem Sessel. »Ich danke Ihnen, daß Sie sich beeilt haben«, sagte er immerhin.

Mannu murmelte ein »Keine Ursache«.

»Was ist geschehen?« fragte er dann.

»Na los«, forderte nun Balbiani den Totengräber zum Sprechen auf.

Der war wie zugeknöpft: In Gegenwart des Carabiniere hatte sich seine Verlegenheit noch verdoppelt. Er wurde rot, hustete, und jetzt stand auch auf seiner Stirn der Schweiß. Der Bürgermeister kam ihm zu Hilfe.

»Es scheint«, sagte er an den Brigadiere gewandt, »als hätten wir es mit einem Fall von Grabschändung zu tun.«

Efisio Manu runzelte die Stirn. Wenn das stimmte, dann hätte Balbiani recht mit seiner Äußerung, daß es sich um einen schwerwiegenden Fall handelte.

»Aber jetzt«, sagte der Bürgermeister mit Blick auf Frascati, »müssen Sie berichten. Ich war heute morgen nicht dabei, und der Brigadiere ist eigens hergekommen, um zu hören, was Sie mitzuteilen haben.«

Als Frascati erneut angesprochen wurde, senkte er den Blick zu Boden. Da er nun weder den Bürgermeister noch den Brigadiere sehen konnte, ließ seine Verlegenheit nach. So begann er zu erzählen und steuerte geradewegs auf den Moment zu, in dem er aus Neugier seine Mahlzeit verschoben hatte und langsam die Treppe zum Campo San Gerardo hinaufgestiegen war. Als er sich näherte, waren die Krähen nicht weggeflogen.

Mit keuchendem Atem und Schweiß auf der Stirn, der ihm in die Augen lief, kam er schließlich oben auf der Treppen an und begriff nicht gleich, was er sah: Eine große Schar Vögel umkreiste eine Stelle ungefähr in der Mitte der ersten Reihe der Erdgräber. Er sah genauer hin und entdeckte zwei Erdhügel. Und es kam ihm ein Verdacht.

Ganz langsam, so schnell wie ihm Hüfte und Knie erlaubten, ging er zu der Stelle und schlug damit endlich die Vögel in die Flucht, die sich allerdings nicht weit entfernten und auf der Zypresse niederließen, dort ihr Konzert fortsetzten und die Luft mit ihrem Kra-kra erfüllten, daß dem Totengräber ein Schauder über den Rücken lief. Aber der eigentliche Schauder, von dem ihm erst richtig kalt wurde, der ihn für ein paar Sekunden lähmte und ihn daran hinderte zu entscheiden, was zu tun war, packte ihn erst, als ihm klar wurde, daß jemand das Grab geöffnet hatte. Und nicht nur das.

Als er hinunterblickte, begriff er, daß der Sarg aufgebrochen worden war. Der Deckel war abgenommen und dann nicht wieder richtig geschlossen worden. Oder aber, so überlegte der Totengräber, eilig zurückgelegt, als ob irgend etwas oder irgend jemand die unbekannten Grabschänder gestört hätte. Die Krähen wurden offenbar von der übelriechenden Luft angezogen, die aus der Grube drang. Der Sargdeckel, wenn er auch nicht fest verschlossen war, hatte den Leichnam vor den Krähenschnäbeln geschützt, was die Vögel wahrscheinlich aufgebracht hatte, so daß sie Frascatis Näherkommen nicht bemerkten.

Der Totengräber schwieg eine Weile, dann hob er den Blick vom Boden und sah erst den Bürgermeister und danach den Brigadiere an.

»Ich bin sofort hierhergekommen«, sagte er. »Ich wußte nicht, was ich tun und an wen ich mich wenden sollte. Nach so vielen Arbeitsjahren ist mir so etwas zum ersten Mal passiert.«

»Mir auch«, echote Mannu.

»Was sagen Sie dazu, Brigadiere?« fragte der Bürgermeister.

Schöne Schererei, dachte Efisio. Vorausgesetzt, die Geschichte stimmte.

Immerhin war es genau das, was ihn ablenken und von der Obsession für Osmide Bachis befreien konnte.

Schon als sich der Brigadiere an ihren Namen erinnerte, zog sich ihm der Magen zusammen: Die verwirrenden Phantasien vom Vortag kehrten unvermittelt zurück.

»Da muß etwas unternommen werden«, antwortete er und hustete. »Ich werde mir jedenfalls gleich den Ort des Geschehens ansehen.«

»Halten Sie mich auf dem laufenden«, bat der Bürgermeister.

Der Brigadiere verabschiedete sich, ohne etwas zu versprechen.

## 14

*Kaum hatte er sich hingesetzt*, da klingelte schon das Telefon.

»Carabinieri«, meldete er sich.

»Brigadiere?« fragte die Stimme des Bürgermeisters.

»Was wollen Sie?«

»Also ...«

Er schien ein wenig verlegen, der Bürgermeister Balbiani. Er erlaube sich, sagte er, noch einmal zu stören, um dem Brigadiere in dieser Sache größte Geheimhaltung ans Herz zu legen. Er habe bereits dem Totengräber absolutes Stillschweigen verordnet; nicht mal zu Hause dürfe er auch nur ein Wort über den Vorfall verlieren. Wenn auch jetzt er noch ...

Pause.

Dann fuhr er fort.

Wenn also auch der Signor Brigadiere ihm behilflich wäre zu verhindern, daß sich im Dorf eine Welle unangenehmer und schändlicher Gerüchte ausbreite und ungesunde Neugier einen der schönsten Friedhöfe Italiens zum Ziel eines ... nekrophilen Tourismus mache ...

»Sie haben in dieser Hinsicht nichts zu befürchten«, unterbrach ihn der Brigadiere.

Er habe nämlich, führte er aus, angesichts des Vorkommnisses bereits einen Aktionsplan erstellt: Auf der Stelle wolle er den Tatort erkunden, damit der Totengräber, sobald die Untersuchung des Falles abgeschlossen sei, wieder alles in Ordnung bringen könne. Er wisse, daß der Friedhof heute für die Öffentlichkeit geschlossen sei, und so könne er Frascati die notwendige Zeit einräumen, alles so herzurichten, daß am nächsten Tag niemand etwas von dem Vorfall bemerken würde. Was die Wahrung des Geheimnisses durch die Carabinieri angehe, so brauche der Herr Bürgermeister nicht das geringste zu befürchten.

»Es war«, entgegnete der Bürgermeister, »es war nicht meine Absicht, Verdächtigungen zu äußern, aber Sie verstehen mich sicherlich. Das ist ein merkwürdiger Fall, der zu Spekulationen einlädt, und da könnte es leicht passieren, daß jemand – ich meine damit nicht Sie, Brigadiere, aber irgendeiner Ihrer Männer vielleicht – plaudert, aus Freude, über ein so seltsames Geschehen berichten zu können ...«

Volltreffer, dachte der Brigadiere. Der Appuntato Misfatti. Wer sonst? Der Bürgermeister bat ihn, Misfatti nichts von der Sache zu erzählen.

»Ich glaube, ich habe verstanden«, sagte der Brigadiere.

»Das ist nicht persönlich gemeint«, betonte der Bürgermeister. »Aber Sie wissen, wie das ist ...«

Der Brigadiere versicherte Balbiani, daß er mit niemandem über die Ereignisse reden würde. »Ich werde schweigen wie ein Grab«, erklärte er, biß sich aber sogleich auf die Zunge.

»Danke, Brigadiere«, sagte der Bürgermeister, dem die makabre Erwiderung offensichtlich entgangen war.

»Gut«, sprach Efisio Mannu leise vor sich hin und wollte gerade aufstehen, als jemand an die Tür klopfte.

»Wer ist da?«

Der Carabiniere Locatelli steckte den Kopf – hell und rot wie ein Pfirsich – durch die Tür:

»Da ist so 'ne Person, die will was von Ihnen«, verkündete er.

Wie, zum Teufel, redest du mit mir? war der Brigadiere versucht zu sagen, dem der mundartliche Umgangston des Carabiniere zu weit ging. Doch er sah darüber hinweg.

»Laß sie rein«, meinte er und setzte sich.

## 15

*Es war die Signorina Tecla Manzi.*

Die Handtasche dicht vor der Brust, mit beiden Händen fest umklammert. Sie tauchte hinter dem Carabiniere Locatelli auf, mit dem Gebaren eines aufgescheuchten Vögelchens und dem Gesichtsausdruck verletzter Würde, und setzte sich kerzengerade vor den Schreibtisch des Brigadiere. Ohne ein Wort blickte sie ihn nur starr an. Zweimaliges Kopfschütteln. Schnauf, schnauf mit der Nase.

»Guten Tag«, begrüßte der Brigadiere sie.

Was wollte sie nun schon wieder?

»Haben Sie das Herz wiedergefunden?« fragte er.

Ruckartig schnellte der Kopf der Signorina Manzi nach hinten. Ihre Stirn legte sich in Falten und wurde sogleich wieder glatt.

»Ich habe gestern den ganzen Nachmittag lang gewartet und heute den ganzen Vormittag«, erklärte sie nüchtern.

»Worauf haben Sie gewartet?« fragte der Brigadiere ahnungslos.

»Daß sich jemand um meine Anzeige kümmert«, war ihre Antwort.

»Wenn Sie glauben, daß ...«, begann der Brigadiere mit Nachdruck.

»Ich glaube das, was man mir sagt. Und Sie hatten mir schnelles Handeln versprochen.«

Efisio Mannu biß sich auf die Lippe. Die Signorina

Manzi hatte recht. Er hatte ihre Anzeige eilig aufgenommen und ihr leichtfertig das Versprechen gegeben, sich rasch darum zu kümmern, um sie sich vom Hals zu schaffen. Aber sie war wie eine Zecke. Wenn sie sich einmal in eine Sache festgebissen hatte, war sie nicht mehr abzuschütteln.

»Wir …«, begann der Brigadiere eine Rechtfertigung.

»Sie«, fuhr die Signorina dazwischen, »sollten keine Versprechungen machen, wenn Sie genau wissen, daß Sie sie nicht halten können. Außerdem …« Die Signorina machte eine Handbewegung in der Luft und ließ für einen Moment die Handtasche los.

»Außerdem?« fragte der Brigadiere in strengem Tonfall.

»Mein Bruder hat es mir gesagt.«

»Ihr Bruder?« fragte Mannu.

»Natürlich der, der noch am Leben ist«, erklärte die Signorina mit einer Grimasse, die wohl ein Lächeln sein sollte.

»Und was hat er Ihnen gesagt?« fragte der Brigadiere.

»Wollen Sie es wissen?«

»Ich bitte darum«. Der Brigadiere legte den Kopf zur Seite.

»Nun gut«, verkündete die Manzi, »er hat mir gesagt, ich hätte schlecht daran getan, mich an die Carabinieri zu wenden, weil die für solche Dinge nie Zeit hätten und sie oft auf die leichte Schulter nähmen. Außerdem hat er mir geraten, mich darüber nicht zu ärgern und die Anzeige zurückzuziehen.«

»Ach, tatsächlich.«

»O ja!« bestätigte die Manzi.

»Und Sie?« fragte der Brigadiere.

»Ich bin deswegen hier.«

Der Brigadiere runzelte die Stirn. »Sie wollen die Anzeige zurückziehen?« fragte er.

»Genau«, antwortete die Signorina.

Der Brigadiere Mannu stand auf. »Nein, das sollten Sie nicht tun.« Um seine Äußerung zu unterstreichen, fuchtelte er mit dem Zeigefinger herum. Zurückziehen ging nicht, bedeutete das.

»Wer A sagt, muß auch B sagen«, fügte er hinzu.

»Und was soll das heißen?« fragte die Manzi bissig.

»Das heißt, daß Sie der ganzen Armee eine Gefälligkeit erweisen, wenn Sie Ihrem Herrn Bruder erklären, daß eine Anzeige eine ernste Sache ist ...«

»Ich ...«, versuchte die Signorina einen Einwand.

»... und daß wir deshalb so fortfahren, wie es unsere Pflicht ist.«

»Aber ...«

»Ich habe im übrigen bereits den Termin für die Ortsbesichtigung festgelegt«, log der Brigadiere.

»Appuntato!« rief er dann.

Misfatti erschien in der Tür.

»Zu Diensten, Brigadiere.«

»Wollen wir uns bitte sofort um die Signorina kümmern«, sagte er.

Die Manzi warf dem Brigadiere einen giftigen Blick zu und wandte sich wortlos um, um den Raum zu verlassen. Misfatti sah von der Höhe seiner ein Meter fünfundziebzig voller Mitgefühl auf die Signorina hinunter.

»Jetzt?« fragte er den Brigadiere.

»Ja, jetzt«, bestätigte der.

Es war eine Stunde vor Mittag, die Zeit drängte, und für eine Weile würde der Brigadiere, dank der Signorina Tecla Manzi, ungestört arbeiten können, ohne daß der Appuntato Misfatti an seinem Rockzipfel hing.

## 16

*Vor Verlegenheit rot im Gesicht*, klopfte der Carabiniere Locatelli an die Bürotür. Es war zehn Minuten vor zwölf.

»Ich wollte wissen«, sagte er, »ob Sie etwas Besonderes zu essen wünschen?«

»Ich habe keinen Hunger«, antwortete der Brigadiere, lachte und versuchte, den Dialekt des Jungen nachzuahmen.

Locatelli riß die Augen auf. Wovon lebte dieser Brigadiere bloß? Von Luft und Liebe? Er schloß die Tür wieder und ging.

Im selben Moment öffnete die Signorina Tecla Manzi endlich – wie der Appuntato Misfatti fand – die Tür ihres Hauses. Auf dem Weg von der Kaserne bis hierher hatten sie kein Wort gewechselt. Die Signorina Manzi war kerzengerade vor ihm hermarschiert, nicht zu erschüttern durch die neugierigen Blicke, die sich erst auf sie, dann auf den Appuntato richteten, der seinen Gang den schnellen und kurzen Schritten der Frau anzupassen versuchte.

Als sie in der Via Balbiani angekommen waren, kramte sie den Rosenkranz ihrer Schlüssel hervor: einen, um das Gittertörchen zu öffnen, durch das man in den Vorgarten des Hauses der Signorina trat; einen für das Tor, das zu der Treppe führte, über die man zur Haustür gelangte; einen, um die Außentür zu öffnen; einen, um das Vorhängeschloß aufzuschließen, das einen an der

Tür angebrachten Riegel sicherte; schließlich einen, um die Tür zu öffnen.

Im Haus gab die Signorina Tecla Manzi noch immer keinen Ton von sich. Sie stellte die Handtasche auf dem Küchentisch ab, und ohne sich um den Appuntato zu kümmern, ging sie in das Schlafzimmer ihres Bruders. Vor der Wand blieb sie stehen und sagte zu dem hinter ihr stehenden Carabiniere: »Hier war es.«

Misfatti war angesichts der leeren Wand für einen Augenblick verwirrt.

»Was?« fragte er.

Da drehte sich die Manzi um und sah ihn an. Ihr Kopf zitterte, und ihre Nase zog sich zusammen, bis sie ganz weiß wurde. Sie gab eine Salve von zehn Schnaufern von sich, bis sie ganz außer Atem war.

»Hat der Brigadiere denn nichts gesagt?« fragte sie dann.

»Mir jedenfalls nicht«, erklärte der Appuntato.

Schnauf. »Mein Bruder ...« Schnauf, schnauf. »Mein Bruder hatte wirklich recht«, fällte sie ihr gnadenloses Urteil.

# 17

*Der Totengräber Sabino Frascati* erreichte den Friedhof um zehn nach zwölf. Er grüßte den Brigadiere ungezwungen und fragte, ob er schon lange auf ihn gewartet habe.

Mannu stellte erfreut fest, daß von der Verlegenheit, die Frascati noch vor ein paar Stunden im Büro des Bürgermeisters an den Tag gelegt hatte, keine Spur mehr zu entdecken war. Vielleicht, so überlegte er, fühlte er sich auf dem Friedhof wohler, schließlich war er hier in seinem Element: Hier war er der Chef.

Der Brigadiere war genau um zwölf eingetroffen und hatte den Friedhof durch ein Seitentor betreten, das immer offenstand. Und er hatte es nicht bedauert, sich zunächst allein dort wiederzufinden. Es war das erste Mal, daß er den Friedhof von Bellano betrat. Obwohl er schon viel Lob für die Architektur, den prachtvollen Blick und einige kostbare Marmorsteine vernommen hatte, war er immer der Meinung gewesen, ein Friedhof, so schön er auch sei, sei ein trauriger Ort, von dem man sich besser fernhielt.

Nun gut, gab er zu, er hatte sich geirrt. Er leistete Abbitte. Es war wirklich ein außergewöhnlicher Ort. Vor allem wegen der unvergleichlichen Aussicht, die von den Orobischen Voralpen, auf deren Gipfeln schon Schnee lag, bis zum Vorgebirge von Bellagio reichte, bis zur Landzunge von Balbianello und über das Tal von Menaggio bis zum Luganer See und noch weiter zum

Monte-Rosa-Massiv. Ein Gefühl des Friedens, alles andere als friedhöflich, sondern eher lebhaft, freudig, ausgelassen, überkam ihn – sein Atem ging leicht – und verschwand wieder. Er war so von der Landschaft fasziniert, daß er in seiner Phantasie wieder begann, mit Osmide Bachis zu reden, und er stellte sich vor, er spazierte mit ihr Arm in Arm und führte sie über die kleinen Wege, um ihr die Schönheiten der Natur zu zeigen, die sich ihren Augen bot. Er sah sie in seiner Phantasie genau vor sich. Diesmal war sie angezogen, vermutlich aus Ehrfurcht vor dem Ort. Sie betrachtete alles. Er nicht. Denn er wußte von den Gottesgaben, die sich unter ihren Kleidern verbargen, und nach und nach begann er unter Mißachtung der Gesetze der Sittenpolizei, sie Stück für Stück auszuziehen. Er war schon kurz unterhalb des Bauchnabels angekommen, dort, wo sich auf der Haut eine dichte und doch zarte Behaarung abzuzeichnen beginnt, als er diese Landschaft und seine Wunschvorstellungen dorthin schickte, wo der Pfeffer wächst.

Um sich von seinen Phantasien zu befreien, ging er nun tatsächlich spazieren, nervös und immer denselben Weg auf und ab, während er auf den Totengräber wartete.

Als der erschien, waren das Verlangen und das pralle Gefühl, die ihn beim Gedanken an das Mädchen überfallen hatten, schon auf dem Rückzug.

»Wo?« fragte er.

»Dort unten«, antwortete Frascati und zeigte auf die riesige Zypresse zwischen dem Campo San Gerardo und dem Campo San Nazzaro.

Ohne ein weiteres Wort machten sie sich auf den Weg.

# 18

*So eine dumme Kuh.*

Und das war noch harmlos ausgedrückt.

Misfatti hörte sich die ganze Geschichte vom Verschwinden des heiligen Herz Jesu an und starrte dabei auf den deutlich erkennbaren runden Fleck an der Wand über dem Bett des toten Bruders.

Die Frau war einfach verrückt, dachte er am Ende. Man brauchte ihr nur zuzuhören, daran war nichts zu rütteln. Aber was war mit dem Brigadiere Mannu? War der auch verrückt?

Nein, sagte er sich.

Er war ein riesiges Arschloch. Ein blöder Sack aus Sardinien, der sich für den Allerschlauesten hielt und dabei nur der größte Dummkopf unter den allergrößten Dummköpfen war, die die Welt bevölkerten. Aber wenn die Signorina Tecla Manzi und der Brigadiere Efisio Mannu vorhatten, ihn zu verarschen, würde er allen beiden zeigen, daß sie sich verdammt geirrt hatten. Auch er war clever. Und um den Vorgesetzten eine ordentliche Lektion zu erteilen, mußte er erst einmal bei der Signorina Tecla Manzi anfangen. Eine hysterische Alte, die halluzinierte und Gespenster sah.

Und sie redete noch immer.

Jetzt faselte sie gerade wieder von dem Bild mit dem heiligen Herz Jesu, das sie immer vor Augen gehabt habe und das, solange sie sich erinnern könne, genau an dieser Stelle in diesem Raum hing, der, bevor ihr Bruder sich dort einrichtete, das Schlafzimmer der Eltern gewesen war.

»In Ordnung«, sagte Misfatti und hielt der Signorina, um sie zu stoppen, die flache Hand vors Gesicht.

Die Manzi brach mitten im Satz ab und zog die Nase zusammen, ohne jedoch zu schnaufen. Sie hatte noch einiges über das heilige Herz zu berichten!

»Wenn Sie meinen«, seufzte sie. Ein zweifacher Schnaufer drang schließlich müde aus ihren Nasenlöchern. Die Nasenregion erschlaffte.

»Natürlich meine ich das«, antwortete er und verließ den Raum.

»Und wie wollen Sie vorgehen?« fragte die Signorina.

Was weiß ich, verdammt noch mal! dachte Misfatti, der in Wahrheit nicht die geringste Absicht hatte, überhaupt etwas zu unternehmen. Verrückte schickte man zum Arzt, nicht zu den Carabinieri. Deshalb wollte er irgend etwas antworten, etwas, um diese Sache, die ihn unsagbar nervte, abzuschütteln, weg damit, auf Nimmerwiedersehen; doch als er in die Küche kam, blieb er plötzlich stehen.

Er hatte das Schränkchen nicht gleich entdeckt, weil es hinter der Tür verborgen war, die sich nach innen öffnete. Es stand an der Wand und trug die Fotos der verstorbenen Famlienangehörigen. Inmitten der Porträts stand eine brennende Kerze. Der Appuntato Misfatti machte zwei Schritte auf das Schränkchen zu und blieb dann stehen.

»Meine Toten«, wisperte die Signorina Tecla.

Misfatti brummte. »Und wer ist der da?« fragte er

und zeigte mit dem Finger auf eines der Bilder. Hatte er den nicht schon mal gesehen?

»Das ist mein Vater«, sagte die Signorina, als wäre es die selbstverständlichste Sache der Welt.

Wo habe ich dieses Gesicht bloß schon gesehen? fragte sich der Appuntato.

»In welchem Jahr ist er gestorben?«

»Neunzehnhundertsieben.«

»Neunzehnhundertsieben«, murmelte der Appuntato.

Nebel – das Datum sagte ihm nichts.

»Und was war er von Beruf?« fragte er.

»Was hat das damit zu tun?« fragte die Signorina zurück.

Der Appuntato drehte sich um und sah sie an.

»Wenn Sie wollen, daß ich hier Ermittlungen durchführe …«, sagte er drohend.

»Polier!«

»Polier«, wiederholte der Appuntato langsam. »Gut«, sagte er dann.

»Zufrieden?« fragte die Signorina.

»Ich will Sie nicht länger stören«, erklärte Misfatti.

Doch die Manzi hatte sich auf die Türschwelle gestellt.

»Ich werde die Sache überprüfen«, war Misfattis geschickte Reaktion.

Und ob er das tun würde!

## 19

*Die warme Sonne* stand hoch am Himmel. Die Luft war still.

Normale Menschen aßen um diese Zeit zu Mittag, dachte der Brigadiere Mannu. Und vielleicht hielten diese Leute dann auch noch ein Mittagsschläfchen. Das war etwas anderes, als auf Friedhöfen zwischen Gräbern herumzulaufen.

Die Geschichte mit den Krähen hatte ihn beeindruckt. Jetzt aber waren keine Vögel zu sehen.

»Warum das?« fragte der Sarde, woraufhin der Totengräber Frascati erklärte, er habe nach der makabren Entdeckung Bretter über die Grube gelegt.

Der Brigadiere sah auf die Gräberreihe. »Ist es dort?« fragte Mannu und zeigte auf ein Grab.

Sabino Frascati nickte. Dann schnaufte er. Er zog ein kariertes Taschentuch aus der Hosentasche und fuhr sich damit übers Gesicht.

»Wollen Sie lieber, daß ich allein gehe?« fragte der Brigadiere.

Der Totengräber blickte Mannu an. Er zögerte. Er hatte blaue Augen und den Blick eines Kindes.

»Wenn Sie meinen«, sagte er dann. »Ich ruhe inzwischen meine Hüfte und mein Knie ein wenig aus.« Mit einem Knirschen in den Gliedern setzte er sich auf die erste Stufe der kleinen Treppe, die zum höchsten Teil und damit zum oberen Ausgang des Friedhofs führte. Der Brigadiere ging los. »Wenn sie mich brauchen, geben Sie mir ein Zeichen«, sagte Frascati noch.

Als Mannu die Grube erreicht hatte, nahm er seine Mütze ab. Der Totengräber war noch immer dabei, sich den Schweiß abzuwischen, während er auf das Dorf hinabblickte, auf den dunkelgrünen Streifen des Pioverna-Flusses, der in das kräftige Blau des Sees drang.

## 20

*Wo hatte er dieses Gesicht* schon einmal gesehen, das Gesicht des Vaters der Signorina Manzi?

Mit dieser Frage quälte sich der Appuntato Misfatti herum. Er hatte keinen Appetit, als hätte ihm die eigene Unwissenheit den Magen gefüllt. Anstatt nach Hause zu gehen, kehrte er in die Wache zurück. Er brauchte nichts zu essen, er brauchte Ruhe, um sich zu erinnern.

Auf der Wache erwartete ihn eine Überraschung. Die Vorschriften gelten wohl nur, wenn es gewissen Leuten paßt, dachte er, als er dort nur den Carabiniere Locatelli antraf.

»Was ist«, fragte er, »haben sie dich plötzlich befördert?«

Locatelli verstand die Ironie nicht.

»Gute Nacht«, verabschiedete sich der Appuntato und zog sich in sein Büro zurück. Jetzt hätte er den Maresciallo Maccadò gebraucht, das wandelnde Gedächtnis der Wache, der schon seit fast zwanzig Jahren in Bellano war. Er hätte ihm sicher weiterhelfen können.

Der Vater der Manzi hatte ein Gesicht, das man nicht so leicht vergaß. Die niedrige Stirn. Zwei schlitzförmige Augen unter schweren, geschwollenen Lidern. Das vorstehende Kinn. Und vor allem die Nase: eine große und dicke Nase, fleischig, aber flach, die eine besondere Stellung in der Mitte des Gesichts einnahm. Im ganzen ein merkwürdiges und scheußliches Gesicht. Ein Menschenfressergesicht.

Wo hatte er es bloß schon einmal gesehen? Denn er war sich sicher, es schon einmal gesehen zu haben. Ganz sicher …

Der Appuntato Misfatti verbarg sein Gesicht in den Händen: Er spürte unvermittelt, daß er einer wichtigen Sache auf der Spur war. Auch dabei, so meinte er sich zu erinnern, hatte der Brigadiere Mannu die Finger im Spiel gehabt. Auch bei dieser Gelegenheit hatte ihn der Sarde, dieses verdammte Arschloch, betrogen. Aber wann? Und wie?

## 21

*Der Grabstein war herausgerissen* und lag mit der Vorderseite nach unten. An den Rändern des Grabes türmten sich zwei Haufen dunkler, feuchter Erde. Einer war höher als der andere. Keinerlei Abdrücke. Zwischen den Gräbern wuchs gepflegter Rasen. Man sah sofort, daß jemand, der dort entlanggegangen war, das Gras hier und da niedergetreten hatte, aber mehr auch nicht.

Der Brigadiere Mannu legte seine Mütze auf den Stein des Nachbargrabs, allerdings erst, nachdem er den Namen des Toten, eines gewissen Andrea Belnasoni, gelesen hatte. Er ergriff das erste der beiden Bretter, die die Grube bedeckten, und trug es zur Seite.

Der Totengräber sah zu ihm hin. »Brauchen Sie Hilfe?« rief er.

Der Brigadiere machte eine abwehrende Geste. Er beugte sich nach unten, schaute in das Dunkel hinab und erkannte den Sarg. Er schnupperte. Dann richtete er sich wieder auf und wandte sich an Frascati.

»Üble Sache, nicht?« rief er.

Frascati war sichtlich getroffen. Er breitete die Arme aus. »Tut mir leid«, antwortete er.

»Was?« fragte der Brigadiere.

»Daß ich Sie in die Sache reingezogen habe.«

»Ist schon gut«, beruhigte Mannu ihn. »Machen Sie sich keine Gedanken.« Er wollte nicht, daß sich der Totengräber schuldig fühlte. »Es gibt Dinge, die leider vorkommen«, bemerkte er. »Das kann passieren.« Er seufzte. Danach ließ er den Blick über das prächtige helle Panorama schweifen und verglich es mit dem Dunkel und der Feuchtigkeit, die ihn dort unten erwarteten.

»Wie tief ist es?« fragte er.

Mittlerweile hatte sich der Totengräber erhoben. Er stand leicht gebeugt, stellte Mannu fest. Er neigte sich ein wenig nach links, als wollte er einen Teil seines Gewichts abschütteln. Schließlich begriff Frascati den Sinn der Frage.

»Wollen Sie hinuntersteigen?« Auf seinem Gesicht zeigte sich der Ausdruck von Entsetzen.

»Dazu bin ich hergekommen«, war die Antwort.

Frascati schwieg eine Weile. »Dazu nehmen Sie am besten eine Leiter«, sagte er dann.

»Ich wette, Sie haben eine.«

»Selbstverständlich«, antwortete Frascati und rückte seine Knochen zurecht. Dann ging er. »Sie steht dort im Geräteschuppen.«

Als es zwölf Uhr dreißig schlug, stieg der Brigadiere in das Grab hinunter. Sabino Frascati stand oben, einen Fuß auf die erste Sprosse der Leiter gestützt, damit sie sich nicht bewegte. Er sah lieber nicht hinein. Es ging über seine Kraft. In der Kette des Todes, wie er es ausdrückte, war ihm das erste Glied nicht unangenehm, die frischen Toten, und auch nicht das letzte, die Skelette mit den blanken Knochen. Aber vor den Zwischenstadien hatte er eine kindliche Furcht. Und da unten, wo sich der Brigadiere gerade befand, erwartete ihn möglicherweise Überraschendes.

In derartige Gedanken versunken, überhörte der

Totengräber fast die Stimme des Brigadiere, der etwas gesagt haben mußte. Vielleicht hatte er etwas von ihm wissen wollen. Oder er brauchte Hilfe.

»Was haben Sie gesagt, Brigadiere?« fragte er und blickte in das Grab hinunter, die Augen noch an das Sonnenlicht gewöhnt.

Mannu wandte ihm das Gesicht zu, ein bleiches Oval vor dem makellosen Blau des Himmels.

»Nichts«, antwortete Efisio. »Ich sagte nur, daß sie diesem armen Mädchen auch noch den Aufenthalt hier unten schwermachen wollten. Wer weiß, warum.«

Sabino Frascati spürte einen stechenden Schmerz im Magen.

»Wie bitte, Brigadiere?«

»Ach, nur so ...«, antwortete Mannu, während er zurück nach oben stieg.

»Nein«, fiel ihm der Totengräber entschlossen ins Wort. »Was haben Sie gesagt?«

Mannus Gesicht kam aus der Grube heraus.

»Ich sagte, daß sie dem armen Mädchen ...«

»Wieso Mädchen?« unterbrach Frascati ihn.

## 22

*Der Appuntato Misfatti* kam der Sache nicht auf den Grund. Wahrscheinlich weil er, während er die wahrlich dünne Spur verfolgte, die er im Kopf hatte, rückblickend auch all die Scherze oder, besser gesagt, Erniedrigungen Revue passieren ließ, mit denen der Brigadiere Mannu ihn in den letzten Jahren traktiert hatte. Das erzeugte in ihm eine Wut, die ihn immer wieder ablenkte. Aber wirklich, so sagte er sich, um solche Vorgesetzten zu ertragen, brauchte man wirklich die Geduld eines ...

Peng!

Der Appuntato schlug mit größter Heftigkeit auf die Schreibtischplatte. So heftig, daß wenige Sekunden später der Carabiniere Locatelli den Kopf zur Tür hereinsteckte, um zu fragen, ob Misfatti ihn gerufen habe.

»Verschwinde!« sagte der Appuntato plötzlich voller Euphorie.

Die Geduld eines Heiligen. Heilig, Heiligtum. Die Wallfahrtskirche von Lezzeno. Jetzt erinnerte er sich genau. Am 6. August 1933, vor zwei Jahren. Der Jahrestag der Erscheinung der Madonna, die am 6. August 1688 in Lezzeno blutige Tränen geweint hatte. So war der Ort zur Wallfahrtsstätte geworden.

Damals, im August, hatte der Brigadiere Mannu etwas mit einem Mädchen aus Menaggio, die er auf dem Schiff kennengelernt hatte. Er besuchte sie oft, und manchmal, wenn er keinen Dienst hatte, verbrachte er auch die

Nacht bei seiner Liebsten am anderen Ufer. So war es auch am Samstag, den 5. August 1933 gewesen. Am nächsten Tag hatte dann das Schiff, mit dem er nach Bellano zurückfahren wollte, eine Panne, als es sich ungefähr einen Kilometer vom Ufer Menaggios entfernt hatte, so daß es dort liegen blieb. Als die Nachricht die Anlegestelle von Bellano und anschließend die Ohren des Maresciallo Maccadò erreichte, verlor der keine Zeit. Aus triftigem Grund bestellte er ihn, den Appuntato Misfatti, zum Dienst. Am Nachmittag nämlich sollte bei der Wallfahrtskirche für die Madonna von Lezzeno zum Jahrestag des Wunders eine große religiöse Feier stattfinden, im Beisein von Kranken, mit einer Prozession, Segnungen und vielem mehr. Da durften die Carabinieri nicht fehlen. Zwei, und zwar in Paradeuniform. Misfatti hatte dabei Mannus Stelle eingenommen. Der Maresciallo hatte sich hinter der Ausrede verschanzt, daß er die Wache nicht im Stich lassen konnte, jetzt, da der stellvertretende Kommandant sich in der Gewalt der Wellen befinde.

Es war ein schrecklicher Sonntag wegen der Hitze, die der schwere Stoff der Paradeuniform ins Unerträgliche steigerte, durch die Menschenmasse, die sich schweißbedeckt in der Kirche drängte, durch den Weihrauch, der erbarmungslos in der Luft verteilt wurde und dessen widerlicher Geruch ihm noch wochenlang in der Nase hing. Dort hatte er den Mann gesehen.

Der Appuntato Misfatti klopfte sich anerkennend an die Schläfe. Gehirn und Gedächtnis funktionierten noch bestens. Aber plötzlich verzog er das Gesicht zu einer Grimasse.

»Verdammt«, sagte er. Wieder schlug er mit der Hand auf den Schreibtisch. »Verdammter Mist!« Er knirschte mit den Zähnen. »Leck mich doch am Arsch«, brummte er. Wenn der Mann 1907 gestorben war, wie, zum Teufel, konnte er ihn dann 1933 in der Kirche gesehen haben?

Obwohl …

# 23

*Armes Mädchen?* überlegte der Totengräber. Aber da unten war doch ein Mann beerdigt! Der Brigadiere hatte sich bestimmt geirrt. Das teilte er ihm dann auch gleich mit.

Mannu war noch halb in der Grube. Langsam stieg er nach oben. Er blieb stehen und sah zum Totengräber hinauf. Er lächelte.

»Würden Sie mir meine Mütze reichen?« bat er und deutete darauf. Die Sonne schien ihm ins Gesicht.

Frascati reichte sie ihm.

»Es ist eine Frau«, bekräftigte der Brigadiere, nachdem er sich den Schirm in die Stirn geschoben hatte. Dann stieg er aus dem Grab und klopfte sich mit den Händen den Staub von der Hose.

»Aber ...«, begann der Totengräber ungläubig.

»Sie hat lange Haare. Schwarz. Sie trägt ein helles Frauengewand. Ich würde sagen, sie war noch ziemlich jung«, erklärte der Sarde.

Sabino Frascati schwieg eine Weile. Er war ein wenig verlegen, wußte nicht, wie er reagieren sollte, andererseits mußte er diesen Irrtum aufklären. Er war sich seiner Sache sicher.

»Brigadiere, entschuldigen Sie, aber das ist unmöglich«, sagte er eilig.

Der Brigadiere wollte etwas erwidern.

»Sehen Sie sich den Grabstein an«, drängte Frascati ihn.

Wortlos bückte sich der Carabiniere, um den Stein anzuheben, der noch immer mit der Vorderseite nach unten lag. Er drehte ihn um.

»Sehen Sie?« sagte der Totengräber, jedoch ohne Genugtuung.

»Ercole Perego«, las der Brigadiere. »Geboren am 10. Februar 1860, gestorben am 7. März 1935.« Vor sechs Monaten also. Auf dem Stein fand sich auch noch ein bereits verblaßtes Foto, auf dem zu erkennen war, daß Perego eine große Nase und krauses Haar gehabt hatte. Der Brigadiere Mannu richtete sich auf und sah dem Totengräber Frascati ins Gesicht. »Die Leiche, die hier unten liegt«, sagte er und zeigte auf das Grab, »ist nicht die dieses Mannes«, und jetzt zeigte er auf den Stein.

Sabino Frascati breitete die Arme aus. »Und was machen wir nun?« fragte er, von der Hartnäckigkeit des Carabiniere geschlagen.

»Wir sprechen mit dem Bürgermeister darüber«, antwortete Mannu.

## 24

*Der Appuntato Misfatti* sog schnuppernd die Luft durch die Nase ein. Durch die geöffnete Tür seines Büros drang ein Duft … Ein Hungerkrampf durchfuhr seinen Magen. Es war der Geruch nach etwas Eßbarem. Wieder schnupperte er. Es war ein Uhr, und er hatte noch nichts gegessen. »Locatelli!« rief er.

Der Junge aus Bergamo eilte herbei, in Hemdsärmeln und mit einer Schürze um die Hüften.

»Wonach riecht es hier?«

Locatelli errötete. Er erklärte, er wärme etwas Minestrone auf, die er am Vorabend zubereitet habe.

»Das riecht aber nicht nach Minestrone«, meinte der Appuntato enttäuscht.

Locatelli grinste.

»Was ist daran so komisch?« fragte Misfatti.

Der Carabiniere erklärte weiter, daß er die Minestrone nach dem Rezept seiner Großmutter zubereite.

»Und das heißt?«

Mit Schwarte und auch etwas Speck. Und mit zwei Lorbeerblättern. Deshalb der appetitliche Duft, aber vor allem ein hervorragender Geschmack. Die Minestrone sei so vielleicht nicht jedermanns Sache. Aber da in dieser Wache seit zwei Tagen außer ihm niemand etwas gegessen habe, habe er sich erlaubt, sie nach seiner Art zu kochen.

»Ein Hoch auf die Großmütter!« rief der Appuntato und stand auf, um in die Küche zu gehen, fest entschlossen, ein paar Löffel von dieser Köstlichkeit zu probieren.

»Du hast Glück, daß du noch eine hast«, fügte er hinzu.

Nein, er habe keine mehr, erklärte der Carabiniere. Er habe seine Großmutter nie kennengelernt, denn sie sei zwanzig Jahre vor seiner Geburt gestorben. Aber bei ihm zu Hause erinnerten sich alle an sie, wegen ihrer Rezepte – wie dem für die Minestrone – und weil in der Küche ein Jugendbildnis von ihr hing, das einst ein Maler auf der Durchreise gemalt hatte. Es hänge unter einem stets brennenden Lämpchen.

»Und immer, wenn wir daran vorbeikommen«, fügte der Junge aus Bergamo lachend hinzu, »dann bekreuzigen wir uns, als wäre es ein Heiligenbild oder eines von den Bildern, die in der Kirche hängen. Die nennt man ...«

Der Appuntato Misfatti erstarrte. »Votivbilder«, murmelte er leise. »Votivbilder!« rief er laut.

»Genau«, bestätigte Locatelli, ohne zu begreifen, weshalb sich der Appuntato so aufregte.

»Bravo, Locatelli«, lobte der Appuntato. In diesem Zusammenhang also hatte Misfatti zwei Jahre zuvor das Gesicht des Vaters der Signorina Manzi gesehen, ein Porträt in einer Reihe von Votivbildern hinter dem Hauptaltar der Wallfahrtskirche der Madonna von Lezzeno.

## 25

*Der Bürgermeister Balbiani* wohnte in Coltogno. In einem edlen Palazzo mit Mäanderornamenten unter dem Dach und einem großen Garten ringsherum, in dem Magnolien, Oleander, Rhododendren und Hortensien wuchsen. Balbiani residierte im zweiten von drei Stockwerken. Im ersten Stock wohnte der jähzornige Notar Fusini, ein Junggeselle, und im dritten der frisch ernannte Direktor der Banca del Mandamento di Bellano, ein gewisser Passalaqua. Letzteren hatte der Hausverwalter beim Einzug darauf hingewiesen, daß die beiden anderen Hausbewohner keinerlei Störung duldeten: Daher solle er die hormonellen Bedürfnisse seiner Jugend woanders austoben. Das Gebäude war eine Oase des Friedens, den niemand zu verletzen wagte, wenn es irgendwie zu vermeiden war.

Schweigend und wie auf glühenden Kohlen gingen der Brigadiere und der Totengräber hintereinander über den mit Kies bestreuten Eingangsweg. Als sie die Eingangshalle erreichten, atmeten sie erleichtert auf. Die Treppe, die zu den Wohnungen führte, war mit einem Teppich bedeckt, so konnten sie sicher sein, nach oben zu gelangen, ohne daß ihre Schritte hallten. Wer den Bürgermeister kannte, wußte, daß er nach dem Mittagessen ein Schläfchen zu halten pflegte, bei dem er nicht gestört zu werden wünschte. Aber auch mit seiner Frau Olonia war nicht zu scherzen, dachte der Brigadiere Mannu, als er sie sah.

Auf dem Treppenabsatz angelangt, hatte er diskret ein paarmal an die Tür geklopft. Nichts. Er klopfte erneut: Immer noch nichts. Der Brigadiere widerstand der Versuchung und beachtete die Klingel nicht. Er legte die Hand auf die Türklinke, diese gab nach, und die Tür ging auf. »Gestatten Sie«? fragte er und steckte den Kopf durch den Spalt zwischen Tür und Rahmen. Nichts. In der Wohnung herrschte Friedhofsstille. Er bedeutete dem Totengräber, ihm zu folgen, und sie betraten den Flur. An dessen Ende eröffnete sich eine lange Zimmerflucht. Der erste Raum war die Küche. Und dort sah er, den Arm auf der Tischplatte und den Kopf darauf gestützt, die Signora Olonia, die Frau des Bürgermeisters. Er klopfte auf die Tischplatte, erst leise, dann immer heftiger. »Signora«, rief er in bittendem Ton.

Endlich erwachte sie. Sie sah mit entrücktem Blick zu ihm auf, denn sie kam aus einem tiefen Traum. »Ernesto?« fragte sie.

Von ihm hatte sie gerade geträumt. Von Ernesto, dem Piloten, der am 7. Mai 1928 in Bellano gewesen war, am Tag der Luftwaffe. Bei dieser Gelegenheit hatte Olonia ihre Lufttaufe erhalten und sich Hals über Kopf in Ernesto verliebt, obwohl sie damals bereits mit dem zukünftigen Bürgermeister verheiratet gewesen war. Als sie nun die Augen öffnete und die Uniform des Brigadiere vor sich sah, hatte sie den flüchtigen Eindruck, daß ihr Traum in die Wirklichkeit überging. Doch Mannu sorgte dafür, daß sie wieder festen Boden unter die Füße bekam.

## 26

*Die Wallfahrtskirche* war bis vier Uhr geschlossen. Nur sonntags und an Feiertagen war sie den ganzen Tag über geöffnet.

Das wußte der Appuntato Misfatti nicht, der außer Atem und schweißgebadet dort ankam, als es vom Kirchturm zwei Uhr schlug. Er hatte den Pfad, der von Bellano zur Kirche hinaufführte, zu Fuß und im Laufschritt bewältigt, und so entfuhr ihm vor dem verschlossenen Tor ein Schrei, der an diesem Ort kaum angemessen war. Hilfesuchend drehte er sich um und sah auf der kleinen Mauer, die die Piazza umgab, eine alte Frau sitzen. »Wie kommt man hier rein?« fragte er.

»Sie müssen bis vier Uhr warten«, antwortete sie prompt. »So wie ich.«

»Wer hat die Schlüssel?«

»Der Priester. Aber der schläft jetzt.«

Und wenn schon, sagte sich der Appuntato. Im Grunde hätte er aus dienstlichen Gründen nicht nur den Priester einer Wallfahrtskirche, sondern selbst einen Kardinal aus dem Bett holen können.

Dabei schlief der zweiundachtzigjährige Don Contardo dall'Orto, Priester der Kirche der Madonna von Lezzeno, gar nicht. Schon seit längerem nutzte er die beiden Stunden nach dem Mittagessen, bevor er wieder seiner üblichen Betätigung nachging, zur Erstellung einer Chronik des heiligen Ortes. Inzwischen war er im Jahr 1893 angekommen, das vier Jahrzehnte zurücklag.

Er öffnete dem Appuntato persönlich, da er keine ständige Haushälterin hatte, sondern nur eine Zugehfrau, die für ein paar Stunden kam, um das Pfarrhaus sauberzuhalten und ihm das Mittag- und Abendessen zuzubereiten, stets in kleinen Portionen.

Der Appuntato kam sofort zur Sache. Er erklärte, er sei wegen einer äußerst wichtigen Überprüfung gekommen, im Zusammenhang mit einer Ermittlung, die er führe, und deshalb wäre es ihm von größtem Nutzen, einen Blick auf die Galerie der Votivbilder werfen zu können.

»Welch schöner Zufall«, bemerkte der Priester.

Einige Tage zuvor habe er für seine Chronik das Kapitel über die Votivbilder begonnen, das in der Geschichte des heiligen Ortes nicht fehlen dürfe, und er sei gerade dabei, die Bilder alle einzeln aufzuführen und – soweit dies möglich wäre – die Geschichte eines jeden zu rekonstruieren.

»Ich begleite Sie«, sagte er daraufhin lächelnd, und schon machte er sich auf den Weg.

In der Kirche verzichtete Misfatti darauf, den Bereich hinter dem Altar zu besichtigen, in dem die herzförmigen Bilder aus Gold und Silber hingen. Ihn interessierten vielmehr jene, die die Umstände und den Hergang des angeblichen Wunders darstellten. Es waren ungefähr vierzig. Auf den ersten Blick entdeckte Misfatti das Gesuchte nicht. Auch nicht beim zweiten oder dritten Hinsehen. Es war nicht da!

»Es ist nicht da«, sagte er leise, denn er hielt seine Zunge aus Respekt vor dem Ort im Zaum. Auch dies war also wieder eine falsche Spur.

»Sie müssen wissen«, sagte der Priester, »daß ich ein paar abgehängt habe.«

Der Appuntato fühlte neues Leben in seinen Adern pulsieren. »Ach, tatsächlich? Und warum?«

Der Priester zuckte die Achseln. »Es waren Werke von ...«, beganne er und tippte sich mit dem Zeigefinger an die Stirn. »Ich konnte nicht zulassen, daß sie in die Chronik des heiligen Ortes und in mein Buch Einzug finden.«

Der Appuntato Misfatti begriff, daß eine letzte Chance bestand.

»Und haben Sie sie weggeworfen?«

»Nein, natürlich nicht. Ich habe sie in der Sakristei versteckt.«

»Können wir sie anschauen?« fragte Misfatti mit einem Kloß im Hals.

»Dem steht nichts im Wege«, sagte der Priester.

Eine Minute später tauchte das mürrische Gesicht von Vater Manzi vor den verzückten Augen des Carabiniere auf.

## 27

*Der Bürgermeister Balbiani* erschien in Hose und Hausjacke im Blickfeld der Besucher. Seine Haare waren zerwühlt und die Augenbrauen struppig. Als er den Brigadiere Mannu und den Totengräber sah, begriff er sofort, was die beiden zu ihm führte. Deshalb bat er sie, gleich nachdem er ihren Gruß erwidert hatte, im Wohnzimmer Platz zu nehmen. Er wollte unbedingt verhindern, daß seine Frau etwas von den seltsamen Ereignissen auf dem Friedhof erfuhr, denn er kannte ihren Hang zur Verbreitung von Klatsch und Tratsch nur zu gut. Er setzte sich zuerst und bat die anderen beiden, es ihm gleichzutun. Der Brigadiere nahm ihn sogleich beim Wort.

»Wollen Sie sich nicht setzen?« fragte der Bürgermeister Frascati, als er dessen Unentschlossenheit bemerkte.

Der Totengräber war in Gegenwart des Bürgermeisters wieder in große Verlegenheit geraten, zumal er sich auch noch in dessen Wohnung befand. Doch es gab noch einen anderen Grund, weshalb er vorzog stehenzubleiben: Die Sessel in dem kleinen Salon waren so niedrig, daß es ihm schwerfallen würde, wieder aufzustehen. Doch dies zu sagen traute er sich nicht.

»Setzen Sie sich«, forderte Balbiani ihn schließlich in eher befehlendem als einladendem Ton auf.

Der Totengräber gab nach und mühte sich in den Sessel, der unter seinem Gewicht knarzte.

»Und?« fragte der Bürgermeister.

Der Brigadiere hüstelte. »Die Sache ist recht unangenehm«, begann er. Dann faßte er kurz die Ereignisse zusammen und informierte ihn über das Ergebnis seiner Friedhofsinspektion.

»Das ist ja unglaublich«, entfuhr es dem Bürgermeister, der den Blick starr auf den Totengräber gerichtet hielt. »Wie kann so etwas passiert sein?«

Auf die Frage folgte tiefes Schweigen. Gern hätte der Brigadiere Mannu anstelle von Frascati geantwortet, der zu schwitzen begann. Aber das konnte er nicht, denn es war nicht seine Angelegenheit. Mühsam und schnaufend brach Frascati das Schweigen.

»Ich … also ehrlich gesagt … eigentlich, jetzt, so aus dem Stegreif … also, ich erinnere mich nicht mehr so ganz genau an den Tag, an dem dieser Perego beerdigt wurde …«

»Perego?« erregte sich der Bürgermeister.

»Ja, Perego«, schaltete sich der Brigadiere sogleich ein. »Ercole Perego. Er hätte statt der Frau in diesem Grab liegen müssen.«

Die Falten im Gesicht des Bürgermeisters glätteten sich augenblicklich. Er war auf einmal so zufrieden, daß ihm sogar der Gedanke kam, seinen Gästen etwas anzubieten. Doch schnell schob er diesen wieder von sich, denn er wollte auf keinen Fall noch mehr Zeit verlieren und die letzte halbe Stunde seiner Mittagsruhe vergeuden.

»Wenn der dort liegt«, erklärte er, »dann können wir wohl so tun, als ob nichts gewesen wäre. Und ich entschuldige mich, Ihnen Ihre Zeit gestohlen zu haben, Brigadiere.«

Der Brigadiere Mannu warf dem Totengräber einen schnellen Blick zu und wandte sich dann an den Bürgermeister. Was hatte der gesagt?

»Würden Sie das bitte wiederholen?« fragte er.

# 28

*Das Votivbild war nichts anderes* als ein Porträt des Vaters Manzi, von einer ungeschulten Hand gemalt, der es gelungen war, ihn noch häßlicher zu machen, als er in Wirklichkeit gewesen war. Von der rechten oberen Ecke glotzte eine Madonna aus einem Himmel auf ihn herab, nach Absicht des Malers sicher mit Wohlwollen. Doch das Ergebnis vermittelte genau das Gegenteil: Es sah aus, als wäre selbst die selige Jungfrau angesichts so großer Häßlichkeit zutiefst erschrocken. Der Appuntato grinste amüsiert.

»Was soll man dazu sagen?« bemerkte er. »Ein Maler mit einer sehr geschickten Hand!«

»Eine Malerin«, verbesserte ihn der Priester.

»Ach, tatsächlich?«

Der Geistliche nickte bestätigend. »Die Tochter«, erklärte er.

»Die Tochter?« fragte der Carabiniere erstaunt. »Meinen Sie etwa die Signorina Tecla Manzi?«

»Genau die.«

»Sind Sie sicher?«

Der Priester verschränkte in aller Ruhe die Hände hinter dem Rücken. »Hören Sie«, sagte er, »ich verstehe sehr gut, daß es natürlich ist, am Erinnerungsvermögen eines Zweiundachtzigjährigen zu zweifeln. Doch ich garantiere Ihnen, daß man die Tochter dieses Mannes selbst nach hundert Jahren nicht vergessen kann.«

»Und warum?«

»Warum?«

Es war im Januar 1905 gewesen. Ein kalter und windiger Morgen. Es hatte schon mehrere Tage geschneit. Der Schnee lag vierzig Zentimeter hoch und war mit einer dicken Eiskruste überzogen. Gegen zehn Uhr erschien die Signorina Tecla Manzi, damals achtunddreißig Jahre alt, im zum Heiligtum gehörenden Pfarrhaus und verlangte den Priester zu sprechen. Er empfing sie freundlich an der Tür und fragte, wie er ihr behilflich sein könne. Die Manzi antwortete ihm, sie habe ein Votivbild bei sich, das sie gern am Altar ausstellen wolle.

»Eben das Bild, das Sie hier vor Augen haben«, sagte der Priester zum Appuntato.

Soweit nichts Ungewöhnliches. Er bat sie ins Haus, um sich die näheren Umstände erzählen zu lassen. Und erst in diesem Moment, als er bemerkte, daß der Schnee, den noch niemand weggeschaufelt hatte, ihr bis zu den Knien reichte, fiel ihm auf, daß sie barfuß war. Als wäre nichts dabei, erklärte ihm die Manzi, daß ihr im Traum die Madonna erschienen sei und ihr befohlen habe, dieses Bild zu malen und es persönlich in die Kirche zu bringen, und zwar mit nackten Füßen, ganz gleich, wie das Wetter sei, zur Buße. Zustoßen werde ihr dabei nichts. Das Porträt war kein Votivbild im eigentlichen Sinne. Doch nur so, erklärte die Manzi, könne die Madonna einschreiten, damit der Vater seinen Lebenswandel ändere: Sie müsse ihn ständig im Blick haben, hinter dem Hauptaltar. Der Priester bat sie nicht in seine Wohnräume, denn mit Verrückten dieser Sorte wollte er sich nicht weiter einlassen. Er behandelte sie freundlich, begleitete sie in die Kirche, hängte das Bild auf und verabschiedete sie eilig. Da wußte er noch nicht, daß die Madonna – wiederum nach Aussage der Manzi – der Signorina befohlen hatte, von nun an jeden Morgen barfuß den Berg hinaufzusteigen, bis sich das Wunder ereignet hatte.

»Aber was war denn mit diesem Mann, dem Vater?« fragte der Carabiniere dazwischen.

Der Priester breitete die Arme aus.

»Ich weiß, daß er Polier war …«

»Das weiß ich auch.«

Mehr konnte der Priester dazu nicht sagen. Es hatte ihn nicht interessiert. Allein deshalb nicht, weil er schon genug mit der Signorina Tecla Manzi zu tun hatte, die, nachdem sie Tag für Tag kam, so mit dem Ort vertraut wurde, daß sie sich schließlich so benahm, als wäre sie mit der Leitung der Kultstätte betraut.

»Sie verbrachte ganze Tage hier«, sagte der Priester.

Sie kam, ging in die Kirche, stellte Kerzen, Stühle und Bänke um, wischte Staub, richtete die Blumen und beschimpfte die Leute, die schwatzten. Irgendwann wurde es dem Küster zuviel, und er stellte den Priester vor die Wahl: entweder er oder sie. Ein unlösbares Problem, denn jedesmal, wenn er versuchte, die Manzi zur Rede zu stellen, kam sie wieder mit ihrer Geschichte, daß sie im Auftrag der Madonna handele.

»Doch als die Sache allmählich die Runde machte«, erklärte der Priester, »kam dem ein oder anderen daran so mancher Zweifel.«

Die Signorina Tecla Manzi allerdings ging weiterhin täglich barfuß nach Lezzeno hinauf und wieder hinunter, bei jedem Wetter, und nie passierte ihr dabei etwas. Und wenn sie Neugierigen von ihren Visionen erzählte, gab sie sich, als wäre sie in Ekstase, um ihre Zuhörer zu beeindrucken. Und so hörte der Priester auf zu hoffen, daß man die Angelegenheit noch auf friedliche Weise regeln könne. Im August 1905, anläßlich der Jubiläumsfeiern der wundersamen Erscheinung, kam es schließlich zum Eklat.

## 29

*Selbst im Tod* war es Ercole Perego noch gelungen, seinen Nächsten zu betrügen. Und vor allem ihn, den Bürgermeister. Indem er sich von der Gemeindeverwaltung den Transport und die Beerdigung bezahlen ließ. Vergeblich hatte man in seinem Haus nach Geld gesucht, nachdem er so gestorben war, wie er es verdient hatte, nämlich wie ein Hund. Keine Rücklagen auf der Bank, rein gar nichts. Diese Tatsache war ein echtes Rätsel bei alldem, was der Mann zusammengerafft haben mußte. Allein der Gedanke daran brachte Balbiani zum Kochen. Denn er persönlich hatte sich damals auf die vergebliche Suche eingelassen. Er hatte bei den Direktoren der zwei Banken von Bellano seine ganze Autorität geltend gemacht. Bei beiden wurde er freundlich behandelt, doch am Ende konnte man ihm nicht weiterhelfen: Perego hatte nicht ein einziges Sparbuch besessen. Da war nichts zu machen. Die Kommune mußte das Geld herausrücken, sowohl für den Transport der Leiche Peregos, der in Treviglio gestorben war, als auch für seine Bestattung in geweihter Erde. Als wäre er einer von all diesen Armen gewesen, die nicht wußten, wie sie eine drittrangige Beerdigung und einen Sarg von miesester Qualität bezahlen sollten. Dabei war er ein Wucherer und Nutznießer, ein Geschäftemacher ohne jeden Skrupel, der sein Leben lang keine Scham gekannt hatte.

Das mochte ja alles zutreffen, wandte der Brigadiere

ein, aber hier ging es um eine kriminelle Tat. Da konnte man doch nicht so tun, als ob nichts wäre.

»Wir machen das Grab wieder zu, und das Problem ist erledigt«, beschloß Balbiani nach längerem Schweigen.

Wenn jetzt der Maresciallo Maccadò hier wäre, dann müsse man gar nicht so lange hin- und herdebattieren, setzte der Bürgermeister noch hinzu.

»Nun fügt es sich aber so, daß der Maresciallo in Urlaub ist und ich hier bin«, bemerkte Efisio.

Der Bürgermeister schluckte. »Ich bin sicher, daß Ihr Vorgesetzter einverstanden wäre«, beteuerte er.

Der Brigadiere blickte zu Frascati hinüber, der mit seinen Blicken den Fußboden absuchte. »Wieso das?« fragte er.

»Das soll er Ihnen selbst erklären«, antwortete Balbiani. »Fragen Sie ihn, wenn er zurückkommt, nach seiner Meinung zu diesem Thema. Ich sehe schon das Gesicht vor mir, das er machen wird, wenn er erfährt, daß Sie … sagen wir mal: den Fall wiederaufgerollt haben.«

»Und die Grube?« brachte der Totengräber mühsam hervor.

Das Duell, das da zwischen dem Brigadiere und dem Bürgermeister stattfand, hatte ihn plötzlich hellhörig gemacht: Er wollte nicht, daß am Ende alles an ihm hängenblieb. Was sollte er tun? Das Grab vor aller Augen offen lassen – ein schändlicher Anblick – oder es doch wieder zuschütten?

Der Brigadiere sah den Bürgermeister forschend an.

Wenn jetzt doch der Maresciallo Maccadò da wäre, dachte nun auch er. Denn wenn zutraf, was Balbiani gerade behauptet hatte, wenn der Maresciallo Maccadò wirklich mit ihm einig wäre …

»Sie entscheiden, Brigadiere«, sagte der Bürgermeister.

Frascati rann der Schweiß von der Stirn. Sollte er dem Vorschlag des Bürgermeisters folgen? Oder die Anweisungen des Brigadiere abwarten?

»Ich gebe Ihnen morgen Bescheid«, sagte letzterer.

»Ich erwarte Sie hier«, antwortete Balbiani. »Ist Ihnen neun Uhr recht?«

Mannu nickte. Hätte er sofort nachgegeben, wäre dies allzu kopflos geschehen, dachte er. Denn zunächst wollte er die Dinge erfahren, die er bisher noch nicht wußte.

## 30

*»Die Kapelle war überfüllt gewesen«*, erzählte der Priester weiter. »Neben all unseren Gläubigen waren noch vier Pilgergruppen aus Missaglia, Premana, Pasturo und von der Kirche der Madonna del Soccorso aus Lenno da.«

Die Manzi war früh am Morgen erschienen, wie immer ohne Schuhe und Strümpfe. Der Höhepunkt der Festlichkeiten sollte am frühen Nachmittag beginnen und mit einem feierlichen Ritual enden, vor dem Segen für die Kranken. Während er schon vom Altar die heilige Messe las – wobei jedoch sein Herz so stark klopfte, als hätte er das Unglück vorausgegesehen –, lief die Signorina durch die Seitenflure, wo dicht gedrängt die Gläubigen standen. Und genau in dem Moment, als er die geweihte Hostie in die Höhe hob, wurde die absolute Stille vom Knall einer Ohrfeige durchbrochen.

Das war sie.

Sie hatte die Ohrfeige einem Jungen verpaßt, der, wie sie behauptete, ein Lämpchen in seine Tasche gesteckt hatte, wobei er den Augenblick größter Besinnung schamlos ausgenutzt hatte. Der Vater des Jungen reagierte unverzüglich. Er packte die Manzi am Schopf, so daß sie heulte und schrie. In wenigen Augenblicken war aus der Kirche ein Ort des Chaos geworden: Worte, Lachen, Rufe, Gebrüll und erstaunte Aufschreie. Doch über allem erhob sich die schrille Stimme der Signorina Tecla Manzi, die der Vater des Jungen immer noch fest an den Haaren hielt.

»Zum Glück«, sagte der Pfarrer.

Zum Glück waren die Carabinieri da.

Der Appuntato Misfatti konnte einen Ausdruck des Stolzes nicht zurückhalten.

Sie hatten sogleich eingegriffen, den Vater des Jungen beruhigt, sich der Besessenen bemächtigt und sie ins Freie geschleppt, wohin auch immer.

»Denn«, schloß der Pfarrer, »seit diesem Tag habe ich sie nicht mehr gesehen. Und, ehrlich gesagt, ich habe ihren Anblick auch nie vermißt.«

## 31

*Der Appuntato Misfatti* verließ den Platz vor der Wallfahrtskirche von Lezzeno bereits mit einer bestimmten Idee im Kopf: Wenn die Carabinieri an der Sache beteiligt gewesen waren, würde er sicher im Archiv auf der Wache Hinweise finden, dachte er. Ein Protokoll von den Ereignissen wäre hilfreich. Auch wenn das alles schon 1905 vorgefallen war. Denn dann konnte er diesem Trottel von Sarden die Wahrheit ins Gesicht schleudern: Ihn hinter den Hirngespinsten einer Verrückten herlaufen zu lassen war verlorene Zeit. Sollte doch der Brigadiere den Leuten aus Lecco erklären, warum er noch nicht nach Vendrogno gefahren war, um in der Angelegenheit mit den Würmern und Mussolini zu ermitteln.

Nachdem der Appuntato sich von dem Pfarrer verabschiedet hatte, machte er sich schwungvoll auf den Rückweg, voller Freude, daß die Gelegenheit, sich an dem sardischen Hammelfresser zu rächen, in so unmittelbare Nähe gerückt war. Er nahm den Maultierpfad zurück nach Bellano, ohne Angst auszurutschen oder sich etwas zu verstauchen. Auf der Wache erwartete ihn Locatelli in heller Aufregung. Vor allem, weil die aus Lecco angerufen hatten, um Informationen über den Fall mit den Würmern zu erhalten.

»Ich weiß nicht, ob ich alles richtig verstanden habe, aber ich glaube schon.«

»Und was hast du gemacht?« fragte Misfatti.

»Ich habe gesagt, daß ich die Anfrage weiterleite.«

»Bravo«, lobte Misfatti: Dieser Junge, der so ehrliche Antworten gab, begann ihm sympathisch zu werden. »Dann sag es dem Brigadiere.«

»Hab' ich schon.«

Er hatte es ihm schon gesagt. Aber wann?

Gleich, als der Brigadiere zurückgekommen war.

Und der?

Der hatte gesagt, er solle es ihm sagen.

»Wem, ihm?« fragte Misfatti, der langsam wütend wurde.

»Ihm«, wiederholte Locatelli und zeigte mit dem Finger auf den Appuntato. »Ihnen!«

Er haßte ihn! Was glaubte der denn, wen er vor sich hatte? Eine Marionette, eine Krippenfigur, die man hierhin oder dahin stellen konnte, je nachdem, wie es einem gerade paßte?

»Ich«, entgegnete der Appuntato Misfatti ungehalten, »muß jetzt ins Archiv gehen und recherchieren. Und keiner hat mir dabei auf die Nerven zu gehen, verstanden?«

Locatelli stand da mit offenem Mund. Er war eindeutig in einer Kaserne von Verrückten gelandet. Denn der Brigadiere Mannu hatte ihm kurz zuvor mehr oder weniger das gleiche gesagt: daß er ins Archiv gehe, um zu recherchieren, und daß ihm niemand auf den Sack gehen solle.

Es stimmte also, was seine Mutter und schon seine Großmutter gesagt hatten, dachte Locatelli, während er dem Appuntato auf dem Weg zum Archiv hinterherblickte: Die Leute von den Inseln waren merkwürdig. Nette Leute, aber ein bißchen verrückt.

## 32

*Der Brigadiere Mannu* hielt gerade die Akte von Ercole Perego in der Hand, als der Appuntato das Archiv betrat, einen winzigen Raum ohne Fenster, der vor Jahren einmal das Klo der Dienststelle gewesen war. Er erblickte den Appuntato, nieste wegen des Staubs, den der aufgewirbelt hatte, und grüßte.

»Die Leute aus Lecco haben angerufen wegen dieser gewissen Angelegenheit«, sagte er.

Misfattis Auge fiel auf den Eintrag auf der Karteikarte, die Mannu in der Hand hielt. »Das hat mir Locatellli schon mitgeteilt«, antwortete er.

»Die werden wieder anrufen.«

»Daran zweifele ich nicht.«

»Antworten Sie ihnen«, befahl der Brigadiere.

»Und was soll ich sagen?«

»Daß wir in der Sache ermitteln.«

Der Gefreite spürte, wie er innerlich kochte. Sollte er jetzt abfeuern, was er auf der Zunge hatte? Besser, er wartete damit. Und dann würde er seine Worte mit schriftlichen Beweisen untermauern.

»Das ist genau das, was ich gerade tue«, log er.

Mannu sah ihn fragend an.

»Von der Sache mit dem heiligen Herz berichte ich Ihnen später«, sagte er giftig, »aber man kann sagen, sie ist so gut wie abgeschlossen.«

»Ach, tatsächlich?« fragte der Brigadiere erstaunt.

»Tatsächlich«, bestätigte der Appuntato ironisch.

»Haben Sie das Bild wiedergefunden?« fragte der Vorgesetzte überrascht.

»In gewissem Sinne, ja«, bestätigte Misfatti.

»Und war es schwierig?« hakte der Brigadiere nach.

»Alles andere als das«, brummte der Sizilianer.

»Was machen Sie dann hier im Archiv?«

Der Appuntato fuhr mit der Hand durch die Luft, doch wäre er damit viel lieber dem Sarden ins Gesicht gefahren.

»Fakten, Daten, Namen. Sie wissen ja, dieses Zeug. Die brauche ich für den Bericht«, antwortete er. »Und Sie?« fragte er gleich darauf.

»Das gleiche wie Sie: Fakten, Daten, Namen. Oder muß ich vorher um Erlaubnis bitten?« fragte der Brigadiere.

Erlaubnis? überlegte der Appuntato. Nein, natürlich nicht. Er war ja jetzt der Chef. Sollte es eben nach seinem Kopf gehen, dem Hohlkopf. Er hatte wohl zuviel Zeit und rannte deshalb hinter Ercole Perego her. Hätte er ihn gefragt, hätte er es sich sparen können, im Archiv herumzukramen und jede Menge Staub einzuatmen. Da aber er der Chef war, scherte er sich nicht im geringsten darum. Nicht einmal unter der Folter wäre auch nur ein Wort zu der Geschichte über seine Lippen gekommen.

»Wo steht Manzi?« murmelte er, nachdem der Brigadiere den Raum verlassen hatte. Er suchte beim Buchstaben M. »I, L, M ...« M.

M wie Mussolini, der mit den Würmern.

## 33

*Perego Ercole*, las der Brigadiere. Geboren in Bellano, Fragezeichen. Schon die ersten Zeilen versprachen eine interessante Lektüre. Ercole war der Adoptivsohn des Lebensmittelhändlers Enea Perego und dessen Frau Enrichetta Savini. Laut bestimmter Gerüchte, die so dicht waren, daß sie fast als Beweise gelten konnten, war Ercole der Sohn von Annetta Buzzanti, Ehefrau von Celestino Lesti, Inhaber des Albergo delle Due Sponde mit angebauten Stallungen und Bootsservice für Reisende, die auf dem See umherfahren wollten. Der Albergo delle Due Sponde war damals eines der renommiertesten Gasthäuser und rühmte sich einer abwechslungsreichen und schmackhaften Küche – ein Ziel für Reisende, Touristen, Künstler und Bildungshungrige.

Im Juli 1859 war dort unter anderen ein Schweizer eingetroffen, ein Maler und Schriftsteller um die Sechzig, der Wunderbares über Bellano und den Orrido – die Schlucht des Flusses Pioverna – gehört hatte und diese nun als Motiv für ein Gemälde nutzen wollte. Der Künstler hielt sich in Bellano im Albergo delle Due Sponde nicht länger als eine Woche auf, und während er dort war, war das Wetter drückend und schwül. Nachdem er den Orrido gemalt hatte, war der Schweizer umgehend Richtung Valsassina weitergereist, um dort ein frischeres Klima und andere seines Pinsels würdige Ansichten zu finden. Drei Monate später mußte Annetta Buzzanti ihrem Mann beichten, daß sie ein Kind erwartete, das, wie der Gastwirt sofort begriff, nicht sein Kind sein konnte.

Denn Celestino Lesto hatte ein gutes Gedächtnis. So erinnerte er sich genau an alle, die ihm Geld schuldeten, und merkte sich stets die präzise geschuldete Summe sowie den Namen. Und da die Sommersaison immer eine Zeit intensiver Arbeit war, wußte er sicher, daß er keine Zeit gehabt hatte, sich um seine Frau zu kümmern. Doch er machte kein Drama daraus, denn er war ein praktisch denkender Mann. »Das kann passieren«, pflegte er zu sagen. Auch er selbst war schon mehrfach bei den Frauen anderer schwach geworden. Doch während die Ehefrau ihm bei der Ausübung seiner Geschäfte von Nutzen war, wäre ein Kind dabei nur im Weg gewesen. So beschloß er, Annetta vorübergehend wegzuschicken, damit sie ihr Kind unbemerkt zur Welt bringen konnte, und begann zu überlegen, was die beste Möglichkeit wäre, das Kind loszuwerden.

Daß sich die Peregos einen Sohn wünschten, aber keinen bekamen, war ihm bekannt, denn er hatte oft wegen des Gasthauses mit ihnen zu tun. So heckte er mit ihnen etwas aus, was aus seiner Sicht einem Geschäft gleichkam, und plante mit teuflischer Schläue die Übergabe des Kindes. Um lästige Probleme zu vermeiden, redete der Wirt den beiden ein, sie sollten so tun, als hätten sie das Neugeborene gefunden. Er wollte es bei Nacht, nachdem er den Peregos Bescheid gegeben hatte, auf den Stufen der Kirche von Bellano ablegen. Dort blieb der kleine weinende Junge dann tatsächlich nur wenige Minuten, denn die Peregos holten ihn sofort. Den Behörden erzählten sie, sie hätten, da sie in der Nähe des Kirchplatzes wohnten, das Wimmern des Kindes gehört, daraufhin nachgesehen, es aufgehoben und mit nach Hause genommen.

Die auf diese Nacht folgende umgehende Untersuchung, ausgeführt vom damaligen Pfarrer und dem Bürgermeister Fenaroli, führte zu dem Ergebnis, daß in den vergangenen zwei Wochen in Bellano kein Kind zur Welt gekommen war und man deshalb davon ausgehen konnte, daß eine Frau auf der Durchreise ihr Kind ausgesetzt hatte, in der Absicht, die Frucht ihres Leibes der öffentlichen Fürsorge anzuvertrauen. Darauf erklärten die Peregos, sie seien bereit, das Geschöpf aufzuziehen. Und da sie über ein solides Einkommen verfügten und ein vorbildliches Leben führten, war die Sache schnell abgeschlossen, und das Findelkind bekam Eltern und ein Zuhause.

Der Brigadiere Mannu blickte einen Moment von dem Bericht auf und schnäuzte sich die Nase. Sein Blick fiel auf die Staubspuren, die im Taschentuch zurückblieben.

Was hatte dieser Perego bloß angestellt, daß es eine solche Akte gab? Ihre Erstellung mußte den Mann, der den Auftrag hatte, Peregos Vergangenheit zu rekonstruieren, unendliche Mühe gekostet haben.

Die Antwort lag direkt vor seinen Augen. Und deshalb vertiefte er sich rasch wieder in die Lektüre.

## 34

*Der Appuntato Misfatti* hatte sich geirrt. Seine Enttäuschung schlug sich in seinem Gesichtsausdruck nieder, er sah aus wie ein gekochter Fisch. Noch vor wenigen Augenblicken, nachdem er die Akte mit der einfachen Aufschrift »Manzi« gefunden hatte, hatte er geglaubt, nun wer weiß was für Informationen über die Signorina in Händen zu halten und damit seinen Vorgesetzten für alle Zeiten ausschalten zu können. Doch es kam anders.

Er hatte etwas über die Manzi entdeckt. Allerdings nur einen ganz kurzen Bericht, der eins zu eins das bestätigte, was ihm der Priester der Wallfahrtsstätte kurz zuvor dargelegt hatte. Die einzige Neuigkeit war, daß die Signorina Tecla Manzi dank der Intervention der religiösen und zivilen Obrigkeit einer Anzeige entgangen und statt dessen in ein Heim für Geisteskranke in der Umgebung von Mantua eingeliefert worden war, aus dem sie etwa ein Jahr später wieder entlassen wurde, gerade rechtzeitig, um an der Beerdigung ihres Vaters Amilcare teilzunehmen. Dieser war es im übrigen, wie der Appuntato Misfatti feststellte, der die Hauptverantwortung für den Umfang und das Gewicht des Aktenkonvoluts trug: Streitigkeiten, Schlägereien, Beschimpfungen, Belästigung, Trunkenheit. Dieser Vater Manzi mußte ja ein sauberes Früchtchen gewesen sein, dachte Misfatti, während er weiterblätterte. Doch er hatte noch nicht alles gelesen. Noch fehlte ihm das Wissen über jenes wichtige Ereignis, das im Leben des Poliers Manzi den Anfang vom Ende einläutete und zum Gegenstand langwieriger Ermittlungen der Carabinieri wurde, die in ihren Nachforschungen allerdings zu keinem Ergebnis kamen.

Es war im September 1906 geschehen. Um das Ganze aber richtig zu verstehen, mußte man von ein paar Dingen wissen, die sich im vorangegangenen Jahr, nämlich 1905, ereignet hatten. Und zwar genau am 20. September 1905, an dem Tag, als der Gemeinderat von Bellano zu einer außerordentlichen Sitzung zusammengefunden hatte. In ganz Italien war das Entsetzen über das Erdbeben, das am 8. September die Bevölkerung von Kalabrien heimgesucht hatte, noch immer groß. Überall waren Sammelstellen für Lebensmittel, Medikamente, Kleidung und andere Hilfsgüter eingerichtet worden. Die Welle der Solidarität hatte auch den Comer See erfaßt: Eilig hatten die Gemeinden von Menaggio, Mandello, Gravedona und Colico Sammlungen durchgeführt, Mandello und Colico hatten bereits eine Woche nach dem Erdbeben per Eisenbahn eine erste Hilfssendung losgeschickt. Auch die Priester und ihre Helfer hatten sich nicht geschont und in ihren Predigten und durch Aufrufe von der Kanzel die Gläubigen an ihre Pflicht gegenüber dem Nächsten erinnert.

Zum Zeitpunkt der Tragödie war der Bürgermeister von Bellano, Tranquillo Pensa, abwesend, da er gerade im Trentino seine Ferien verbrachte. Daher unternahm die Kommunalverwaltung zunächst nichts, und erst als Pensa wieder da war und sie zum Handeln aufforderte, beschloß sie, aktiv zu werden. Damals nahm die Gemeinde Bellano eine gewisse Überlegenheit für sich in Anspruch. Diese leitete sie aus dem blühenden Handel, der Vielzahl an Fabriken und der geographischen Lage ab, die das Dorf zu einer Durchgangsstation und einem Treffpunkt für Menschen und Waren machte. Um diese Überlegenheit zu sichern, dachte der Bürgermeister, könne sich der Ort unmöglich zu einem so späten Zeitpunkt den Maßnahmen anderer anschließen. Man mußte mehr und Besseres leisten.

Am Abend des 20. September schließlich kamen unter großer Anteilnahme der Öffentlichkeit die Ratsmitglieder zusammen. Bei dieser Gelegenheit verkündete der Bürgermeister eine aufsehenerregende Initiative, nachdem er sie mit seinen treuesten Mitarbeitern diskutiert und im voraus die Zustimmung der Opposition erhalten hatte. Dabei handelte es sich darum, eine der vielen Familien aus Kalabrien, die durch das Erdbeben ihr Haus verloren hatten, in Bellano aufzunehmen. Pensas Vorschlag wurde mit rauschendem Beifall aufgenommen. Niemand zweifelte daran, daß nur auf diese Weise die Ehre des Ortes gewahrt werden könne und sich die Überlegenheit Bellanos gegenüber den Kommunen vom nördlichen Seeufer vergrößern ließ.

## 35

*Nachdem Ercole am Abend* seines siebten Geburtstags ins Bett gegangen war, sahen die beiden Adoptiveltern einander fragend an. Sie brauchten keine Worte, die Frage lag schon seit einiger Zeit in der Luft: Was ging im Kopf dieses Jungen vor? Was verbarg sich nur darin? Warum war er immer so ernst, still und nachdenklich? Und dann das: Warum hatte er am Vortag gesagt, daß er keine Geburtstagsfeier wolle? Daß er keine Freunde einladen wolle? Daß er keine Freunde habe?

»Der Annetta ist er wirklich nicht ähnlich«, stellte Enea Perego fest.

»Dann wird er wohl nach seinem Vater kommen«, bemerkte seine Frau.

Das war einleuchtend. Aber wer war dieser Vater? Sie mußten jemanden befragen, der etwas über ihn wußte. Zum Beispiel den Priester.

Doch der behauptete, rein gar nichts über den Vater zu wissen. Er habe, so erklärte er Enrichetta, bei dieser Geschichte beide Augen zugedrückt und nur zum Guten des kleinen Geschöpfes gehandelt, aus dem sonst wer weiß was geworden wäre. So habe er auch den kurzen Bericht über die Ereignisse, den er dann dem Gemeindearchiv übergeben hatte, nur verfaßt, um sein Vorgehen gegenüber der Nachwelt zu rechtfertigen. Ausschließlich Annetta Buzzanti, die jener Mann geschwängert hatte, könne hierzu etwas sagen und zur Aufklärung beitragen, sofern sie sich überhaupt erinnere.

Enrichetta übernahm auch diese Aufgabe. Sie nahm die Buzzanti beiseite, um etwas über den leiblichen Vater von Ercole zu erfahren. Die Frau erzählte nur wenig, aber es genügte, um ein grobes Bild von seiner Person zu zeichnen: ein mürrischer, schweigsamer Mann mit einer direkten Art, nicht gutaussehend, aber charmant, groß und kräftig.

Enrichetta, die zwar in die Kirche ging, aber deshalb nicht vor der Realität die Augen verschloß, wurde neugierig. Wie war es möglich, fragte sie, daß ein solcher Mann es geschafft hatte, Annettas Gunst zu erlangen und sie soweit zu bringen, daß …

Annetta wurde rot, zugleich aber lächelte sie bei der Erinnerung und zuckte die Achseln. Es war an einem frühen Nachmittag passiert. Sie war in das Zimmer des Malers gekommen, um ihm einen Krug Wasser oder ein Handtuch zu bringen, so genau wußte sie es nicht mehr. Da hatte ihr der Schweizer, halb auf italienisch, halb auf deutsch, zu verstehen gegeben, daß er sie porträtieren wolle: Er bat sie, sich an das Fenster zu stellen, das auf den Innenhof hinausging, und hinauszuschauen. So wollte er sie malen.

Von hinten? überlegte Enrichetta. »Was für eine Art Porträt sollte das sein?« fragte sie.

Die Buzzanti antwortete mit einer vagen Geste, die besagte, Künstler seien eben etwas verschroben.

Nach einer Stunde Arbeit hatte der Maler erklärt, das Bild sei nun fertig, aber sehen könne sie es erst, wenn es getrocknet sei; und das dauere noch ein bißchen. Solange solle sie die Pose beibehalten, für den Fall, daß ihm etwas

Besonderes entgangen sei, das er noch hinzufügen oder nachbessern müsse. Danach habe er den Pinsel weggelegt, habe sich ihr genähert und habe sie genommen, einfach so, ohne weitere Umstände, für sie im übrigen nichts Neues, da auch ihr Mann, der Wirt, solchen spontanen Schäferstündchen nicht abgeneigt sei.

Diese aufregende Neuigkeit, natürlich von den schlüpfrigsten Details befreit, gab Enrichetta an ihren Mann und an den Priester, den sie zuvor um Rat gefragt hatten, weiter, da es so schien, als sei der Junge unter einem bösen Stern geboren. Monatelang suchte der Priester daraufhin täglich Peregos Laden auf, um einen Weg zu finden, der ihm Zugang zu der Seele des Jungen verschaffte. Es gelang ihm nicht.

Von dieser Suche fanden sich Spuren in einem Briefwechsel, den der Priester mit seinem geistlichen Beistand geführt hatte und in dem es um den Knaben Ercole Perego ging. Ein Jahr später, als der achte Geburtstag des Jungen bevorstand, sollte Ercole einem Exorzismusritual unterzogen werden. Dies entsprach dem Rat des geistlichen Beistands, der inzwischen selbst nicht mehr ein noch aus wußte. »Denn«, so hatte er in einem Brief geschrieben, »der Dämon macht nicht nur durch Wüten und Toben auf sich aufmerksam.«

Hatte diese vage Drohung etwa schon genügt, um Beelzebub zu erschrecken?

Nach Meinung der Zieheltern war es so. Denn genau zu jener Zeit ging mit dem Jungen eine Veränderung vor. Das betraf nicht unbedingt seinen Charakter, denn Ercole verhielt sich kaum anders, blieb zurückgezogen und sprach kaum, so als sei er ständig verärgert. Doch erwachte in ihm die Leidenschaft für den Kommerz. So wenigstens erklärte es Enea Perego, der bemerkte, daß der Junge von Tag zu Tag lieber im Laden stand und sich, wenn auch knapp und ohne jedes überflüssige Wort, nach der einen oder andere Ware erkundigte, nach den Preisen und stundenlang in wer weiß welche Gedanken versunken war.

»Ich wußte es«, rief eines Abends Vater Perego zufrieden aus.

Was er denn gewußt habe? fragte seine Frau.

Daß die gesunde Ladenluft früher oder später ihre Wirkung zeitigen würde, was eben genau jetzt geschehen sei, war die Antwort. Wenn der Junge weiterhin verschlossen, ja, geradezu feindselig blieb und ihm wenig daran gelegen war, mit anderen zu tun zu haben, dann hatte eindeutig nicht der Teufel seine Hand im Spiel. So war nun mal sein Charakter, in Gottes Namen. Amen. Mit der Zeit bemerkte Enea, sicher nicht zu seinem Mißfallen, einige Anzeichen, die, wie er meinte, darauf hindeuteten, daß aus seinem Ziehsohn einmal ein eifriger Kaufmann werden würde. Mehrmals fiel ihm auf, daß aus den Glasbehältern im Laden Bonbons und andere Süßigkeiten verschwunden waren. Aus der recht großen Menge schloß er, daß nicht alles davon für den persönlichen Verbrauch bestimmt sein konnte. Er war allerdings noch weit entfernt von dem Gedanken, daß Ercole, der alles andere als eine Naschkatze war, einen richtiggehenden Handel aufgezogen hatte – mit seinen Klassenklameraden und den Mitschülern vom Kommunionsunterricht. Das entdeckte der Vater erst, als ihn die Lehrerin nach einem Streit zwischen zwei Kameraden des Jungen zu sich bestellte.

Was hatte Ercole damit zu tun, wenn zwei andere sich prügelten?

Er hatte sehr wohl etwas damit zu tun: Einer der beiden war der Junge, dem Ercole die im Laden entwendete Ware anvertraute mit dem Auftrag, sie zu verkaufen und das Geld zu kassieren, der andere ein kleiner verschuldeter Käufer, der seine Strafe empfing.

Vater Perega mußte streng durchgreifen, um den peinlichen Handel zu unterbinden. Ercole nahm ihm das sehr übel, merkte sich die Angelegenheit und erklärte frei heraus, früher oder später werde er sich rächen. Er meinte es ernst. Und zwar so ernst, daß ein Jahr nach dem Vorfall, als eine kleine Menge Rattengift aus dem Laden verschwunden war, Enea Perego ein Kälteschauder über den Rücken lief und er zunächst seiner Frau von seiner Angst berichtete, dann dem Priester, der stets unvermeidlich in die Dinge hineingezogen wurde, und schließlich der Lehrerin, die alle ihre Schüler nacheinander befragte, um herauszufinden, ob einer von ihnen vielleicht ein bestimmtes Pulver besitze, das schlimme Bauchschmerzen hervorrufen könne. Ihre Befragung führte zu keinem Ergebnis. Doch beim ersten Typhusfall im Dorf dachte Enea Perego, nun sei er verloren. Auf Druck des Priesters beichtete er seine Befürchtung Doktor Loretti, doch der bestätigte, daß es sich bei dem Krankheitsfall, von dem Perego gehört hatte, tatsächlich um Typhus und nicht um eine Vergiftung handelte. Zugleich aber wies er ihn darauf hin, daß Rattengift nach geltendem Recht in einem fest verschlossenen Schrank aufbewahrt werden müsse, ansonsten sei mit einer Geldstrafe oder gar Gefängnis zu rechnen. Dann setzte er den Bürgermeister schriftlich über die Angelegenheit in Kenntnis und gab Perego eine Woche Zeit, um der Sache auf den Grund zu gehen.

Enea zögerte keinen Augenblick. Was sein muß, muß sein, sagte er sich am selben Abend und versohlte dem Jungen mit seinem Gürtel den Hintern. Der redete allerdings erst, nachdem ihm seine Mutter im Tausch gegen die Wahrheit Geld geboten hatte.

Das also war die richtige Methode. Zuerst nahm Ercole das Geld entgegen, dann gab er das Geheimnis preis. Er hatte das Gift und bewahrte es in seinem Zimmer auf, zwischen den Sprungfedern und der Matratze seines Bettes.

»Aber was willst du damit?« fragte ihn die Mutter.

Ercole sagte kein Wort. Er warf seinen Zieheltern eisige Blicke zu, die sie davon abbrachten, der Sache weiter nachzugehen. Jetzt war die Frage nach dem Gift geklärt, ein anderes Problem blieb, und das war der Junge. Als der Priester erneut um Rat gefragt wurde, breitete er die Arme aus: Was sollte man da machen? Darum müßten sich die Ärzte kümmern. Vielleicht hatte der Junge eine nervöse Störung. Kam er nicht vielleicht schon in die Entwicklungsjahre?

So landete die Sache schließlich bei Doktor Loreti, der sein gesamtes Wissen über Geisteskrankheiten bemühte. Da er jedoch zu keinem Ergebnis kam, wies er Ercole in das Krankenhaus von Lecco ein und gab ihn in die Hände von Professor Grasselli, einem Studienfreund und bekannten Neurologen. Auch dabei kam nichts heraus. In dem ausführlichen Entlassungsbericht, von dem sich eine Kopie im Archiv Doktor Lorettis fand, die dessen Tochter Signorina Serena den Ermittlern freundlicherweise überließ, bescheinigte Grasselli dem jungen Perego völlige geistige und körperliche Gesundheit. Er hatte weder nervöse Störungen, Neurosen noch Geisteskrankheiten festgestellt. Es handele sich eher um »ein Subjekt, das singulär ist, in der eigentlichen Bedeutung des lateinischen Wortes«, wie er schrieb. Also um ein egoistisches, asoziales und sprachgestörtes Individuum oder simpler ausgedrückt: Ercole kümmerte sich nur um die eigenen Belange, selbst wenn dabei die Welt unterging. Und er war ein Schuft, fügten die Eltern schließlich der Liste der Charaktereigenschaften hinzu. In der Gewissheit, alles getan zu haben, was in ihrer Macht stand, fanden sie sich mit den Gegebenheiten ab.

Ob sie gehofft hatten, daß letztlich doch noch so etwas wie ein Arbeitsdrang in Ercole steckte, ließ sich nicht sagen. Man konnte jedoch behaupten, daß sich ein derartiger Drang nicht bemerkbar machte, denn bis zum Alter von dreißig Jahren hielt sich Ercole Perego nur zwischen dem Laden und dem Platz davor auf. Als er allerdings einunddreißig wurde, kam etwas ins Rollen. Der Ziehvater starb, und es schien, als habe die Trauer Ercoles Willen wachgerüttelt. Der junge Mann beschloß, die Ärmel hochzukrempeln und die Arbeit des Vaters weiterzuführen. Geschickt beklagte er sich bei der Mutter darüber, daß er in dem Geschäft nur zu deutlich die Position eines Bastards innehabe: Er sei der Verantwortliche, tauche aber nicht im Firmennamen auf.

Niemand konnte sagen, ob er dieses Wort absichtlich benutzt hatte. Fest steht jedoch, daß die Frau, die inzwischen in die Jahre gekommen war und unter allerlei Gebrechen litt, jedesmal, wenn sie es hörte, zusammenfuhr. Schließlich gab sie Ercoles Drängen nach und überschrieb ihm den Laden. Eine Geste, die ihr erheblich schadete, denn nach Ablauf eines Monats hatte Perego das Geschäft gewinnbringend verkauft und die Mutter in ein Altersheim vor Brivio gesteckt.

So mancher fragte sich nun, was Perego wohl mit dem so verdienten Geld anstellen würde. Auch der Bankdirektor der Banca del Piccolo Credito in Lecco hatte sich diese Frage gestellt, sich dann an Perego gewandt und ihm die Möglichkeit dargelegt, das Geld auf seiner Bank zu deponieren und die Einkünfte dadurch zu steigern. Zur Antwort erhielt er ein trockenes Nein. Perego sagte, er sei seine eigene Bank. In diesen Dingen wußte er genau, was er wollte.

## 36

*Vier Monate* nach dem denkwürdigen Beschluß erinnerten sich nur noch wenige an die von Bürgermeister Pensa vorgetragene feierliche Verpflichtung der Kommunalverwaltung, der die Versammlung einstimmig beigepflichtet hatte. Das Ansinnen schien im Orkus der Königlichen Präfektur verschwunden zu sein. Hin und wieder tauchte es in Pensas Gedächtnis auf. Aber andere dringende Gedanken drängten es immer wieder beiseite: Seine Amtszeit ging zu Ende, die nächsten Wahlen waren für April 1906 festgesetzt. Doch der Weg bis dahin war mit unvorhergesehen Hindernissen gepflastert, nachdem Mitte Februar die Arbeiter der Fabrik Gavazzi einen Streik ausgerufen und eine Verkürzung der Arbeitszeit sowie eine Lohnerhöhung gefordert hatten. Das Dorf spaltete sich in Befürworter und Gegner. Die Liste der Opposition des bisherigen Bürgermeisters verlor keine Zeit und bemächtigte sich des Themas, organisierte Versammlungen, verteilte Flugblätter, klebte Plakate, auf denen für die Sache der Arbeiter geworben wurde, und eröffnete so die Fehde gegen Pensa und seine Anhänger. In diesem Klima der Feindseligkeit teilte Anfang März die Königliche Präfektur in Como dem Bürgermeister Pensa und dem Kommandanten der Carabinieri Maresciallo maggiore Giunti per Telegramm mit, daß eine obdachlose Familie aus Kalabrien nach Bellano unterwegs sei, um das Angebot der Gastfreundschaft wahrzunehmen.

Bürgermeister Pensa weihte nur seine engsten Mitarbeiter in die Sache ein, denn ihm war klar, daß er nun ein wunderbares Propagandamittel in der Hand hatte. Er kümmerte sich persönlich um eine Wohnung für die Obdachlosen, indem er über der Schule von Santa Maria ein paar Zimmer einrichten ließ und aus dem Reservefonds eine Geldsumme bereitstellte, die die Flüchtlinge in der ersten Zeit unterstützen sollte. Er hatte sich auch Gedanken über die Zukunft der Familie gemacht. Eine Lösung war ihm jedoch nicht eingefallen. Er schob das Problem vor sich her und wollte sich erst weiter damit beschäftigen, wenn er als Bürgermeister wiedergewählt wäre. Sollte er die Wahl nicht gewinnen, ginge ihn das Ganze sowieso nichts mehr an. So begnügte er sich fürs erste damit, die Aufnahme der Flüchtlinge zu organisieren. Dadurch wollte er Aufmerksamkeit erregen und wie eine werbewirksame Parole die Vorstellung verbreiten, daß die Kommunalverwaltung des Bürgermeisters Pensa ihre Versprechen stets hielt.

## 37

»*Attilio Mellesi*, Direktor der Banca del Piccolo Credito in Lecco, begeht am 4. Januar 1900 Selbstmord durch Erhängen.«

»Und was hat das damit zu tun?« murmelte der Brigadiere Mannu.

Der Text über Perego wurde unerwartet unterbrochen. Nach dem Umblättern hatte der Brigadiere plötzlich diese Schlagzeile vor Augen. »Anlage« stand oben auf der Seite. Anlage wozu? fragte er sich. Zu dieser oder einer anderen Sache? Es konnte durchaus ein Blatt sein, das zu einer anderen Ermittlung gehörte und sich hierher verirrt hatte. Das waren alles alte Fälle, und im Archiv herrschte sicher nicht die beste Ordnung. Maresciallo Maccadò hatte recht, wenn er sagte, man brauche einen weiteren Carabiniere für die Arbeiten, die tagtäglich aus Zeitmangel liegenblieben, wie zum Beispiel Ordnung im Archiv zu schaffen.

Der Brigadiere lehnte sich zurück, in der Nase den Geruch von Feuchtigkeit und Schimmel, der aus diesen Akten drang.

Dennoch war es merkwürdig. Er nahm die Blätter wieder zur Hand. Er hatte es bereits bemerkt: Jedes Blatt war mit einer fortlaufenden Nummer versehen. Dies hier war die Seite sieben, auf die die Seiten acht, neun und so weiter folgten. Auch die Seite mit dem Hinweis auf den Selbstmord des Bankdirektors schien also zur Akte Perego zu gehören. Um das zu verstehen, mußte er weiterlesen.

»Attilio Mellesi begeht Sebstmord durch Erhängen ...«

Der vierzigjährige Mellesi, seit mehreren Jahren Leiter des Kreditinstituts, hatte sich in einem Augenblick der Verzagtheit das Leben genommen. Die Aussagen von Doktor Sassaioli sowie von Vertrauten und Freunden stimmten darin überein, daß der Selbstmörder einen düsteren, oft melancholischen Charakter an den Tag gelegt hatte und zu Angst und Verwirrung neigte. Am Rand des Papiers hatte jedoch der Maresciallo maggiore Giunti, Kommandant der Dienststelle, etwas angemerkt: die Anwesenheit Mellesis bei der Silvesterfeier im Ristorante Cavallino. Hierauf folgte ein Fragezeichen. Keine Ergebnisse, so der Bericht weiter, lagen darüber vor, wie Mellesi das Geldinstitut geleitet hatte. Bei den Überprüfungen waren keine Unregelmäßigkeiten festgestellt worden. »Abrechnung in Ordnung«, hatte der damalige Maresciallo noch am Rand notiert. Und wieder ein Fragezeichen.

»Ein Rechnungsprüfer«, murmelte der Brigadiere, irritiert von dem Fragezeichen, das der Hauptmarschall dorthin gesetzt hatte. Er lächelte. Anscheinend, so dachte er, überkamen ihn allmählich die gleichen Zweifel wie den Maresciallo Giunti. Was hatte es für einen Sinn, einen Rechnungsprüfer zu beauftragen? Wenn die Abrechnung korrekt war, hatte sich der Mann sicher wegen irgendeiner Affäre erhängt. Wenn aber die Direktion der Bank an Mellesis Rechtschaffenheit gezweifelt hätte, dann hätte sie sofort einen Prüfer geschickt und nicht erst nach dem Selbstmord reagiert. Es sei denn ... Darüber mußte er ausgiebig nachdenken, sagte sich der Brigadiere, um jede Eventualität in Betracht zu ziehen.

# 38

*Der Bürgermeister* hatte sich die Ankunft der Obdachlosen als einen Höhepunkt seiner Wahlkampfpropaganda ausgemalt. Die Familie Calabrò, so hieß sie, sollte am 13. März 1906 in Bellano eintreffen. Die amtierende Kommunalverwaltung hatte dem Ereignis breite Öffentlichkeit eingeräumt. Und das Sahnehäubchen: Der Bürgermeister, der wußte, daß das Familienoberhaupt Maurer war, hatte vom Unternehmer Cereghini das Versprechen erhalten, daß der Mann sofort eine Arbeitsstelle erhalte.

Am 13. März kam um elf Uhr vormittags die Familie Calabrò – Ciriaco, Onorata und ihre fünfjährige Tochter Elena – mit dem Schiff aus Como in Bellano an. Es war ein frischer und klarer Tag. Schon um zehn Uhr versammelten sich erste Schaulustige und Anhänger der Bürgermeisterpartei auf dem Platz vor der Anlegestelle. Gegen Viertel vor elf, als das Boot als Punkt auf der glatten Oberfläche des Sees nur zu erahnen war und die Landzunge von Bellagio noch nicht passiert hatte, war der Bürgermeister mit seinen treuesten Anhängern erschienen. Von der Opposition waren nur wenige Vertreter gekommen, unauffällig in der Menge verteilt, darauf aus, sich Patzer oder Pannen bei der Feier nicht entgehen zu lassen, um Pensa und seine Anhänger lächerlich zu machen.

Je näher das Boot kam, desto größer wurde die Neugier der Leute. Als es schließlich so nah war, daß man die Gestalt des Kommandanten erkennen konnte, ging

Pensa drei Schritte nach vorn, stellte sich an den Rand der Landungsbrücke, hob den Arm und winkte zum Gruß. Der Bootskommandant antwortete mit einem Sirenensignal, woraufhin die Vögel auf der Mauer der Anlegestelle die Flucht ergriffen. Pensa erspähte die drei Flüchtlinge als erster. Sie waren die einzigen, die am Bug des Bootes standen: Calabrò war klein, vierschrötig, mager und schwarz wie Kohle. Ein dichter Bart gab seinem Gesicht einen banditenhaften Ausdruck. Seine Frau war noch kleiner als er. Beide wirkten verstört. Das kleine Mädchen war blaß und zitterte vor Kälte.

Nachdem die Landungsbrücke ausgelegt war, ging Pensa sogleich an Bord. Der Kommandant nutzte die Gelegenheit, um ihm zu erklären, daß es ihm nicht gelungen sei, die Leute zu überzeugen, ins Schiff hineinzugehen. Die gesamte Überfahrt von Como nach Bellano hätten sie vorn am Bug verbracht und seien dabei der Kälte ausgesetzt gewesen. Pensa entdeckte am Handgelenk des Mädchens einen Zettel mit der Aufschrift »Familie Calabrò, Anlegestelle Bellano«.

Der Kommandant beugte sich zum Ohr des Bürgermeisters. »Sehen Sie, die verstehen nichts«, sagte er.

Der Bürgermeister zeigte sich erstaunt.

»Italienisch«, erklärte der andere. »Sie können es weder sprechen noch verstehen. Untereinander sprechen sie Dialekt. Davon versteht man kein Wort!«

Das war ein schwerer Schlag. Pensa blickte um sich und hatte den Eindruck, daß sich der Tag eintrübte und die Feststimmung verschwand. Rasch gab er die Nachricht an den Gemeindesekretär weiter.

»Ach, herrje!« rief der aus. »Und jetzt?«

Pensa antwortete mit einem Schulterzucken. »Keine Feier«, ordnete er an. »Wir bringen sie zu ihrer Unterkunft und verbreiten die Nachricht, sie seien erschöpft von der langen Reise.«

Die Übergabe der Hausschlüssel, die nach den Vorstellungen des Bürgermeisters umrahmt von Jubel, Applaus und gegenseitigen Dankesbekundungen hätte stattfinden sollen, spielte sich dann im Beisein ganz weniger Schaulustiger ab, begleitet von dem beunruhigenden Klang des Sterbegeläuts der Kirchenglocken.

# 39

*Das Glockengeläut* riß den Brigadiere aus seinen Gedanken. Es vertrieb sie und holte ihn in die Wirklichkeit zurück. Ihm wurde klar, daß es draußen schon dunkel wurde und er fast den ganzen Nachmittag mit Peregos Geschichte zugebracht hatte. Er hatte Berichte gelesen und daraus Schlüsse gezogen, die allein seiner Phantasie zuzuschreiben waren. Er hatte versucht, sich in den damaligen Kommandanten hineinzuversetzen und dem Lauf seiner Gedanken zu folgen, deren Spuren in den kurzen Anmerkungen und Fragezeichen am Rand der Berichte zu finden waren.

Ergebnis?

Null.

Nein, vielleicht hatte er dennoch etwas erreicht. Denn seit wie vielen Stunden hatte er nicht mehr an das Mädchen gedacht? Die Gefahr bestand jedoch immer noch. Efisio Mannu wurde dies klar, weil das Bild von Osmide Bachis in genau dem Moment, als er diese Überlegungen anstellte, in seine Gedanken vorzudringen versuchte. Ein wenig unscharf war es, aber er brauchte ihm nur ein paar Minuten zu widmen, und schon … Es klopfte an der Bürotür.

»Ja bitte!« rief der Brigadiere.

Das gerötete Gesicht von Locatelli lugte hinter der Tür hervor. »Da ist eine, die etwas von Ihnen will«, sagte er.

Mannu bemerkte den Gesichtsausdruck des Jungen

aus Bergamo: heiter, als sei ihm zum Lachen zumute. Dann dachte er über seine Worte nach.

»Locatelli«, sagte er.

»Ja.«

»Will sie etwas von mir oder fragt sie nach mir?«

Der Carabiniere sah ihn verblüfft an. Er zog die Brauen hoch. Was war das? Was wollte er damit sagen? Machte er Witze? Dieser Brigadiere war wirklich ein bißchen seltsam.

»Was von beidem?« hakte Mannu nach.

»Was?« fragte der Junge aus Bergamo.

Mannu entließ ihn mit den Worten »Laß sie rein!«

Wer mochte das sein?

»O Gott!« murmelte der Brigadiere, denn das Geheimnis offenbarte sich bereits, als er nur ihren Schatten auf dem Fußboden sah. Die schon wieder! Sie trat mit ihren kleinen Schritten ein, stumm und kerzengerade. Sie setzte sich vor den Schreibtisch.

Die Signorina Tecla Manzi.

# 40

*»So ein Quatsch!«* knurrte der Brigadiere Mannu. Der Appuntato Misfatti, der vor dem Schreibtisch saß, riß den Mund auf. Sogleich hob der Sarde die Hand und deutete mit dem Zeigefinger auf ihn: Er solle bloß ruhig sein. »Sie haben mir lauter Unsinn erzählt«, stellte er fest.

Eine Viertelstunde zuvor, nachdem der Appuntato die anstrengende Lektüre der Akte »Manzi« abgeschlossen hatte, war er ins Büro des Brigadiere gegangen, um ihm mitzuteilen, daß er jetzt gehe.

»Kommen Sie herein«, hatte der Brigadiere ihn aufgefordert. Und dann: »Setzen Sie sich.«

Schließlich hatte er ihm mit kaum verhohlener Wut verboten zu gehen, bevor er sich nicht genau mit dem Unsinn auseinandergesetzt hätte, den er zuvor verzapft habe.

Der Appuntato setzte eine Unschuldsmiene auf: Er? Wann bitte? Wo? Worüber?

Der Brigadiere hatte prompt geantwortet: Ja, allerdings, genau er. Wann? Am frühen Nachmittag. Und wo? Im Archiv. Und worüber? Über das Bild mit dem heiligen Herz Jesu.

»Sie haben mir Unsinn erzählt.«

»Ich verstehe nicht«, murmelte Misfatti.

Darauf hin erklärte der Brigadiere es ihm: Als sie sich im Archiv begegnet waren, hatte Misfatti behauptet, er sei nun in der Sache mit dem heiligen Herzen an einem wichtigen Punkt angekommen. Wenn er sich recht entsinne, wovon auszugehen war, da der Vorfall nur wenige Stunden zurücklag, habe er zu verstehen gegeben, es sei ihm gelungen, das Bild wiederzufinden, so daß die Lösung des Falles unmittelbar bevorstehe.

»Ist das wahr, ja oder nein?« fragte der Brigadiere.

Misfatti holte tief Luft.

»Ja oder nein?« fuhr der Sarde ihn an.

Misfatti schwieg.

»Dann antworte ich Ihnen«, fuhr der Brigadiere fort: »Nein!«

Weil das Bild mit dem heiligen Herzen wieder an der Wand des Schlafzimmers von Signorina Manzi aufgetaucht war. Diese nämlich war vor wenigen Minuten in die Dienststelle geeilt, um ihn von der ziemlich geheimnisvollen Rückkehr des Gegenstands zu unterrichten, weshalb es überflüssig sei, daß sich die Carabinieri weiterhin damit befaßten. Sie hatte ihnen für die vergeblich vorgenommenen Ermittlungen gedankt und ihnen für kommende mehr Glück gewünscht.

»Daraus folgt, daß nicht Sie das Bild wiedergefunden haben«, schloß der Brigadiere. »Vorhin, im Archiv, haben Sie mir Quatsch erzählt. Wie zu beweisen war.«

# 41

*Kurz zuvor* hatte die Signorina Tecla Manzi den Geruch von Gemüsesuppe in das Büro des Brigadiere Mannu getragen. Als der Brigadiere sie gefragt hatte, wobei er ihr behilflich sein könne, hatte sie gelächelt wie ein Engel und gefragt, ob sie sich setzen dürfe, weil abends immer ihre Beine anschwollen und ihr weh täten. Sie nahm Platz, einmal mehr die Handtasche in beiden Händen dicht vor der Brust, und sagte dann: »Ich bin hier, um die Anzeige zurückzunehmen.«

Zuallererst fiel dem Brigadiere auf, daß die Stimme der Signorina im Vergleich zum Vormittag deutlich sanfter geworden war und weniger krächzte. Vielleicht, so dachte er, wollte sie ihm auf die freundliche Tour kommen.

»Darüber haben wir doch schon gesprochen«, erwiderte er.

Die Manzi lächelte ihm verständnisvoll zu. »Ich weiß«, antwortete sie. »Aber nun ist es so, daß das heilige Herz wieder an Ort und Stelle ist.«

Der Brigadiere begriff. »Ach ja, sicher, der Appuntato …«

»Das hat mit dem Appuntato überhaupt nichts zu tun«, unterbrach sie ihn in ihrem ursprünglichen herben Ton.

Der Appuntato sei zu nichts anderem in der Lage, als neugierig im Haus herumzuschnüffeln, ohne irgend etwas herauszufinden. Aber sie wisse Bescheid. Sie habe ja bereits versucht, dem Brigadiere klarzumachen, daß der Appuntato ein Speichellecker sei, aber da sei ja nichts zu machen gewesen. Jedenfalls sei das Bild nun glücklicherweise wieder an seinem Platz und die Angelegenheit damit erledigt.

Für sie sei sie vielleicht erledigt, antwortete der Brigadiere, für ihn jedoch nicht.

Vor lauter Staunen schüttelte die Signorina Tecla Manzi ruckartig den Kopf und gab eine lange Salve Nasenschnaufer von sich. Was wollte der Signor Brigadiere damit nun wieder sagen?

»Ich will damit sagen«, erklärte der Carabiniere, »daß ich gern wissen würde, wie ein Bild auf geheimnisvolle Weise verschwinden und wie durch Zauberhand wieder auftauchen kann.«

Vielleicht hatte Mannu mit seiner Ironie etwas übertrieben, denn die Manzi reagierte mit einer Reihe besonders beeindruckender Schnaufer. »Wenn Sie glauben, daß ich hellsehen kann«, sagte sie schlagfertig, »dann tun Sie mir den Gefallen und sagen Sie es mir offen.« Und wieder: Schnauf, schnauf, schnauf.

»Ich glaube, was ich sehe«, antwortete der Brigadiere. »An Wunder glaube ich nicht.«

»Das tut mir leid für Sie«, gab die Signorina zurück.

Im übrigen handele es sich nicht um ein Wunder, sondern um eine Unachtsamkeit, für die sie zum Teil selbst verantwortlich sei. Das Bild, um das es gehe, habe nämlich das Schlafzimmer ihres toten Bruders nie verlassen.

»Ach, tatsächlich?«

Ja. Es mußte an jenem gesegneten Morgen geschehen sein, an dem sie beschlossen hatte, das Zimmer aufzuräumen und das Bett abzudecken. Ein schweres Bett, das sie, nachdem sie die Matratze in der Mitte gefaltet hatte, gegen die Wand schob. Wahrscheinlich hatte die Wand dabei vibriert, und dadurch war das heilige Herz heruntergefallen und zwischen die Matratzenhälften geraten. Es sei ihr nie in den Sinn gekommen, dort nachzuschauen, sie habe nicht daran gedacht.

»Und dann geschah es heute ...«, stimmte der Brigadiere an.

»Ja«, rief die Manzi aus, »ich allein hätte es nie gefunden. Dabei dachte ich, ich hätte wirklich überall gesucht ...«

»Und wer hat dann ...«, fragte der Brigadiere.

»Mein Bruder«, antwortete die Signorina.

»Welcher ...?«

»Der, der noch lebt«, sagte die Manzi.

»Ich meinte etwas anderes«, erklärte der Brigadiere. »Derjenige, der Ihnen geraten hat, die Anzeige zurückzuziehen?«

Die Manzi nickte nur einmal. »Ich habe jetzt ja nur noch den einen«, sagte sie belehrend.

»Ende gut, alles gut«, stellte der Brigadiere fest.

Da fragte ihn die Manzi, ob sie noch ein Papier unterzeichnen müsse, um die Sache abzuschließen. Der Brigadiere, der nicht mehr wußte, wohin er das Blatt gelegt hatte, auf dem ihre Anzeige notiert war, setzte das Spiel fort. Er nahm ein weißes Blatt, kritzelte etwas darauf und reichte es der Signorina Manzi.

»Unterschreiben Sie hier«, forderte er sie auf.

Erst da fiel dem Brigadiere etwas auf: »Sie sind ja Linkshänderin«, sagte er.

»Sind wir in der Familie alle«, antwortete die Signorina Tecla Manzi.

»Wie die Mamma.«

# 42

*Er hatte ihm keinen Quatsch erzählt.* Und auch keinen verzapft. Niemals. Der Appuntato Misfatti hatte Lust, seine Antwort dem Brigadiere entgegenzubrüllen. Doch er konnte es nicht. Er durfte es nicht. Immerhin hatte er es mit einem Vorgesetzten zu tun. Eitel. Überheblich. Arrogant. Ein Sarde! Aber er war immerhin Brigadiere. Doch einfach schweigen konnte er nach dem Wortschwall, mit dem Mannu ihn übergossen hatte, auch nicht, und so stützte er die Hände in die Hüften, blickte zu Boden und sagte kaum hörbar: »Ich versichere Ihnen, Brigadiere, daß ich nicht einfach so dahergeredet habe.«

Dieser Zug überraschte den Sarden. »Nein?« fragte er mit einer Spur Ironie in der Stimme.

Vielleicht wisse der Brigadiere nicht genug über die Signorina Tecla Manzi, antwortete der Appuntato mit einer Vermutung. Vielleicht sei er nicht darüber unterrichtet, was für einer Sorte Mensch der Vater der Signorina, der Polier, angehört habe. Und er wisse vielleicht auch nicht, was im Jahr 1906 mit Amilcare Manzi passiert sei.

»Neunzehnhundertsechs?« wiederholte der Brigadiere und grinste.

1906 war er noch in Sardinien und hatte nur Kinderspiele im Kopf gehabt. Und vielleicht hatte er sogar, wer konnte das sagen, mit Osmide Bachis gespielt, im Hof von Zia Ninna oder in der Umgebung von Zinnigas.

Es sei wichtig, erklärte Misfatti, um eine genaue Vorstellung von den Umständen zu haben. »Wenn Sie wollen, bringe ich Sie auf den neuesten Stand«, piepste er.

»Also gut«, stimmte der Brigadiere zu.

Innerlich grinste Misfatti. Dem würde er es zeigen! Er würde ihn gnadenlos zappeln lassen.

43

»*Ich nehme ihn nur*, weil Sie als Bürgermeister mich darum bitten«, hatte der Unternehmer Cereghini gesagt, als Pensa ihm den neuen Angestellten präsentierte. »Das dürfte das erste schlechte Geschäft meines Lebens sein.«

»Wenn es irgendein Problem gibt, wenden Sie sich an mich«, antwortete der Bürgermeister und vermied damit einen Fortgang des Gesprächs. Im Grunde teilte er Cereghinis Befürchtungen. Und das nicht nur im Hinblick auf den Vater Calabrò, sondern auf die ganze Familie. Welches Ende würde das Abenteuer der drei in Bellano wohl nehmen! Die Antwort erhielt er zunächst durch die Wahlurnen, denn er verlor. Deshalb fühlte er sich berechtigt zu glauben, daß das Schicksal der Calabrò nicht mehr in seinen Händen lag und auch Calabrò selbst ihn nichts mehr anging.

Der allerdings war ein besonders fähiger Maurer. Er hatte ein strenges Auge auf die Arbeiten, war zum Polier wie geschaffen. Zu der Zeit hatte Cereghini zwei Baustellen. Eine lag in Bogino, wo er im Auftrag der Gerberei Denti e Vitali ein neues Firmengebäude errichtete. Die andere ging auf ein öffentliches Bauvorhaben von größter Rentabilität zurück und bestand in der Verstärkung und Erweiterung des Deiches am Fluß Pioverna, der von Zeit zu Zeit, zuletzt erst vor einigen Monaten, über die Ufer trat und die ganze Puncia-Gegend überschwemmte. Cereghini hatte den Mann aus Kalabrien dazu bestimmt, die Arbeitskraft auf dieser Baustelle zu verstärken, und hatte ihn dem Polier Amilcare Manzi unterstellt.

»Damals existierte schon eine kleine Akte über ihn«, bemerkte der Appuntato Misfatti. »Ist alles dokumentiert, und wenn Sie es sehen wollen ...«

»Machen Sie weiter«, befahl der Brigadiere.

Manzi war ein furchtbar knausriger Mann. Er war groß und dick, sein Gesicht merkwürdig und furchterregend. Er aß und trank übermäßig. Er war ein Gotteslästerer, wurde schnell handgreiflich und konnte weder lesen noch schreiben. Verheiratet war er mit einer hageren Frau aus Valsasso namens Igina, von der es hieß, Manzi habe sie als Zahlung für eine Schuld erhalten und verprügele sie regelmäßig, wenn er abends betrunken von der Arbeit nach Hause kam. Sie hatten drei Kinder, zwei Jungen und ein Mädchen, eben die Signorina Tecla Manzi. Freunde hatte er nicht, denn alle fürchteten seinen jähzornigern Charakter, und Cereghini blieb, obwohl er sein Arbeitgeber war, auf Distanz zu ihm und hütete sich, ihn zu reizen. An demselben Tag, an dem der Kalabrese auf die Baustelle kam, verpaßte Manzi ihm den Spitznamen Neger. Er nannte ihn so und behauptete, alle anderen Maurer täten es ihm gleich. Diese dachten nicht wie der barbarische Polier, hatten aber Angst vor seinen unkontrollierten Zornausbrüchen. Manzi übertrug dem Kalabresen nach und nach die undankbarsten, anstrengendsten und demütigendsten Arbeiten. Eines Morgens, als ihm nicht gleich einfiel, wie er ihn vor den Arbeitskollegen lächerlich machen konnte, kam Manzi auf die Idee, ihn loszuschicken, ihm eine halbe

Zigarre zu holen, als wäre er ein einfacher Lehrling, wie jene, denen er immer wieder und ohne jeden Grund einen Fußtritt in den Hintern gab. Ohne Widerwort zog der Mann aus Kalabrien zum Tabakladen und kam wenig später mit dem von Manzi Gewünschten zurück. Sogleich begann der rohe Polier zu toben. Er brüllte, er habe eine harte Zigarre haben wollen, doch die, die der Kalabrese geholt habe, sei weich.

»Weich wie der Bastard, der dich gezeugt hat«, schrie er. Er zerbröckelte die Zigarre vor den Augen seines Opfers. Dann, ein böses Leuchten in den Augen, ging er auf den Mörtel zu, den der Kalabrese inzwischen weiteranrührte. »Und das hier«, brüllte Manzi, »ist zu hart, Neger. Kann es sein, daß du zu blöd bist? Welche Sprache sprecht ihr da unten in Afrika?« Er beugte sich hinunter und nahm etwas Mörtel auf die Spitze seiner Kelle. »Probier!« befahl er dann. Plötzlich herrschte vollkommene Stille auf der Baustelle. »Ich habe gesagt, du sollst probieren«, wiederholte der Polier, »dann lernst du es vielleicht.«

Der Kalabrese ging Manzi gerade bis knapp über den Bauchnabel. Dank dieses Größenunterschieds gelang es ihm, Manzi einen schnellen und heftigen Fußtritt in die Hoden zu verpassen, von unten nach oben, der den Polier völlig überraschte. Manzi krümmte sich und ließ die Maurerkelle fallen. Der Kalabrese hob sie auf und schmetterte sie dem Vorgesetzten ins Gesicht. Die Bestie sackte auf die Knie und hatte nun die gleiche Größe wie der Kalabrese. Der verpaßte Manzi nun in aller Ruhe einen Schlag nach dem anderen auf die Ohren. Nach einem letzten Schlag auf den Adamsapfel fiel der Polier mit dem Gesicht zu Boden und lag dort, auf die Knie gestützt, während sein riesiger Hintern in die Höhe ragte. Der Kalabrese, der nur ungern eine Arbeit nicht zu Ende führte, versetzte ihm einen letzten Fußtritt, so daß der Polier der Länge nach ausgestreckt auf dem Boden landete. Als wäre nichts gewesen, brummelte der Kalabrese etwas vor sich hin und setzte seine Arbeit fort. Er rührte jedoch keinen Mörtel mehr an, sondern übernahm Manzis Posten und begann, nachdem er einen Blick auf die Pläne geworfen hatte, den Arbeitern Anweisungen zu geben.

Inzwischen hatte man Cereghini gerufen, der zunächst meinte, Manzi müsse dringend zum Arzt, sich dann aber in Ruhe zwei Dinge durch den Kopf gehen ließ: Zum einen hatte er endlich einen fähigen Polier gefunden, und zum anderen wußte er nun, wie er den unerträglichen Manzi loswerden konnte. Die Untersuchung der Carabinieri führte zu nichts.

»Das heißt«, erklärte der Appuntato, »daß das offizielle Ergebnis lautete, Manzi habe sich Verletzungen und Wunden zugezogen, als er von einem Gerüst gestürzt sei.«

Keiner der Maurer wollte erzählen, was wirklich geschehen war. Doch wurde die Wahrheit in den Tagen nach dem Ereignis zu Hause und in den Osterien ausführlich berichtet, kommentiert und diskutiert, und alle wußten genau, wie sich die Dinge tatsächlich abgespielt hatten. Aber es war, als stieße das ganze Dorf, die Familie Manzi eingeschlossen, einen Seufzer der Erleichterung aus, weil es endlich gelungen war, die Bestie zu besiegen.

Hier endete die Geschichte. »Und tatsächlich …«, fuhr der Appuntato fort.

Doch der Brigadiere brachte ihn mit einer Handbewegung zum Schweigen. Er müsse mal austreten, sagte er und kam umgehend zurück.

## 44

*Der Brigadiere* mußte tatsächlich, doch hätte er es gut noch eine Weile aushalten können. Seine Blase war nicht wirklich der Grund, weshalb er den Appuntato unterbrochen und sich hierher zurückgezogen hatte. Durch das Klofenster blickte der Brigadiere Mannu in den inzwischen dunklen Himmel. Er ertrug es nicht mehr, die Stimme des Appuntato zu hören. Dieser sizilianische Singsang ging ihm auf die Nerven. Misfatti schien jedoch nicht die Absicht zu haben zu schweigen. »Und tatsächlich …«, hatte er gesagt. Was wohl hieß, daß er noch mehr zu erzählen hatte. Und wenn der Appuntato Misfatti die Unannehmlichkeit in Kauf nahm, Überstunden zu machen und erst spät zu essen, konnte das nur bedeuten, daß ein persönliches Interesse mit im Spiel war. In diesem Fall, so vermutete der Brigadiere, lag die Absicht des Appuntato wahrscheinlich darin, zu beweisen, daß er durch den Befehl, das heiligen Herz Jesu aufzuspüren, kostbare Zeit verloren hatte und davon abgehalten worden war, sich um die Sache mit den Würmern zu kümmern, die ja eigentlich Priorität hatte, da die Leute in Lecco bestimmt schon auf heißen Kohlen saßen.

Vielleicht, so dachte er weiter, hatte Misfatti damit gar nicht so unrecht. Vielleicht hatte er sich ja von seiner Abneigung gegen diesen förmlichen und kriecherischen Sizilianer hinreißen lassen. Sich selbst konnte er das durchaus eingestehen, aber niemals würde der Brigadiere diesem Sohn eines Krabbenfressers eine solche Befriedigung gönnen und ihm recht geben. Und genausowenig beziehungsweise niemals würde er sich bei ihm entschuldigen.

In diesen Überlegungen steckte der Sarde, als er wieder ins Büro trat, wo der Appuntato in aller Ruhe auf ihn wartete. Er bereitet den Todesstoß vor, dachte Mannu. Dann setzte er sich und wiederholte fragend: »Und tatsächlich …?«

## 45

*Und tatsächlich erholte* der Polier Amilcare Manzi sich nie wieder von den Schlägen. Er war ein paar Monate bettlägerig, wurde senil und klagte über Schmerzen. Seine Frau versorgte ihn. Dann starb er, nachdem die Rechnungen des Arztes und die Kosten der Medikamente die knappen Geldreserven der Familie aufgebraucht hatten, so daß man bei der Beerdigung auf …

»… das Geld der Gemeinde angewiesen war«, rutschte es dem Sarden heraus.

Der Appuntato unterdrückte ein Grinsen. Wohlwollend neigte er den Kopf zur Seite, schloß die Augen und seufzte väterlich: »Nein.«

»Aus dieser Zeit gibt es keinen Bericht der Gemeindeversammlung, der Aufschluß über eventuelle Geldzuweisungen zwecks der Beerdigung Manzis gäbe. Ein solcher Bericht müßte jedoch vorliegen, wenn die Verwaltung für die Bestattung aufgekommen wäre, denn die Manzis waren nicht im Armenverzeichnis aufgeführt, und deshalb hätte ein Eingreifen der Gemeinde und die Verwendung von Haushaltsrücklagen von der Gemeindeversammlung beschlossen werden müssen.«

Der Sizilianer schwieg. Auch der Sarde sagte kein Wort. Sie sahen einander mißtrauisch an. Mannu wußte, der Sizilianer würde zuerst schießen. Der Appuntato bereitete sich vor. Doch es war nur der erste Treffer. Das Magazin war noch voll. »Die Manzis haben sich auch kein Geld bei den Banken geliehen«, teilte der Appuntato mit.

Damals hatte es nur zwei Banken gegeben: Die Banca del Piccolo Credito Leccese und die Banca del Mandamento di Bellano. Doch in keiner von beiden war auch nur die Spur eines Vertrags der Manzis zu finden. »So erscheint es mehr als logisch«, erklärte Misfatti, »daß sie sich aus privater Hand Geld geliehen haben.«

Gütiger Gott, freute sich der Appuntato. Er spürte die Anstrengung, die es seinen Vorgesetzte kostete, sich gleichgültig zu geben. »Bei einem gewissen Ercole Perego zum Beispiel«, sagte er hämisch. »Der hat sein Leben lang Geld zu Wucherzins verliehen.«

Der Schuß hatte gesessen. Der Brigadiere bemühte sich, seine Überraschung zu verbergen. Doch es gelang ihm nur halbwegs. »Ercole Perego?« fragte er mit, wie er selbst merkte, übertriebener Unsicherheit in der Stimme.

Der Appuntato frohlockte. Volltreffer, dachte er. Bereite dich auf das Schlimmste vor. »Wir müßten im Archiv etwas über ihn haben«, führte er belehrend aus. »Informationen, Hinweise, hier und da aufgeschnapptes Gerede. Wenn auch keine Anzeige!«

Ein seltsames Zusammentreffen, dachte der Brigadiere. Ein unglaublicher Zufall. Wenn es ein Zufall war!

»Gut, gut«, sagte der Sarde dann, »fahren Sie fort.«

»Gern«, erwiderte der Appuntato salbungsvoll. Er erklärte, daß der Tod des Poliers Manzi die Familie in materielle Not getrieben habe. Zwar habe der Polier Manzi für Nachkommen gesorgt, sogar für drei, so daß man hätte meinen können, daß Igina, die im übrigen nur wenige Monate nach ihrem Mann starb, nun auf weiche Kissen gebettet war, doch mußte der Brigadiere nun erfahren, was für Musterbeispiele der Menschlichkeit jene drei abgaben. Würdige Nachkommen ihres Erzeugers.

»Zuerst die Signorina Tecla Manzi«, sagte der Appuntato.

»Die wir eine unserer ergebensten Kundinnen nennen können«, scherzte Mannu.

Nicht einmal der Anflug eines Lächelns erschien auf dem Gesicht des Appuntato. »Die während der Krankheit ihres Vaters«, sagte er in einem Ton, als spräche er zu einem Kind, »in einer Irrenanstalt untergebracht war.« Und dann tischte er die vollständige Geschichte auf, die er wenige Stunden zuvor vom Priester der Wallfahrtskirche von Lezzeno erfahren hatte.

Der Brigadiere war erneut getroffen, das war eindeutig. Er senkte den Blick auf die Schreibtischplatte, um dem triumphierenden Licht auszuweichen, das in den Augen des Appuntato Misfatti aufleuchtete. Dieser, ungerührt, nur noch den bedingungslosen und endgültigen Sieg vor Augen, fuhr fort: »Der zweite Nachkomme, der kürzlich verstorben ist, war von Geburt an stumm. Er war seinem Vater aus dem Gesicht geschnitten. Vielleicht ein bißchen plemplem. Möglicherweise litt er unter den gleichen Anwandlungen, die schon zur Einweisung der älteren Schwester geführt hatten.«

Noch ein gezielter Schuß. Eine Familie von Minderbemittelten, dachte der Brigadiere Mannu. Was für ein schönes Leben, was für eine wunderbare Atmosphäre in diesem Haus!

»Der dritte …«, setzte Misfatti wieder an.

»Verfluchter Mist«, murmelte der Brigadiere und versuchte ruhig zu bleiben. Der Appuntato hatte ihn in die Ecke gedrängt. Am Ende würde er ihn nicht nur loben, sondern ihm womöglich noch einen Orden verleihen müssen.

»Was sagten Sie gerade?« fragte er. Er hatte die Worte des Appuntato gehört, glaubte aber, nicht richtig verstanden zu haben.

»Im Hinblick worauf?«

»Auf den Sohn der Manzis, den jüngsten.«

»Daß auch er 1905 gestorben ist …«

Mannu schwoll die Brust. »Das ist unmöglich«, sagte er. Er erinnerte sich genau, daß ihm die Signorina Tecla Manzi von diesem Bruder erzählt hatte, war er es doch gewesen, der das heilige Herz Jesu wiedergefunden hatte. »Er kann unmöglich 1905 gestorben sein«, wiederholte der Brigadiere.

Der Appuntato blieb gelassen. Schießen Sie nur zurück, Brigadiere, dachte er, mit Ihrem kleinen Gewehr, das bloß Böllerschüsse abgibt.

»Vielleicht, Brigadiere, haben Sie mich nicht richtig verstanden«, legte er in aller Ruhe dar, »aber ich sagte, daß der dritte Nachkomme der Manzis jener ist, der 1905 starb und 1923 oder 1924 wieder auferstand. So genau erinnere ich mich nicht. In diesem Zeitraum auf jeden Fall.«

## 46

*1903 war Antonello*, der jüngere Sohn des Poliers Manzi, Nello genannt, im Alter von zwanzig Jahren von zu Hause fortgegangen. Die Industriebaufirma Krankle mit Sitz in Mailand war zu jener Zeit auch in der Provinz auf der Suche nach Arbeitskräften, um für den Tunnelbau an der Simplon-Strecke Hilfsarbeiter zu rekrutieren, und Manzi hatte sich anwerben lassen. Vor seiner Flucht benachrichtigte er die Mutter, Tecla und den Stummen. Nicht jedoch den wahnsinnigen Vater, der sich seinem Vorhaben in jedem Fall widersetzt und versucht hätte, ihn mit den üblichen Argumenten, nämlich mit Ohrfeigen und Tritten in den Hintern, gefügig zu machen. Bevor er gegangen war, hatte er einen Zettel mit der Anschrift der Firma hinterlassen, an die eventuelle Korrespondenz weitergeleitet werden sollte. Aber auch darüber sollten seine Vertrauten, so bat er, absolutes Stillschweigen bewahren. Die beiden Geschwister hatten ihm ihre Verschwiegenheit zugesichert und das Stück Papier mit der Adresse gut versteckt.

Damals arbeitete der Polier Manzi auf einer Baustelle in der Nähe von Colico. Er leitete die Erdarbeiten in Montecchio, wo eines der schönsten Felsenschlößchen der gesamten Provinz Como entstehen sollte. Da Bellano weit entfernt war, kam er nur samstags nach Hause und blieb die Woche über auf der Baustelle. Als er an dem Samstag jener Woche, in der sich Nello davongemacht hatte, nach Hause kam, bemerkte der Polier

Manzi dessen Abwesenheit nicht sofort. Er war zu Fuß von Colico bis Bellano gelaufen und hatte immer wieder in den zahlreichen Osterien, die am Wegrand lagen, halt gemacht. Die Müdigkeit und der Wein hatten ihn die Verbindung zur Wirklichkeit verlieren lassen, und so merkte er erst am Sonntag, als es schon Abend war und er aus dem tiefen Schlaf der Betrunkenen erwachte, daß Nello nicht da war. Er brüllte, drohte und tobte. Aber weder Igina noch Tecla noch der Stumme gaben nach. Sie hielten sich an das Versprechen, das sie dem Jüngsten gegeben hatten, und gaben vor, nicht zu wissen, wo er war. Manzi blieb nichts anderes übrig als aufzugeben, weil er die Kalesche nach Colico erwischen mußte, wenn er nicht auch den Rückweg zu Fuß zurücklegen wollte. Diesmal war das Schicksal offenbar bereit, den Opfern des tyrannischen Poliers zur Hand zu gehen.

In jener Woche waren die Arbeiter beim Graben auf eine Wasserader gestoßen, was den Polier zwang, die Arbeiten zu unterbechen, um den Plan zu verändern und den Bau der Fundamente neu zu organisieren. Zwei Tage nach dieser Entdeckung waren zwei seiner zehn Hilfsarbeiter wegen eines Fiebers, von dem es sogleich hieß, es wäre Malaria, nicht zur Arbeit gekommen. Unter den übrigen machte sich große Angst vor der Krankheit breit, und Manzi hatte seine liebe Mühe, in die Gruppe seiner Arbeiter wieder Ruhe einkehren zu lassen, was ihm mit seinen üblichen Methoden auch gelang. Doch hatte er durch die beiden mißlichen Vorfälle so viel Zeit verloren, daß er sich gezwungen sah, auch samstags und sonntags zu arbeiten: Er wollte nicht riskieren, den Vertrag zu verletzen, in dem ein genaues Datum für die Übergabe festgelegt war, dessen Nichteinhaltung eine Geldstrafe für die Firma bedeutet hätte. Das hätte Cereghini nicht gern gesehen, und er hätte es Manzi nicht durchgehen lassen. So blieb Manzi vierzig Tage von zu Hause fort, ohne etwas von sich hören zu lassen, und als er zurück war, schien sein Zorn über das Verschwinden seines Drittgeborenen verraucht. Er erklärte der ganzen Familie, dieser Bastard solle sich bloß nie wieder zu Hause blicken lassen. Damit war der Fall erledigt, und es wurde nie mehr darüber gesprochen.

Bis zum Jahr 1905.

Am Ende dieses Jahres nämlich lagen die Finanzen im Hause Manzi wegen der Krankheit des Vaters im argen. Der Stumme war daher auf die Idee gekommen, Nello um Hilfe zu bitten, der, seit er weg war, nichts mehr von sich hatte hören lassen, vielleicht aus Angst, daß der abscheuliche Vater seine Adresse herausfinden könnte. Der Stumme kramte die Adresse des Bruders aus dem sicheren Versteck hervor und schickte ihm einen langen Brief voller Hilferufe. Einen Monat später kam die Antwort. Sie war bestürzend und entsetzlich. Und versagte dem Empfänger jede Form einer Erwiderung. Jemand, der sich als Arbeitskollege und Schicksalsgenosse von Nello Manzi bezeichnete, aber sonst anonym blieb, schrieb, er müsse, verspätet, doch dadurch entschuldigt, daß er erst jetzt die Adresse der Familie kenne, mitteilen, daß der Verwandte wahrscheinlich umgekommen sei.

Nello Manzi, so schrieb der namenlose Absender, habe sich in jener ehrenvollen Liste verewigt, in der tausende Arbeiter zu finden seien, die ihre Leben gelassen hätten, damit der Ausbau der Simplon-Strecke Wirklichkeit würde. Die Firma Krankle habe die Familie nicht über das Schicksal Nellos informiert, da sie glaubte, Manzi hätte diese scheußliche Arbeit aufgegeben und anderswo sein Glück gesucht. Aber er, der Absender, der aus Furcht vor Rache und Vergeltung Wert auf Anonymität lege, wisse genau, daß der arme Nello Manzi bei einer leichtsinnigen Sprengung unter tonnenschwerem Fels begraben worden sei. Er war ein Opfer, dem er in Ehre gedenken wollte.

Nachdem der Stumme den Brief erhalten und gelesen hatte, wußte er nicht, was er tun sollte. Nello war tot. Tecla war in einer Anstalt. Seine Mutter Igina wurde jeden Tag schwächer. Der Polier Manzi siechte dahin. Er sagte sich, daß Nello noch am besten dran sei. Jetzt, da er tot war, mußte er nicht mehr darüber nachdenken, wie er sein Leben fristen sollte. Dann zündete er eine Kerze im Gedenken an den Bruder an.

## 47

*Inzwischen war es dunkel*, die Nacht war hereingebrochen. Stille herrschte im Büro des Brigadiere Mannu. Der Appuntato Misfatti, der nun endlich schwieg, wartete auf eine Reaktion seines Vorgesetzten. Doch er ahnte, daß es nach diesem Feuerwerk an Treffern nicht mal für einen Hammelfresser wie den Sarden einfach sein würde, wieder auf die Beine zu kommen.

Mannu war dabei, die Situation zu rekapitulieren. Nicht seine eigene. Die der Familie Manzi: Nello Manzi ist alles egal. Tecla Manzi ist im Irrenhaus. Mutter Igina pflegt ihren Mann. Der Polier ist nur noch ein Schatten seiner selbst und muß das Bett hüten. Der Stumme sieht zu und krümmt keinen Finger.

»Bleibt die Frage nach dem Geld.«

Der Appuntato Misfatti fuhr zusammen.

»Woher nahmen sie das Geld zum Leben?«

Verdammt, am liebsten hätte er ihn lebendig verspeist! Dieser Mistkerl von einem Sarden wollte seine Niederlage nicht eingestehen. Er wollte nicht zugeben, daß er ihm befohlen hatte, der Anzeige einer Verrückten nachzugehen, die aus einer Familie von Bekloppten stammte. Er wollte das Thema wechseln. Er schweifte ab. Wen kümmert das schon? hätte er am liebsten geschrien. Ist doch völlig unwichtig, was sie gemacht und wovon sie gelebt haben. War doch ihre Sache! Der Fall war abgeschlossen, das heilige Herz war an seinen Ort zurückgekehrt, und vielleicht war es nun an der Zeit, daß sich der Signor Brigadiere in Demut übte, sich weniger wichtig machte und sich um ernsthaftere Dinge kümmerte.

»Und was wissen Sie über den Selbstmord eines gewissen Mellesi, eines Bankdirektors, der sich 1905 ereignete?« fragte der Brigadiere nun.

Mit was für einem Quatsch kam er ihm jetzt, dachte Misfatti. Mit irgendwelchen Dingen, die vor dreißig Jahren passiert waren? Was ging nur in seinem Kopf vor?

»Ich war damals fünf«, antwortete er seinem Vorgesetzten bedauernd, »und habe noch in Licata gewohnt.«

»Gut«, sagte der Brigadiere abschließend, »und morgen können Sie sich wieder um die Sache mit den Würmern kümmern.«

Danke, dachte der Appuntato. Vielen Dank, du Mistkerl. Am nächsten Morgen würde niemand nach Vendrogno fahren, der ihn mitnehmen könnte. Er würde also zu Fuß gehen müssen, acht Kilometer über eine staubige, schlechte Straße oder fünf über einen steilen Maultierpfad, und er würde mit Blasen unter den Füßen zurückkommen.

»Zu Befehl«, sagte er. Er salutierte und trat ab.

In dieser Nacht wurden beide Carabinieri von Zweifeln gequält. Sollte er den Maultierpfad nehmen? überlegte Misfatti. Oder die Straße und so den um einige Kilometer längeren Weg wählen, in der ziemlich vagen Hoffnung, daß irgendein Fahrzeug vorbeikäme und ihn mitnähme? Oder sollte er gar mit dem Fahrrad fahren, solange, wie seine Beine durchhielten? Er wußte genau, daß er es nicht bis Vendrogno schaffen und zwischendurch würde schieben müssen. Dann wäre aber wenigstens die Rückfahrt ins Tal angenehm.

Was soll ich tun? fragte sich der Brigadiere Mannu. Er schlief ein, wachte wieder auf. Was tun? So ging es die ganze Nacht über. Als er am Morgen in den Spiegel sah, erhielt er die Antwort: Er sah aus wie ein Toter. Das Gesicht eines Beerdigten. Eine Beerdigung stand ihm bevor. Nein, vielmehr zwei.

## 48

*Auf der Höhe des Ortsteils Gora*, gerade oberhalb der Kapelle der Madonna von Lezzeno, zollte der Appuntato Misfatti seiner Erschöpfung Tribut. Er ließ das Fahrrad zu Boden fallen und verfluchte den Brigadiere, die Straße, die Würmer und sogar Mussolini und wünschte all seinen Feinden eine unheilbare Krankheit an den Hals. Es war kurz nach acht Uhr morgens, er hatte noch sechs Kilometer Aufstieg vor sich und mußte dabei das Fahrrad schieben.

Einen Tag eher im Auto des Dottore, das wäre etwas anderes gewesen! Nicht nur, weil er sich diese Strapaze erspart hätte, sondern auch weil er wegen der guten Beziehungen, die er seit Jahren zu einigen der Vendrogneser pflegte, sicher mit einer Ladung Eier, Käse und Salami zurückkehren würde. Vielleicht sogar mit zwei Hühnern. Und es war schon etwas anderes, ob man mit all diesen Gaben Gottes in einem Auto zurückfuhr oder auf dem Fahrrad. Allein schon wegen der Möglichkeit, daß ihn jemand sah und sich wer weiß was dachte. Dabei handelte es sich um freiwillige Geschenke, die er nicht erbitten mußte.

Natürlich konnte er nicht leugnen, daß die Freigebigkeit der Leute angeregt wurde, wenn er in dem einen oder anderen Haus in der Uniform der Carabiniere vorstellig wurde. Vor allem in Häusern, deren Bewohner ihm entweder wegen Verstoßes gegen die veterinärmedizinischen Vorschriften oder wegen Verdachts der

Wilderei in die Fänge geraten und wie durch ein Wunder unversehrt davongekommen waren.

Der helle Klang der Kirchturmuhr brachte den Appuntato in die Wirklichkeit zurück. Es schlug acht Uhr dreißig. Wenn er sich keinen Ruck gab, würde er Vendrogno erst zu dem Zeitpunkt erreichen, den er für die Heimkehr angesetzt hatte. Bevor er weiterging, lauschte er jedoch, ob nicht doch ein Motorgeräusch oder ein Hufschlag eine baldige Mitfahrgelegenheit verhieß. Doch nur der Gesang der Finken erfüllte die Luft, und Misfatti hielt es für richtig, diesen Zauber mit einem letzten Fluch zu durchbrechen, der lauthals aus seiner Kehle drang. Daraufhin setzte er den unwegsamen Aufstieg fort, wobei er auf der Straße den Staub aufwirbelte.

# 49

*»Also, ich würde das ›Luxus‹ nennen«*, gab Don Saverio, der Hilfspriester, dem Brigadiere zur Antwort. »Erste Klasse könnte man sagen. Ich habe die Beerdigungsfeier abgehalten und erinnere mich noch genau daran. Der Sarg war aus wertvollem Holz, und er wurde in die Kirche gerollt und nicht getragen. Und da war auch ein schönes Blumengesteck von seiner Schwester.«

»Also war es teuer«, stellte der Brigadiere fest.

Ja, es sei teuer gewesen, betonte der Priester, das könne man durchaus behaupten.

Also hatte der stumme Manzi eine äußerst aufwendige Beerdigung. Das bedeutet wohl, daß die Manzis keine Geldsorgen hatten, wenn sie es derart sinnlos für eine pompöse Beerdigung zum Fenster hinauswerfen konnten.

»Wahrscheinlich«, so warf der Priester lächelnd ein, »wollte er auf diese Art beim Ewigen Vater Eindruck schinden.«

»Und das heißt?« fragte Mannu.

»Vor der Beerdigung legte er darauf weniger Wert«, meinte Don Saverio.

Der Stumme, so erklärte er weiter, war kein Kirchengänger. Er könne sich nicht erinnern, ihn je beim Gottesdienst gesehen zu haben.

»Aber man weiß ja, daß sie es im Angesicht des Todes alle mit der Angst zu tun kriegen. Wer fromm ist, klammert sich an seinen Glauben. Wen das Ganze zu Lebzeiten nicht interessiert hat, handelt, wenn es soweit ist, gemäß der Regel: Es gibt kein Jenseits, aber sollte da doch was sein, dann ist es besser, man ist vorbereitet, wenn man dort ankommt.«

Der Brigadiere lachte. »Es ist aber nicht sicher, daß man durch ein pompöses Begräbnis beim Ewigen Vater Punkte sammelt«, wandte er ein.

»Das meinte ich auch nicht«, gab Don Saverio zurück. »Ich wollte damit sagen: Eine schöne Bekehrung, eine schöne Beichte kurz vor dem Ende, und schon glaubt man, man könne ein ruhiges Gewissen haben und der Herr in seiner unendlichen Güte verzeihe alles.«

»Wieso?« fragte der Brigadiere. »Ist das bei dem stummen Manzi so gewesen?«

Der Priester nickte. »Ich habe ihn in seinen letzten Augenblicken begleitet, während seiner Agonie.«

Die Signorina Tecla Manzi hatte ihn gebeten, dem sterbenden Bruder geistlichen Beistand zu leisten.

»Trost kann man niemandem abschlagen. Noch weniger jemandem, der von Mutter Natur so gezeichnet ist.«

»Deshalb war er doch gar nicht in der Lage zu beichten.«

»Das stimmt. Doch auch ihm ist es in gewisser Weise gelungen, den Herrn um Verzeihung zu bitten.«

»Und wie soll er das gemacht haben?« fragte der Brigadiere.

Indem er winselte und versuchte, den Tönen, die er von sich gab, einen Sinn zu geben. Er bemühte sich auch, nach oben zu blicken, und zeigte mit dem Finger auf …

»Worauf hat er gezeigt?« fragte der Brigadiere, der

den Eindruck hatte, der Priester lasse sich von seiner eigenen Begeisterung hinreißen.

»Auf ein Bildchen«, schnaubte Don Saverio, »ein heiliges Bild. Das einzige in diesem Zimmer, was mit unserem Glauben zu tun hatte. Ich will nichts Falsches sagen, aber ich glaube mich zu erinnern, daß es ein heiliges Herz Jesu war.«

## 50

*Gewöhnlich erinnerte sich* der Brigadiere Mannu an seine Versprechen und hielt sie auch. Er hatte nicht vergessen, daß er sich am Vortag mit dem Bürgermeister für neun Uhr verabredet hatte. Doch hatte er da noch nicht ahnen können, was geschehen würde. Jetzt, nach dem Gespräch mit dem Hilfspriester, mußte er unbedingt noch einmal mit der Signorina Tecla Manzi reden. Es war erst halb neun. Wenn es schnell ging, konnte er es noch rechtzeitig zum Bürgermeister schaffen – dachte er. Daß er zu der Verabredung mit dem Bürgermeister nie und nimmer pünktlich kommen würde, wußte er wenige Minuten später, als er vor dem Gittertor am Haus der Signorina Tecla Manzi stand. Nachdem er geläutet hatte, dauerte es etwa zehn Minuten, bis die Manzi alle Schlösser geöffnet hatten, die die Sicherheit ihrer Behausung gewährleisteten.

»Der Dieb, der in Ihr Haus eindringen will, muß äußerst geschickt sein«, bemerkte der Brigadiere.

Die Signorina öffnete gerade das letzte Schloß, das den Weg zum Hof frei machte, und bemühte sich zu lächeln.

»Das sollen die erst mal versuchen«, antwortete sie.

»Aber Sie waren doch überzeugt, daß es zumindest einer schon geschafft hat«, sagte der Brigadiere.

»In den letzten Tagen der Krankheit meines Bruders und auch nach seinem Tod bis zur Beerdigung habe ich immer alles offengelassen, weil es so für Don Saverio und die Besucher einfacher war.«

»Und sind viele Besucher gekommen?« fragte der Brigadiere, als sie schließlich an der Haustür angekommen waren.

»Nicht viele«, war die Antwort.

»Erinnern Sie sich noch, wer es im einzelnen war?«

Die Signorina Tecla Manzi erinnerte sich. Im Grunde niemand, außer dem Hilfspriester und ihrem anderen Bruder.

»Aha«, ließ der Brigadiere vernehmen.

»Daran war nichts Ungewöhnliches«, gab die Signorina Manzi zurück. »Er hat ihm bis zum Schluß Gesellschaft geleistet, gemeinsam mit Don Saverio. Ich hätte das ehrlich gesagt nicht geschafft.«

Während sie redete, war die Signorina in die große Küche eingetreten. Der Brigadiere blieb an der Schwelle stehen. »Da wir schon beim Thema sind«, sagte er, »hat Ihr Bruder Ihnen nichts über die letzten Augenblicke des Verstorbenen erzählt?«

Der Brigadiere hatte schon darauf gewartet. Und natürlich kamen sie: vier, fünf Schnaufer aus der Nase und ein mehrfaches ruckartiges Kopfschütteln. »Was hätte er mir denn erzählen sollen?«

»Ich weiß nicht … wie er gestorben ist …«

Die Signorina Manzi stieß erneut Luft durch die Nase. »Mit heiterem Gemüt, dank des Beistands von Don Saverio«, sagte sie.

»Und das ist alles?«

»Das ist alles. Aber ich verstehe nicht …«

Der Brigadiere fiel ihr ins Wort: »Sie haben recht. Ich stehle Ihre Zeit mit einer für Sie schmerzlichen Angelegenheit. Eigentlich bin ich auch aus einem anderen Grund hergekommen. Die Besprechung dieses Anliegens wird nicht lange dauern, und danach werde ich Sie nicht mehr belästigen.«

»Worum geht es?« fragte die Signorina Tecla Manzi schroff.

»Bitte seien Sie so freundlich und zeigen Sie mir das Bild vom heiligen Herz Jesu.«

»Aber …«

»Ich bitte darum«, unterbrach sie der Brigadiere. »Seien Sie so nett. Danach erkläre ich es Ihnen.«

## 51

»*Also, Brigadiere*, haben Sie Ihre Zweifel überwunden?« fragte Bürgermeister Balbiani. »Können wir diese peinliche Angelegenheit nun zu Ende bringen? Der Totengräber wartet nur auf einen Befehl, um, sagen wir, den Stein des Anstoßes zu beseitigen und Gras über die Sache wachsen zu lassen.«

Der Bürgermeister war nervös, und man merkte es ihm an. Aber vielleicht war es nur wegen der Viertelstunde Verspätung, mit der der Brigadiere bei ihm eingetroffen war.

»Im Grunde ja«, sagte der Brigadiere. »Nur …«

Der Bürgermeister erstarrte auf seinem Sessel. »Nur?« fragte er. »Was meinen Sie damit?«

Es ging darum, daß das heilige Herz der Signorina Tecla Manzi eine schöne Überraschung bereithielt. Als er es in der Hand gehalten hatte, hatte der Brigadiere es sich genau angesehen. Auf den ersten Blick schien es ein ganz gewöhnliches Heilgenbild zu sein. Ein Bild unseres Herrn mit blutendem Herzen, durch eine gewölbte Glasscheibe geschützt. Auf diese richtete Mannu seine besondere Aufmerksamkeit. Er machte sich ein wenig an dem Bild zu schaffen und versuchte mit der Spitze seines Taschenmessers, das Glas anzuheben. Der Protest der Signorina Tecla Manzi stieß auf taube Ohren. Das Glas ließ sich mühelos abheben. Dann entfernte der Brigadiere auch noch das heilige Bild, und siehe da, darunter kam ein gefaltetes Papier zum Vorschein. Er faltete es auseinander und las: »Firma Krankle, Via Dogana,

Milano.« Dann hielt er es der Signorina Tecla Manzi vor die Nase und fragte, was das zu bedeuten habe.

Das sei die Adresse der Firma, bei der ihr Bruder Antonello angestellt war, als er beim Tunnelbau an der Simplon-Strecke geholfen hatte, antwortete die Signorina Manzi. Sie erklärte ihm außerdem, daß der andere Bruder die Adresse dort versteckt habe, aus Angst, daß der Alte sie sonst entdecken und den Sohn mit Schlägen und Fausthieben nach Hause zurückbringen würde.

»Der sicherste Ort im ganzen Haus«, behauptete die Signorina Tecla Manzi.

Der Brigadiere stimmte ihr zu. Niemand würde auf die Idee kommen, irgend etwas hinter dem heiligen Herz Jesu zu vermuten. Vorausgesetzt natürlich, es war so klein, daß es dort Platz fand.

»Wußte Ihr Bruder, daß seine frühere Adresse hier versteckt war?« fragte er.

»Das weiß ich nicht, aber eigentlich, aber warum ...«, stotterte die Signorina Tecla Manzi.

War diese Frage wirklich wichtig? Ja, sie war wichtig. Alles hing irgendwie miteinander zusammen. Der Brigadiere spürte es. Er hatte sich erlaubt, der Signorina Tecla Manzi jede Erklärung zu verweigern, doch konnte er auch mit dem Bürgermeister so verfahren? Nein. Aber wie sollte er vorgehen? Mit welchen Worten sollte er der höchsten Autorität im Ort beibringen, daß es seiner Meinung nach einen Zusammenhang gab zwischen den Ereignissen auf dem Friedhof und einem Bild des heiligen Herzen Jesu, das im Haus der Signorina Tecla Manzi hing?

»Ich habe noch ein paar Zweifel«, sagte der Brigadiere.

»Ach, tatsächlich?« entgegnete der Bürgermeister. Aber er war nicht verärgert. Es schien vielmehr von einer plötzlichen Müdigkeit überkommen. Er gab sich geschlagen.

»Ja«, bestätigte der Brigadiere.

»Gut«, sagte der Bürgermeister, »das heißt also, daß ich Ihnen die Sache erklären muß. Es wird Sie etwas Zeit kosten, Brigadiere, aber es lohnt sich. Es ist eine Geschichte, die vor einigen Jahren ihren Anfang nahm und von deren Hauptpersonen Sie einige nicht kennen können, weil Sie zu jung sind. Zum Beispiel einen gewissen Mellesi, der Bankdirektor war und sich 1905 erhängte.«

Der Brigadiere fuhr seine Antennen aus. Er hatte mit einer langweiligen Predigt gerechnet. Doch das war etwas anderes. »Ich bin ganz Ohr«, sagte er und setzte sich.

## 52

*Mellesi war ein Genießer* und Libertin. Und ein skrupelloser Mensch. Vielleicht hatte man ihn gerade deshalb nach Bellano geschickt, damit er die dortige wirtschaftlich erlahmte Filiale der Banca di Piccolo Credito leitete. Er amüsierte sich gern, und obwohl er verheiratet war, versagte er sich nichts und ließ kein Fest oder Bankett aus, wo er im allgemeinen ohne die Begleitung seiner Frau zu erscheinen pflegte. Schon wenige Tage nach seiner Ankunft ging er in die Annalen von Bellano ein, weil er auf dem Wagen der Mangiavino, der Weinfresser, am Karnevalszug teilgenommen hatte. An Geschäftssinn mangelte es ihm nicht, was er zu seinem eigenen Wohl sowie dem anderer bewies. Er hatte ein unfehlbares System entwickelt. Dies bestand darin, die Guthaben der reichsten Kunden im Auge zu behalten oder jene Konten, die von heute auf morgen deutlich anstiegen. Dann wurde er aktiv, nahm Kontakt zu den Kunden auf und bot sich ihnen als Finanzberater an. Dies war ein recht offenes Verständnis seiner Rolle als Angestellter, zumal er der Direktor der Bank war. Tatsächlich aber war es für die Bank von großem Nutzen, die so weitere Geldanlagen dazugewann, allerdings auch für Mellesi selbst, der für seine Tätigkeit Provisionen und Geschenke erhielt. Auf diese Weise war er auch auf das Konto von Ercole Perego aufmerksam geworden. Ein Konto, das ständig wuchs, ohne daß sein Inhaber, wie Nachforschungen ergaben, irgend etwas dafür tat. Mellesi begriff schnell, worin Peregos Arbeit bestand: Er verlieh Geld zu Wucherzins. Mellesi schätzte ihn richtig ein und verstand, daß man ihm unsaubere Geschäfte oder solche vorschlagen konnte, bei denen die Rendite der Höhe des Risikos entsprach, die man aber besser nicht über die Bank abwickelte.

Ihr Freundschaftsbund hielt bis 1905. In diesem Jahr ereignete sich etwas. »Etwas ganz Bestimmtes«, wie der Bürgermeister ausführte. Jemand erstattete Anzeige. Anonym, aber dennoch.

»Und das heißt?« fragte der Brigadiere.

Ein verhaltenes Grinsen erschien auf dem Gesicht des Bürgermeisters. »Man könnte durchaus behaupten, daß es eine ungewöhnliche Anzeige war.«

Mannu schüttelte den Kopf. »Ich verstehe noch immer nicht«, sagte er etwas verärgert. Wie konnte der Bürgermeister gerade jetzt anfangen zu scherzen?

»Hören Sie weiter zu«, sagte Balbiani, »und dann sagen Sie mir, ob Sie mir recht geben!«

Die Anzeige war tatsächlich anonym erstattet worden. Es stand nämlich kein Name darunter. Sie war mit der Post gekommen, adressiert an den damaligen Bürgermeister. Der Stempel stammte von einem Postamt aus Genua. Das war dem Bürgermeister nicht entgangen. So fiel es ihm leichter, nach dem mutmaßlichen Absender zu forschen: Alles deutete auf Verecondo Nogara hin, der ein paar Monate zuvor nach Amerika ausgewandert war. Es war ein Racheakt, ausgeführt mit Hilfe der Post.

»Ein Racheakt?« fragte der Brigadiere.

Rache an Perego, der dem Mann das Geld für die Reise geliehen hatte. Und an Mellesi, der ihn in die Hände des Wucherers vermittelt hatte. Nogara stellte alles auf das genaueste dar und deckte in dem Brief die Machenschaften der beiden vollständig auf. Und er nannte Namen. Namen von anderen, die wie er in die Falle getappt waren. Vornamen, Nachnamen, Adressen. Bei manchen wurde sogar eine Summe genannt.

Als der Brief, den Verecondo einem Genueser mit der Bitte übergeben hatte, ihn einen Monat nach seiner Abreise aufzugeben, dem Bürgermeister unter die Augen kam, überlegte dieser, was zu tun sei. Dann bat er den Maresciallo der Carabinieri um seine Meinung. Dieser begriff, daß er damit eine brauchbare Waffe in der Hand hatte, das Schweigen zu brechen, das die schmutzigen Händel von Perego deckte, und diesen in die Zange zu nehmen. Er befragte alle, die in dem Schreiben erwähnt waren. Dabei kam nichts heraus, denn alle leugneten, etwas mit der Sache zu tun zu haben. Doch der Bürgermeister gab nicht auf. Er hatte nichts zu verlieren und beschloß, seine letzte Karte auszuspielen. Er ging zum Bankdirektor Mellesi und erklärte ihm, er hätte schriftliche Zeugenaussagen. Eine Lüge. Mellesi jedoch glaubte ihm. Am Tag danach brachte er sich um.

»Alles andere als Depressionen«, entfuhr es dem Bürgermeister.

Das war nur ein Märchen, um die wahren Gründe der Tat zu verschleiern. Es wurde von der Familie, den Freunden des Direktors und dem Doktor unterstützt. Und von der Bank, die ihr Gesicht wahren wollte. Diese beschloß wenige Tage nach der Beerdigung, um die Sache baldigst abzuschließen, jede Spur dieser furchtbaren Geschichte zu beseitigen, und schaffte in der Filiale von Bellano Ordnung, entließ einige der Angestellten und ersetzte sie durch neue.

»Außer dem Direktor Mellesi, der sich umgebracht hatte, verloren nämlich noch zwei andere ihre Posten«, erklärte der Bürgermeister weiter. »Einer der beiden war erst siebenundvierzig, doch seine Karriere war ruiniert, weil auf ihm der Verdacht lastete, mit dem Direktor unter einer Decke gesteckt zu haben. Es gelang ihm nie wieder, eine Arbeit zu finden, die seinen Fähigkeiten entsprach. Er endete als Lagerverwalter in der Spinnerei Gavazzi. Immerhin konnte er noch dafür sorgen, daß sein Sohn studieren und sein Jura-Examen ablegen konnte.«

Der Brigadiere Mannu hatte verstanden, schwieg jedoch.

Für eine Weile schwieg auch der Bürgermeister. »Dieser Mann war mein Vater«, sagte er dann. »Und mit dem schmutzigen Handel von Mellesi und Perego hatte er nichts zu tun.«

In die darauf folgende Stille drang nur das Klappern einer Schreibmaschine. Keiner von beiden hatte den Mut, etwas zu sagen. Was sollte er auch sagen? fragte sich der Brigadiere Mannu. Schließlich klopfte jemand an die Tür.

»Herein!« rief Balbiani.

Ein Angestellter steckte den Kopf ins Zimmer: »Er ist da ...«, verkündete er.

Balbiani brachte ihn mit einer Handbewegung zum

Schweigen. Er wußte schon wer: Sabino Frascati, der auf Anweisungen wartete.

»Was sollen wir tun?« fragte er, an den Brigadiere gewandt.

Mannu seufzte und nickte schließlich.

»Sagen Sie ihm, er soll es tun«, befahl der Bürgermeister dem Angestellten. »Ist die Geschichte damit abgeschlossen?« fragte er dann den Carabiniere.

Mannu stand da und kaute an einem Fingernagel. »Sagen wir, daß wir das Grab fürs erste wieder geschlossen haben«, sagte er dann.

## 53

*Daß Nello Manzi nicht* zu jenen tausenden Arbeitern gehörte, die für den Ausbau der Simplon-Strecke ihr Leben ließen, war für alle offensichtlich. Daß er aber versucht hatte, als ein solches Opfer zu gelten, war weniger bekannt. Als 1905 der Brief mit dem dringenden Hilferuf des Stummen eintraf, dachte Nello nicht lange über seine Antwort nach: »NEIN!«

Damit diese Antwort endgültig blieb und ihn keine weiteren Hilferufe erreichten, ließ er sich folgende List einfallen: Er bat einen Arbeitskollegen, einen Brief an seine Familie zu schreiben, in dem es hieß, er wäre durch eine Sprengung umgekommen, die einen solchen Erdrutsch verursacht habe, daß man seine Leiche und die der anderen Unglücklichen nicht mehr bergen könne.

Er schlug dem Kollegen vor zu schreiben, daß die Firma Krankle den Tod bedauerlicherweise nicht hatte mitteilen können, weil sie keine Adresse der Angehörigen hatte. Nello hatte schließlich immer erzählt, er wäre allein auf der Welt. In Wirklichkeit aber machte sich Nello Manzi, der einfach keine Lust mehr zu dieser anstrengenden Arbeit hatte, während der Brief nach Bellano unterwegs war, nach Frankreich auf, um dort sein Glück zu suchen.

Zwanzig Jahre lebte er fern der Heimat, zog durch Frankreich, die Schweiz, Holland und Belgien, wo er die verschiedensten Arbeiten annahm, die ihm jedoch stets nur wenig einbrachten. Doch Anfang 1924 hatte er immerhin genug Geld in der Tasche, um sich eine Fahrkarte zu kaufen, die ihn von Neuchâtel, seiner letzten Arbeitsstelle, nach Italien brachte. Schon seit einiger Zeit hatte Manzi über diesen Schritt nachgedacht, angelockt von dem frischen Wind, der mit dem Aufstieg Mussolinis in Italien wehte. Schließlich tat er den Schritt und erreichte sein Dorf im April 1924, gleich nach dem erdrückenden Wahlsieg der rechten Koalition. Zuerst klopfte er an die Tür seines Elternhauses und wurde von Tecla empfangen, die, von dem plötzlichen Auftauchen des Bruders unbeeindruckt, fragte: »Warst du denn nicht tot?«

Obwohl sich Nello noch genau an den Brief von damals erinnerte, tat er, als fiele er aus allen Wolken. Er ließ sich alles genau berichten. Dann überhäufte er den Absender des Schreibens mit Beschimpfungen und nannte den Brief einen üblen Scherz, von dem er erst jetzt erführe.

»Du hättest ja einfach mal von dir hören lassen können«, gab Tecla zurück.

Darauf vergrub Nello sein Gesicht in den Händen und spielte eine Szene vor, voller Halbsätze, Seufzer und falscher Schluchzer, um auszudrücken, daß die vergangenen Jahre eine Zeit der Not und Qual für ihn gewesen seien. Aber jetzt, so sagte er, mit dem neuen Wind, der in Italien wehte, könne vielleicht auch er ein wenig Frieden finden.

Tecla hatte seine Entscheidung begrüßt. Als sie dann jedoch ein Lächeln auf Nellos Gesicht erscheinen sah, machte sie ihm sofort klar, daß nicht im Traum daran zu denken sei, daß er hier bei ihnen und auf ihre Kosten lebe. »Wer nicht arbeitet, soll auch nicht essen«, erklärte ihm die Manzi. Deshalb besorge sie den Haushalt, und der andere Bruder kümmere sich darum, daß Geld hereinkam.

»Und was für eine Arbeit macht er?« fragte Nello neugierig.

Tecla antwortete ausweichend. Er mache Geschäfte, brummelte sie, aber er solle sie nicht fragen, was für Geschäfte das seien, da sie es nicht wisse und auch gar nicht wissen wolle.

Geschäfte, murmelte Nello langsam, während er davonging, gefolgt von der Stimme seiner Schwester, die ihn wie früher daran erinnerte, daß immer ein Teller Suppe für ihn bereitstehe.

Suppe. Er war in der festen Absicht nach Hause zurückgekehrt, sich von nun an auf die faule Haut zu legen, und statt dessen mußte er jetzt, mit fast fünfzig, wieder von vorne beginnen.

Doch letztlich erging es ihm daraufhin nicht allzuschlecht. Nach kaum mehr als einem Monat hatte er den Weg ins Bett von Beatrice Bellinelli gefunden, die drei Jahre älter war als er, seit ein paar Monaten Witwe und Besitzerin einer kleinen Imbißstube in Piona, an der Straße nach Colico. Sie war eine der Frauen, die es ohne Mann nicht aushalten können, und empfing Manzi wie ein Geschenk des Himmels. Viel hatte er bei ihr nicht zu tun: Würstchen braten, vor allem samstags und sonntags, und den Rest der Woche führte er ein recht erholsames Leben. Einen großen Teil der Arbeit erledigte

Beatrice selbst, so daß sich Manzi im Grunde auch an den Wochenenden schonen konnte. Dann säuberte er sich die Nägel, immer bereit, der Bellinelli zu Willen zu sein, wenn sie das Bedürfnis danach verspürte. Ein Bedürfnis, das sich bis zu dreimal am Tag einstellen konnte.

## 54

*Zwei Dutzend Eier.* Kein einziges hatte er retten können. Eine Salami, die den Weg über die Wiese hinunter ins Tal genommen hatte. Wie sollte man die wiederfinden? Ein Stück Butter war im Staub der Straße gelandet. Und schließlich drei luftgetrocknete Würste. Nach dem heftigen Sturz des Appuntato Misfatti in der großen Kurve, die »Kurve mit der schönen Aussicht« genannt, hätten sie gerettet werden können, wenn sich nicht eine Katze, die sich in der Nähe eines Stalls aufhielt und flinker war als der Carabiniere, auf die Würste gestürzt und sie weggeschleppt hätte, wohin auch immer.

Als sich der Appuntato aufrappelte, bemerkte er zudem, daß ihm seine rechte Schulter den Dienst versagte: Bei dem Versuch, während des Sturzes seinen Kopf zu schützen, war er auf Schulter und Hüfte gefallen. Am meisten tat ihm jedoch die Schulter weh. Gebrochen schien sie nicht, doch man wußte nie. Fluchend hob Misfatti sein Fahrrad auf und begann den Abstieg zu Fuß. Anders war es nicht möglich, denn das Rad hatte beträchtlichen Schaden genommen. Das Hinterrad war krumm, zwei Speichen waren gebrochen und hingen lose herunter. Wirklich ein schöner Tag, sagte er sich. Ein richtiger Scheißtag.

Er hatte keinerlei Informationen über die mutmaßliche Beleidigung des Staatsoberhauptes durch den Wunderheiler bekommen. Er hatte hier und da nachgefragt, mit dem einen oder anderen gesprochen und sich, da die

Angelegenheit prekär war, bemüht, seine Fragen in leichtem, fast scherzhaftem Ton zu stellen. Denn auf die präzise Frage »Sind Sie darüber unterrichtet, daß Benacquista bei seinen Behandlungsriten beleidigende Sätze gebraucht, die seine Exzellenz Benito Mussolini verhöhnen?« hatte er immer die gleiche Antwort erhalten: nein. Man stelle sich nur vor! Wer wäre schon so dumm, sich eigenhändig in ein solches Unglück zu stürzen! Zeugenaussagen, Protokolle, Richter, Carabinieri, Anwälte: lauter Dinge, mit denen die Bergbewohner von Vendrogno nichts im Sinn hatten. Die einzige Möglichkeit, den Vogel zu fangen, wäre wohl, einen Carabiniere, der vorgab, Würmer zu haben – ohne Uniform natürlich –, zu dem Quacksalber zu schicken und zu sehen, was dann tatsächlich geschehen würde. Eine Vorgehensweise, die er jedoch bestenfalls vorschlagen würde. Es sollte bloß niemand auf die Idee kommen, ihn persönlich dorthin zu beordern. Das sollten ruhig die aus Lecco machen. Oder der Onkel der Göre, die die Frage erst aufgeworfen hatte, dieser Herr von der Miliz in Como, oder was auch immer der war.

Als er den Kirchturm von Lezzeno erblickte, blieb der Carabiniere stehen, um Luft zu holen und zu überlegen, wie er den Bericht formulieren sollte: Es mußte ein Meisterwerk werden, das alles sagte, ohne daß es tatsächlich drinstand.

In jedem Fall mußte er, bevor er in die Dienststelle zurückkehrte, unbedingt zum Arzt. Die Schulter tat ihm immer noch weh. Nach dem, was er über derlei Dinge wußte, konnte sie durchaus doch gebrochen sein.

## 55

*Der Brigadiere* hatte die Erlaubnis erteilt. Doch er erhob sich nicht von seinem Stuhl. Er hatte zwar das Grab geschlossen, aber damit war die Sache noch nicht erledigt. Wenn der Bürgermeister glaubte, so leicht davonzukommen, dann irrte er sich. Balbiani sah den Carabiniere an.

Gleich steht er auf, verabschiedet sich und geht, dachte der. Von wegen! Er schwieg, ohne das geringste Anzeichen von Eile. Erwartete er Dank?

»Gestatten Sie mir zu sagen, Brigadiere«, hob der Bürgermeister an, »daß ich die tiefste Abneigung gegenüber diesem Subjekt hege, das unter anderem die Kommune schon mehr gekostet hat, als es im Leben besaß. Dies ist einer der Gründe, weshalb ich es gar nicht erwarten konnte, daß dieser Fall endlich abgeschlossen wird.«

Der Brigadiere Mannu antwortete mit einem Nikken: Er begriff. Er brachte sogar eine gewisse Solidarität ihm gegenüber auf. Deshalb war er bereit, beide Augen zu schließen und zu gestatten, daß Frascati alles wieder so herrichtet, als wäre nichts geschehen.

»Aber …«

Aber jetzt, da er den Bürgermeister zufriedengestellt hatte, wollte er doch noch seine Neugier befriedigen.

»… Sie müssen mir das Recht zugestehen herauszufinden, was geschehen ist. Sie müssen wissen, ein Grab wurde geschändet, und ich habe beide Augen davor verschlossen …«

Der Bürgermeister zuckte die Achseln. Dieser Brigadiere war verdammt gerissen. Außerdem war er Sarde.

»Was wollen Sie wissen?« fragte er.

Da gab es eine Menge Dinge, die Mannu erfahren wollte.

»Warum wurde dieses Grab geschändet?«

Wer hatte es getan? Wie war es möglich, daß statt Perego eine Frau da unten lag?

»Sie wollen also fast alles wissen«, entgegnete der Bürgermeister.

»Nein«, antwortete der Brigadiere. »Nicht fast alles. Alles. Ich wüßte zum Beispiel auch gern, wo Peregos Geld abgeblieben ist.«

Ein langer Seufzer drang durch die Nase des Bürgermeisters. »Daran habe ich mir selbst schon die Zähne ausgebissen«, sagte er leise.

»Hat es sich in Luft aufgelöst?« stieß der Brigadiere hervor und machte eine Bewegung, als ränne ihm Sand durch die Finger.

»Wahrscheinlich ist es gut versteckt«, sagte der Bürgermeister. »Ich kann Ihnen hierbei nicht weiterhelfen. Aber wenn Sie wollen …«

Aha, dachte der Brigadiere, bei dem Kerl braucht man wohl eine Zange, damit er erzählt, was er weiß. Wenn er nicht der Bürgermeister wäre …

»Wenn ich will?«

»Ich könnte Ihnen zum Beispiel darlegen, wo Ercole Perego möglicherweise hingekommen ist.«

56

*Am 5. März starb in der Gegend* von Treviglio der Cavaliere del Regno Carlo Maria Grossi, ein wenn auch indirekter Nachkomme des Schriftstellers und Dichters Tommaso Grossi, der 1790 in Bellano gestorben war. Am 7. März, zwei Tage später, während in der Kirche des Ortes die Exequien abgehalten wurden, erlitt Ercole Perego aus Bellano einen Infarkt. Er hatte persönlich an der Feier teilgenommen, obwohl in den Bänken bereits eine Delegation der Kommunalverwaltung von Bellano saß. Perego brach mitten im Miserere plötzlich zusammen, was zu Verwirrung und leichter Panik führte. Der Priester mußte die Feierlichkeiten unterbrechen.

Unter den Anwesenden war kein Arzt, der den Tod feststellen konnte. Deshalb sollte Perego, der bereits nicht mehr lebte, ins Krankenhaus gebracht werden, wo er auch eine Viertelstunde darauf im Krankenwagen eintraf, begleitet von zwei Mitgliedern der Delegation, dem Stellvertretenden Bürgermeister Pozzi und dem Grundschullehrer Crispini. Der Arzt ließ, nachdem er die Leute aus Bellano in der Notaufnahme empfangen und den Tod Peregos diagnostiziert hatte, diesen sofort in die Leichenhalle bringen.

»Und was machen wir jetzt?« fragte der Lehrer Crispini.

Der Stellvertretende Bürgermeister machte mit einer Geste deutlich, daß das nicht sein Problem sei. »Der kümmert uns nicht«, sagte er. »Wenn er nach Trevigilio gekommen ist, dann wird er ganz sicher seine Gründe gehabt haben.«

So war es tatsächlich: Anfang des Jahres hatte die Kommunalveraltung von Bellano auf Anweisung des Bürgermeisters Balbiani begonnen, auf die Erben des berühmten Mitbürgers dahingehend einzuwirken, daß diese das Haus des Dichters verkauften, in dem ein Museum mit Erinnerungen, Schriften, Ausgaben der Prosawerke, Romanen und Gedichten Grossis entstehen sollte. Als Ercole Perego von den Verhandlungen erfuhr, versuchte er dazwischenzufunken. Das Haus am Ende der Via Cavour interessierte ihn nicht. Aber er wollte es an die Kommune verkaufen und dabei zwei Fliegen mit einer Klappe schlagen: das x-te gute Geschäft seines Lebens machen und sich am Bürgermeister Balbiani rächen, von dessen Haß gegen ihn er sehr wohl wußte. So nahm auch er Verhandlungen auf und machte deutlich, daß sein Angebot über dem der Kommune lag. Die Fahrt nach Treviglio zu den Exequien des Verstorbenen sollte ein entscheidender Moment in den Verhandlungen werden, der die Sache zu einem erfolgreichen Abschluß bringen würde. Zu seinem Pech ereilte ihn während der Beerdigungsfeier der Tod und lieferte ihn den anderen aus. Diese hätten nichts weiter unternommen, hätte nicht einer eingegriffen, der sich als Davide Ingegni vorstellte. Bestattungsunternehmen.

»Ingegni Davide und Söhne«, erklärte er.

Der stellvertretende Bürgermeister und der Lehrer Crispini sahen einander an.

»Wir müssen an den Abtransport denken«, betonte letzterer. »Meinen Sie nicht auch?«

Der andere meinte das auch. Doch er hatte keinerlei Lust, sich diese Aufgabe aufzubürden. Perego verdiente weder Dank noch Mitgefühl.

»Unsere Firma kümmert sich um alles«, erklärte Ingegni.

Um so besser, sagten sich die beiden. Damit war die Angelegenheit für sie erledigt.

»Und wurde zum Riesenschlamassel«, rief der Bürgermeister Balbiani und unterstrich seine Worte mit einer ausholenden Geste: Die Bestattungsfirma Davide Ingegni und Söhne bot einen tadellosen Service, kümmerte sich um alles, vom Totenschein bis zum Transport, und nahm auch Kontakt zum Totengräber Frascati auf. Der wartete dann den ganzen 9. März über darauf, daß der Sarg mit der Leiche Peregos eintraf, konnte die Bestattung aber erst am 11. vornehmen, zwei Tage später. Um ehrlich zu sein, begrub er den Toten gar nicht selbst, denn an diesem Tag lag er mit Hüftschmerzen im Bett. Ohne jemandem davon in Kenntnis zu setzen, hatte er die Aufgabe einem Mann übertragen, der ihm hin und wieder half.

»Zwei Tage kann die Fahrt von Treviglio bis hierher doch nicht gedauert haben«, sagte der Brigadiere.

»Da haben Sie recht«, pflichtete der Bürgermeister ihm bei.

»Also?«

Es gebe einen Grund, erklärte Balbiani. Und der könne das Rätsel lösen. Die Zeitungen hatten über den

Vorfall berichtet: Ein Verrückter, der im Krankenhaus von Treviglio untergebracht war, ein gewisser Angelo Schittati, achtundvierzig Jahre alt, ein notorischer Pyromane und für Psychiater und Carabinieri kein Unbekannter, hatte sich im Krankenhauskeller, in der Leichenhalle, verschanzt und mit den dort vorrätigen Särgen, fünf an der Zahl, die Eingangstür blockiert. Er drohte damit, den Raum anzustecken. Damit stand die Sicherheit des gesamten Krankenhauses und der dort untergebrachten Patienten auf dem Spiel. Der Mann hielt die Ordnungskräfte den ganzen 9. März über bis in die Nacht hinein auf Trab. Gegen Mitternacht roch es im Krankenhaus nach Rauch. Dieser kam nicht aus der Leichenhalle, sondern von brennenden Stoppelfeldern. Doch die Carabinieri und Feuerwehrleute waren alarmiert und beschlossen, die Situation endlich gewaltsam zu beenden. Sie brachen die Tür auf und überwältigten den Geisteskranken, der gerade schlief. Während der Erstürmung war der Stapel mit den Särgen umgestürzt. Und nun mußte wieder Ordnung geschaffen werden.

Kein Problem für die drei Fachleute des Konkurrenzunternehmens von Ingegni, der Bestattungsfirma Grigetti in Triviglia, *Onoranze Trevigliesi Commendator Grigetti*. Ein Schild auf dem Sarg gab Namen, Nachnamen und Alter des Verstorbenen an. Ingegni hingegen hatte als drittklassige Firma an allem möglichen gespart, auch an den Schildern. Bevor der Geisteskranke die Särge durcheinandergebracht hatte, brauchte man sich nur zu merken, daß der erste in der Reihe die Frau beherbergte und der letzte Perego. Aber jetzt?

Da der Konkurrent Grigetti anwesend war, als die Tür aufgebrochen wurde, blieb Ingegni, um seinen guten Namen zu wahren, nichts anderes übrig, als so zu tun, als könnte er die Särge auf Anhieb unterscheiden: »Der muß nach Bellano und dieser nach Treviglio«, sagte er und deutete mit größter Sicherheit auf die einzelnen Särge. Niemand hatte dem etwas entgegenzusetzen. Was sollten die Anwesenden auch dagegen haben? So kam es, daß Ercole Perego erst zwei Tage später als beabsichtigt nach Bellano zurückkehrte.

Am 11. März kam Davide Ingegni persönlich zur Kommunalverwaltung und bat, den Bürgermeister sprechen zu dürfen. Sein Anblick, seine Strenge, sein vornehmes Gebaren erweckten bei den Angestellten den Eindruck, sie hätten es mit einem bedeutenden Mann zu tun, der aus wichtigen Gründen incognito reiste. Deshalb führten sie ihn sofort zu Balbiani. Ingegni stellte sich dem Bürgermeister vor und erklärte, er habe vor wenigen Stunden den Bellaneser Ercole Perego bestattet. Er erlaube sich, so sagte er, eine gewisse Verwunderung zum Ausdruck zu bringen.

Verwunderung worüber? fragte der Bürgermeister.

Verwunderung deshalb, weil ihm so etwas in seiner ganzen Laufbahn noch nicht passiert sei. Zu der Beerdigung sei kein Verwandter, kein Freund erschienen, nicht mal ein Hund. Kurz zuvor sei auf dem Friedhof außer dem Totengräber nur ein einzelner Mann gewesen, der jedoch kein Wort gesprochen habe, geschweige denn ein Gebet zum Gedenken des Toten. Merkwürdig, nicht? fragte Ingegniu.

Merkwürdig, sagte der Bürgermeister zustimmend, neugierig, worauf der Mann hinauswollte.

Merkwürdig war auch die Tatsache, so betonte der Bestattungsunternehmer, daß der Totengräber keine Auskunft geben konnte auf seine Frage, wo man Verwandte und Freunde des Verstorbenen finden könne. Deshalb – Ingegni sprach diese Worte mit einem Ausdruck der Trauer aus, in klagendem Ton – lege er nun hier die Rechnung über die geleistete Arbeit vor, wobei es wohl das Günstigste sei, ihn sofort zu bezahlen, da Treviglio ja nicht gerade um die Ecke liege.

»Ich mußte«, so erklärte der Bürgermeister nun, »den Leichenzehrer darüber in Kenntnis setzen, daß Perego allein auf der Welt gewesen war. Und daß er außerdem nach allem, was wir und auch die Carabinieri herausgefunden hatten, nichts besaß. Daß ihm auf dieser Welt nichts gehörte, nicht mal das Haus, in dem er zur Miete wohnte.«

Mit der in Trauerfällen üblichen Freundlichkeit derer, die genau wissen, wie man mit betroffenen Verwandten umgeht, antwortete Ingegni, daß alle ihm bekannten Kommunalverwaltungen, die diesen Namen verdienten, über Reservefonds für minderbemittelte Familien verfügten. Geld, das in Notfällen für Gesundheit, Unterhalt und Unterkunft aufgewendet werde. Und für Beerdigungen, hatte er hinzugefügt.

»Damals waren wir uns so sicher wie heute«, sagte der Bürgermeister, »daß dieser unverschämte Mensch so viel Geld besessen hat, daß er nicht wußte, was er damit machen sollte. Aber schließlich mußten wir zahlen.

Perego besaß offensichtlich nichts, was man für seine Beerdigung hätte verkaufen können, und von seinem Geld fehlt bis heute jede Spur. Verstehen Sie?«

Der Brigadiere Mannu hatte verstanden, so schwer war das ja nicht.

»Nach meinen Ausführungen«, sagte der Bürgermeister, »werden Sie sich unschwer vorstellen können, wie die Särge vertauscht wurden, und auch, warum ich darauf gedrängt habe, die ganze Angelegenheit schnell abzuschließen. Die Dinge wieder an den richtigen Platz zu bringen würde die öffentlichen Kassen mit neuen Kosten belasten. Und das für diese Räuberseele, die jetzt genau dort ist, wo sie hingehört, nämlich in der Hölle, und zwar in würdiger Gesellschaft! Und wo ihm all sein Geld nichts nutzt!«

Mannu strich sich übers Kinn. »Wo das wohl abgeblieben ist«, sagte er.

Der Bürgermeister verzog leicht das Gesicht. »Die einzige Person, die uns vielleicht ein paar Hinweise hätte geben können, war …« Er unterbrauch den Satz mit einem bitter-süßen Lachen.

Was gibt es da bloß zu lachen? dachte der Brigadiere.

»… wie das Schicksal so spielt …«, bemerkte der Bürgermeister.

Der Brigadiere wurde immer neugieriger. »War was?« frage er.

»Stumm«, antwortete Balbiani. »Jener Manzi, der erst kürzlich gestorben ist und der von Geburt an stumm war.«

Der Brigadiere verspürte ein angenehmes Frösteln.

»Der Bruder der Signorina Tecla Manzi?« rief er aus.

Der Bürgermeister antwortete nicht sofort. Er tat es erst, nachdem er eine Weile geschwiegen hatte, und dann in Form einer Frage: Mit welchem Geld hatten die beiden es wohl sonst geschafft, sich bis heute durchzuschlagen?

## 57

*Die aus Lecco* hätten wieder angerufen, sagte der Carabiniere Locatelli.

Der Brigadiere schnaufte. Den ganzen Vormittag hatte er damit verbracht, sich die Geschichte des Bürgermeisters anzuhören. Eine interessante Geschichte, doch sie hatte die ganze Angelegenheit noch mehr durcheinandergebracht.

»Immer noch wegen dieser Wurmsache?« fragte der Brigadiere.

»Ja«, antwortete der Junge aus Bergamo, wurde rot und hielt mühsam ein Lachen zurück.

Sie mußten etwas unternehmen, bevor die aus Lecco wütend wurden, dachte der Brigadiere. Er wußte nicht, wie er weiter vorgehen sollte. Sollte er in der Wache bleiben, Präsenz zeigen und anfangen, über die Sache mit den Würmern nachzudenken, oder schnell verschwinden, um den alten Priester zu besuchen und ihm eine Frage zu stellen, die er wegen des langen Gesprächs mit dem Bürgermeister hatte aufschieben müssen.

»Der Appuntato?«

Die Frage kam wie ein Pistolenschuß. Es war stärker als er: Immer wenn er von Misfatti sprach, stellte sich wie von selbst dieser wütende Ton ein.

Locatelli zuckte mit den Schultern. Der hatte sich noch nicht blicken lassen.

Der Brigadiere sagte sich, daß der Appuntato sicher bald kommen würde. Schließlich hing das Damoklesschwert über seinem Kopf. Allerdings würden die sicher bald wieder anrufen, und er konnte nicht das Risiko eingehen, daß sie erneut nur Locatellis hohle Antworten zu hören bekamen.

»Wenn Lecco anruft, stell' sie sofort durch«, befahl er und beschloß, noch eine Weile im Büro zu bleiben. »Und wenn der Appuntato kommt, sag ihm, er soll sich sofort bei mir melden.«

Im selben Moment betrat der Appuntato die Ambulanz von Dottore Savini. Zuerst allerdings hatte er sich um das Fahrrad gekümmert. Der Mann für alles, Beretta, hatte es sich angesehen und ihm verkündet, am hinteren Reifen sei nichts mehr zu machen, er sei völlig verbogen und müsse ausgetauscht werden. Jetzt, während er sich auf der Arztliege niederließ, überlegte Misfatti, jetzt fehlte nur noch, daß der Dottore ihm sagte, seine Schulter sei gebrochen.

## 58

*Verrenkung, hatte der Arzt gesagt.* Zwanzig Tage ruhigstellen. Dann hatte er ihm die Schulter verbunden und dabei den Arm fest an den Oberkörper geschnürt. Der Appuntato Misfatti setzte eine Leidensmiene auf. Zwei Falten rechts und links seines Munds drückten nur zu deutlich aus, was er erlitten hatte, welcher Schmerz ihn nach wie vor plagte und welchen er noch würde ertragen müssen. Doch aus seinem Mund war weder ein Seufzer noch eine Klage gedrungen. Er hatte seine Pflicht getan. Daß dabei nichts herausgekommen war, stand auf einem anderen Blatt. Ernsthaft und bedrückt, als käme er gerade von der Front, berichtete er dem Brigadiere Mannu von seinen Aktivitäten, den befragten Personen und ihren Antworten. Dann ging er zu persönlichen Überlegungen über, um zu erklären, weshalb seine Mission in Vendrogno mißglückt war.

Der Brigadiere Mannu hörte ihm nur mit einem Ohr zu. Er war von dem Eifer eines Jägers ergriffen, der kurz vor der Erlegung seiner Beute steht. Der Appuntato Misfatti war genau in dem Moment in die Wache zurückgekehrt, als der Brigadiere in höchster Konzentration dabei war, die Mosaikteile zusammenzufügen, um daraufhin seinen nächsten Schritt zu planen, den letzten. Wie befohlen, hatte der Carabiniere Locatelli den Appuntato umgehend in das Büro des Brigadiere geführt, dessen Konzentration auf der Stelle zum Teufel war.

»Es gibt nur einen Weg«, sagte der Appuntato, »den Wunderheiler auf frischer Tat zu ertappen und gleichzeitig herauszufinden, ob das, was die in Lecco sagen, wirklich stimmt.«

»Und der wäre?« fragte der Brigadiere ausgesprochen lustlos.

»Der wäre …«, begann Misfatti.

Er wollte seinem Vorgesetzten gerade die Strategie von der Konsultation des Heilers unter falschem Namen erläutern, wobei der Spitzel behaupten solle, er hätte Würmer, um dem Brigadiere danach klarzumachen, daß er selbst nicht dafür zur Verfügung stehe, als ihn das Klingeln des Telefons unterbrach.

»Auch das noch«, sagte der Brigadiere und griff zum Hörer. »Carabinieri«, meldete er sich mit betont sardischen Akzent. Instinktiv richtete er sich dabei auf seinem Stuhl auf.

Am anderen Ende der Leitung war Capitano Colombo, der Kommandant der Dienststelle in Lecco. Er rief aus zwei Gründen an.

»Ich höre, Comandante«, sagte Mannu freundlicher.

Erstens ging es natürlich um die Ereignisse in Vendrogno. Auch der Capitano war der Meinung, daß es sich dabei um eine recht merkwürdige Geschichte handele, aber er stehe unter Druck. Ob es inzwischen Neuigkeiten gebe?

Der Brigadiere sah sich gezwungen, ihm zu antworten, daß er bis zu diesem Augenblick nichts habe, was die Vorwürfe beweise. Er faßte die Erlebnisse des Appuntato Misfatti zusammen. Dann hörte er sich den Ratschlag des Kommandanten an: Es sei in dieser heiklen Angelegenheit nicht sinnvoll, einen uniformierten Carabiniere zu Nachforschungen dorthin zu schicken. Man müsse trickreich vorgehen. Nach Auffassung des Capitano sei es tatsächlich klug, zu dem Quacksalber einen ihrer Männer inkognito zu schicken, der so tun sollte, als hätte er Würmer. Dazu brauchte man allerdings jemanden, der in der Lage sei, diese Rolle überzeugend zu spielen. Ob er so jemanden habe?

Der Brigadiere Mannu blickte Misfatti an, der immer noch bleich vor dem Schreibtisch stand. Ja, er habe jemanden, der für die Sache geeignet sei, antwortete er sofort.

»Gut«, sagte der Capitano. »Zweitens …«

Eine Inspektion stand bevor.

Der Brigadiere biß sich auf die Lippe. Im Grunde hatte er nichts zu befürchten. Doch die Inspektion einer Kaserne war immer eine heikle Angelegenheit.

»Wann?« fragte er.

»Gegen Ende Oktober.«

Gut, dachte Mannu. Bis dahin wäre der Maresciallo Maccadò aus dem Urlaub zurück. »Ich notiere es mir umgehend«, sagte er. Dann, an Misfatti gewandt, das Ohr immer noch am Hörer: »Bitte geben Sie mir den Kalender.« Er zeigte auf den Terminkalender, der an der Wand gegenüber hing.

Der Appuntato drehte sich um und ging zur Wand. Der störende Verband, der seine Schulter ruhigstellte, behindert ihn. Während der Brigadiere beobachtete, wie sich Misfattis linker Arm hob, um den Kalender von der

Wand zu nehmen, sah er plötzlich einen anderen linken Arm vor sich, der die gleiche Bewegung ausführte. Und er begriff, wie sich das Verschwinden und Wiederauftauchen des heiligen Herz Jesu abgespielt haben konnten. Nun wußte er, in welche Richtung er weiter ermitteln mußte.

## 59

*»Religiös«, sagte der alte Priester* und seufzte. Es war sieben Uhr abends, und im Pfarrhaus roch es nach Suppe. Der Duft drang allmählich in den zweiten Stock hinauf, wo sich der frühere Priester von Bellano ein paar Zimmer gesichert hatte, als er sich zur Ruhe setzte. Es war Essenszeit für den Pfarrer, das wußte der Brigadiere Mannu. Und nur ungern störte er die Abendruhe des alten Mannes. Doch immerhin war es nicht seine Schuld, daß er nach dem Anruf aus Lecco mit dem Lesen von Berichten, dem Unterschreiben von Papieren, dem Besprechen des Diktiergeräts und schließlich der Diskussion mit dem Appuntato noch mehr Zeit verloren hatte. Er hatte Misfatti berichtet, was sich die Leute in Lecco ausgedacht hatten, um den Wunderheiler zu überführen.

Misfatti war verblüfft gewesen. »Aber genau das hätte ich Ihnen vorgeschlagen, wenn die mich nicht mit ihrem Telefonanruf unterbrochen hätten!« rief er.

»Gut«, hatte der Brigadiere gesagt, »da Sie also der gleichen Meinung sind, dürfen Sie den Auftrag ausführen.«

»Ich?«

»Gewiß.«

»Aber … so?« hatte Misfatti erwidert und an die verrenkte Schulter geklopft.

»Um so besser. Sie sehen richtig krank aus und müssen nicht einmal so tun!«

»Aber wäre es nicht besser …«

»Wen soll ich denn Ihrer Meinung nach sonst hinschicken?« hatte der Brigadiere scharf gefragt. »Locatelli vielleicht, der sich sogar vor seinem eigenen Schatten fürchtet, rot wird, stottert und kein Wort Dialekt versteht?«

»…«

»Dafür braucht es einen cleveren, gerissenen Mann, der den Beruf beherrscht und Mut hat!«

»…«

»Sie sind genau der Richtige.«

Die beiden Falten rechts und links neben dem Mund des Appuntato waren angesichts dieser ganzen Reihe von Komplimenten verschwunden. Doch kehrten sie gleich wieder zurück, denn ihm ging ein Gedanke durch den Kopf.

»Kann ich wenigstens noch bis Freitag warten?« hatte der Sizilianer gefragt. »In ein paar Tagen müßte sich der Schmerz beruhigt haben. Dann wäre es für mich um einiges leichter, dorthin und wieder zurückzukommen.«

Der Brigadiere hatte geschluckt. Er durfte es mit seinem Untergebenen nicht allzuweit treiben. Er hatte eingewilligt, obwohl er wußte, daß der Appuntato ausschließlich darauf spekulierte, im Auto des Arztes mitgenommen, der freitags immer nach Vendrogno fuhr. Als das Gespräch mit dem Appuntato endlich beendet war, stellte Efisio Mannu fest, daß es schon sieben war. Ein bißchen spät. Aber er wollte um jeden Preis einen letzten Zweifel ausräumen. Er wollte dem Priester die Frage stellen, die ihm schon seit dem frühen Nachmittag auf der Seele lag und die er hatte aufschieben müssen, weil er zuerst bei der Signorina Tecla Manzi und dann beim Bürgermeister gewesen war. Er hatte sich entschieden und trat schließlich Entschuldigungen murmelnd ins Pfarrhaus ein.

## 60

»*Vuolsi così colà dove si puote*« – so will man's droben, wo jedwedes Wollen zugleich ein Können ist«, rezitierte der Priester und breitete dabei die Arme aus, als predigte er.

»Dante«, sagte der Brigadiere.

»Die Göttliche Komödie«, setzte der Priester hinzu.

Er, sagte er dann, habe sich immer an die Regeln gehalten, wie es die Pflicht eines jeden guten Priesters sei. Hätte er nach eigenem Ermessen handeln können, hätte er das religiöse Ritual zelebriert, ohne sich von Zweifeln stören zu lassen. »Denn jeder Christenmensch, der stirbt, ob Selbstmörder oder nicht, kann mit dem Verständnis und der unendlichen Liebe seines Schöpfers rechnen.«

Doch die Vorschrift laute anders. Ihr zufolge durften Selbstmörder nicht in geweihter Erde begraben werden. Und er habe sich darauf eingestellt, dementsprechend zu handeln. »Außer bei Erhalt eines … Gegenbefehls, wie es bei euch Soldaten heißt«, scherzte der alte Priester. Die Anweisung kam, und zwar direkt von einem Monsignore aus der Kurie, der ihn von der Beachtung der Vorschriften befreite und ihm gestattete, frei nach seinem Herzen zu handeln. Er erinnerte sich an diesen Tag als einen der traurigsten Momente in seiner langen priesterlichen Mission. Die Beerdigung fand am frühen Morgen statt, um zu verhindern, daß Schnüffler und Klatschmäuler an den Exequien teilnahmen, nur um ihre Neugier zu befriedigen. Der Vater und die Ehefrau Mellesis waren anwesend, während die Mutter und die Schwiegereltern mit der Tochter zu Hause geblieben waren. Nach der Feier wurde der Sarg mit dem Selbstmörder sogleich nach Missaglia gebracht, in den Ort, aus dem der Tote stammte, und nach diesem Tag hatte man von seiner Familie nie wieder etwas gehört.

»Niedertracht und Besitzgier zahlen sich niemals aus, mein lieber Brigadiere«, philosophierte der Priester. »Aber es gibt elende Gewächse, die schwer auszurotten sind, und nicht alle ziehen die richtige Lehre aus so dramatischen Exempeln wie dem des armen Mellesi. Im Gegenteil …« Der Priester schwieg.

Im Gegenteil, wiederholte der Brigadiere im Stillen. Was wollte er nur sagen? »Im Gegenteil?« fragte er laut und forderte damit den Priester auf fortzufahren.

## 61

*Der Priester* hob den Zeigefinger. Er wiederholte: »Im Gegenteil«, und blickte gravitätisch drein, dann verschränkte er wieder die Hände im Schoß und fuhr fort: »Anstatt es als ein Zeichen des Himmels zu deuten, faßte er es als eine Botschaft des Teufels auf.«

Der Brigadiere zuckte die Achseln. Er begriff nicht. Es fiel ihm schwer, dieser Rede zu folgen. »Aber wer, Hochwürden?« fragte er.

Wer? Natürlich Perego, wer sonst? Der hatte nach Mellesis Selbstmord nervenaufreibende Tage durchlebt. Denn er wußte nur zu gut, was den Direktor zu der Verzweiflungstat veranlaßt hatte. Und so mußte er fürchten, daß bei der nun folgenden Untersuchung Papiere und Dokumente ausgegraben wurden, Notizen oder irgendeine Spur, die seine Verstrickung in die Machenschaften des Selbstmörders enthüllen konnten. Er hatte auch Geld verloren. Denn gewisse Kredite aus den vorangegangenen Monaten, die Mellesi gedeckt und die sie gemeinsam vergeben hatten, würde er, das wußte er genau, nicht zurückbekommen, und wenn er in Ruhe weiterleben wollte, war es besser, sie zu vergessen. Das Geld bereitete ihm weniger Sorgen, wohl aber der Gedanke daran, des Wuchers überführt zu werden und im Gefängnis zu landen. Aber dank ebenjener Beerdigung begann er aufzuatmen. Die Durchführung einer religiösen Feier bedeutete, daß man die Geschichte von den Depressionen, den melancholischen Anwandlungen

Mellesis, geschluckt hatte und daß alle sie akzeptierten. So wurden die wahren Gründe des Selbstmords verschleiert. Perego wartete noch eine Weile ab, um zu sehen, was geschah. Doch es geschah nichts. Die Konten der Bank waren ordentlich geführt worden. Es waren nur unwichtige Köpfe gerollt, die der kleinen Angestellten, die nichts wußten und als Sündenböcke herhielten, denn die Bank hatte ein Zeichen setzen wollen und müssen. Dann vergingen ein paar Monate, und der Wind legte sich. Allmählich vergaß man die Geschichte. Und mit der Zeit fühlte Perego wieder diesen Stich; die Lust, Geschäfte zu machen, erwachte wieder in ihm. Perego hatte jedoch Angst, in eine Falle zu tappen, zu große Risiken einzugehen. Wenn er allein arbeitete, konnte dies passieren. Deshalb brauchte er eine Deckung, einen Vermittler, wie es der Direktor Mellesi gewesen war. Ein nicht leicht zu ersetzender Geschäftspartner.

*»Wer weiß schon, was* in den Köpfen der Menschen vorgeht«, sprach der Priester weiter.

Der Brigadiere Mannu machte eine vage Handbewegung. Er wußte es nicht. Aber jetzt …

»Wer weiß schon, wie es ist«, fuhr der Priester mit Nachdruck fort, »wenn die anrüchige Faszination des Geldes und der Macht alles andere ersetzen. Vor allem den Glauben!«

Aber jetzt, dachte Mannu, hatte er die Antwort, die er suchte. Jetzt brauchte er nur noch aufzustehen und zu gehen. Nur wie sollte er das anstellen, ohne unhöflich zu sein? »Der Glaube«, setzte der Priester seine Predigt fort, »der Glaube rettet!« Er schien immer weiter abzuschweifen. Vielleicht, so überlegte der Brigadiere, hatte er nur selten Gelegenheit, mit jemandem zu reden, und wenn sich dann eine bot, nutzte er sie weidlich aus. Er schien nun in voller Fahrt zu sein.

»Denn sehen Sie, wenn ich die Gelegenheit, die Möglichkeit gehabt hätte, mit ihm zu sprechen, dann hätte ich ihm zweifellos etwas sagen und ihn warnen können. Doch der Teufel wählt sich seine Mitarbeiter sorgfältig aus, und während meines dreißigjährigen Priesterdaseins in diesem Ort ist es ihm gelungen, diesen Mann stets von der Kirche fernzuhalten. Ich kann Ihnen versichern, daß ich nicht einmal die Freude hatte, ihn auch nur einmal das Gotteshaus betreten zu sehen.«

Der Brigadiere rechnete zweimal nach. Dreißig Jahre?

Mellesi? Hatte der nicht nur zwei Jahre in diesem Ort gelebt? Er wies den Priester höflich darauf hin. Währenddessen hörte man das Geräusch schleppender Schritte, die sich dem Zimmer näherten. Jemand kam nach oben, langsam und schnaufend.

»Nein, mein Sohn«, antwortete der Priester. »Ich meinte den anderen, der auf seine Weise auch ein Opfer der Gier und Niedertracht dieser Welt geworden ist.«

»Sie meinen …«

Die Haushälterin erschien außer Atem in der Tür zum Priesterzimmer. Mit beiden Händen hielt sie einen Teller mit dampfender Suppe. Sie trat ungefragt ein und grüßte nicht. Sie trat einfach ins Zimmer und stellte das Abendessen des Priesters auf ein Holztischchen.

»Segne unser täglich Brot«, murmelte der Priester und rückte an das Tischchen heran.

Der Brigadiere stand auf. »Ich lasse Sie in Ruhe essen«, sagte er. Ihm schien, als wisse er nun genug. Er verabschiedete sich. Der Priester erwiderte den Gruß. Die Haushälterin hingegen verzog keine Miene. Mannu wollte sich gerade noch einmal von ihr verabschieden.

»Das ist nutzlos«, erklärte der Priester. »Sie ist taub, ebenfalls von Geburt an.«

## 63

*Der Kirchplatz war menschenleer.* Der Brigadiere Manu stand noch auf der Schwelle des Pfarrhauses, als er schon dabei war, das, was er erfahren hatte, zu ordnen und die neuen Teilchen in das Mosaik einzupassen. Doch der Anblick der gähnenden Leere brachte ihn durcheinander, verwirrte ihn. Seine Gedanken brachen jäh ab. So erfüllt, stark, angriffslustig er sich noch kurz zuvor dank der Informationen des alten Priesters gefühlt hatte, so unnütz, dumm und schwach kam er sich jetzt vor. Vielleicht konnte er mit seinen Ermittlungen die Leere dieses Platzes füllen. Oder, noch besser, jene andere Leere, die er wenig später auf der Wache vorfinden würde. Ihn schauderte. Er begriff: Der andere Gedanke, den er vergessen zu haben glaubte, kehrte zurück. Angefüllt mit all den Eindrücken, die der Abend und die bevorstehende Nacht mit sich brachten. Er mußte ihn sogleich beiseiteschieben, befahl er sich. Aber wie?

Er ging ein paar Schritte, machte sich auf den Weg. Er begegnete einer hinkenden Katze, die die Piazza überquerte. Er sah sie an und beneidete sie. Glückliche Tiere, die nicht solch schmerzende Gedanken ertragen müssen, überlegte er. Doch wer konnte das wissen? Sie redeten ja nicht. Natürlich, sagte er sich, sie waren in gewisser Weise stumm.

Der Brigadiere blieb einen Augenblick stehen. Er erwischte den Gedanken gerade noch am Schwanz. Aber sicher, sagte er sich. Der eignet sich gut, um den anderen Gedanken zu verscheuchen und weiter jenem Weg zu folgen, den ihm der Priester gewiesen hatte: Stumm waren sie; wie der Bruder der Manzi. Denn, so überlegte er, natürlich hatte Perego einen Compagnon gebraucht. Vielleicht hatte er versucht, einen zweiten wie Mellesi zu finden, aber das war nicht einfach, wenn nicht gar unmöglich. Vielleicht war Perego auch zu dem Schluß gekommen, daß er kein Risiko mehr mit den Banken eingehen wollte: genug der Wagnisse, zu gefährlich. Er hatte eine Zeitlang den Dingen ihren Lauf gelassen und abgewartet. Das war kein Problem für ihn, denn er besaß ja Geld genug. Dann war es geschehen, dachte der Brigadiere. Amilcare Manzi war gestorben. Seine Familie hatte kein Geld für die Beerdigung. Doch die Manzi und der Stumme hatten weder die Gemeinde noch die Bank um Geld gebeten. Konnte es sein …? fragte sich der Brigadiere. Sollte es tatsächlich so gewesen sein, daß die Signorina Tecla Manzi bei Perego an die Tür geklopft hatte?

## 64

*Es war Abend.* Die Signorina Tecla Manzi hatte vor der Tür gestanden. Direkt hinter sich jedoch, im Dunkeln verborgen, ihr Hüne von Bruder. Perego sah ihn nicht sofort. Der Stumme trat erst aus dem Dunkel, als Perego die Manzi schon ins Haus gebeten hatte. Er tauchte hinter ihr auf, und die Dielen am Eingang knarzten unter seinem Gewicht. Perego betrachtete die Erscheinung und spürte, wie ihm ein kalter Schauder über den Rücken lief. Er schrak zurück. Vielleicht war der Moment der Abrechnung, den Mellesi bereits hinter sich hatte, nun auch für ihn gekommen. Wer waren diese beiden? Zwei Schuldner, denen der Direktor heimlich Anleihen von seinem Geld gegeben hatte? Und wenn es so war, was wollten sie? Perego überkam ein Gefühl der Wehrlosigkeit.

Die Signorina Tecla Manzi war seiner Einladung, Platz zu nehmen, nicht gefolgt. Sie sagte, sie bleibe lieber stehen, im Flur, der nur vom trüben Licht einer schwachen Glühbirne erhellt wurde.

Ein schlechtes Zeichen, dachte Perego. Ein schlechtes Zeichen. Dann sah er den Stummen an, der hinter der kleinen Frau stand. Mit verschränkten Armen, zwei Köpfe größer als er selbst. Riesig. So massig, daß er die Eingangstür versperrte. Drohend. Gefährlich. Er wollte schon sagen: Nehmt das Geld, aber tut mir nichts! »Was wollen Sie?« murmelte er statt dessen. Dann wartete er eine lange Minute darauf, daß einer von beiden den Mund aufmachte.

Es redete die Signorina Tecla Manzi. Und es verging mehr als eine Minute, bis sie ein verständliches Wort herausbrachte. Was ihr bisher als die einfachste Sache der Welt erschienen war, nämlich, sich bei einem, der Geld verlieh, Geld zu leihen, fiel ihr mit einem Mal ausgesprochen schwer. Sie hatte sich ihre Worte vorher nicht zurechtgelegt. Daher saß sie in der Klemme. Vielleicht konnte sie sagen: Herr Wucherer, würden Sie uns Geld leihen, damit wir die Beerdigung unseres Vaters bezahlen können? In der Stille ließ der Stumme seine Finger knacken. Das Geräusch der Knochen verursachte ein unheimliches Echo in dem halbdunklen Flur. Perego erschauderte. Die Manzi aber fand endlich die richtigen Worte: »Könnten Sie uns behilflich sein?« fragte sie.

Ein böses Grinsen huschte über Peregos Gesicht: Er spürte, daß seine Karriere neuen Aufwind bekam.

## 65

*Sie brauchten Geld* für eine Beerdigung.

Aber natürlich, antwortete Perego. Eine solche Anfrage erhalte er nicht zum ersten Mal. Und er verlange weniger als sonst, wenn es um Tote ging.

»Allerdings ...«, stammelte die Manzi. Dann aber brach sie ab. Hinter ihr bewegte sich der Hüne und ließ wieder seine Fingerknochen knacken. Perego warf ihm einen Blick zu, bemerkte, wie er zwei- oder dreimal den Mund öffnete und wieder schloß, als versuche er, etwas zu sagen. Doch er sagte nichts. Jetzt zeichnete sich Wut auf seinem Gesicht ab. Er runzelte die Stirn, kniff die Augen zusammen und spannte die Kiefermuskeln an. Obwohl er davon überzeugt war, daß keine Gefahr bestand, konnte Perego nicht umhin, eine gewisse Beunruhigung zu verspüren. Er dachte, daß er einem Kerl wie diesem unmöglich etwas abschlagen konnte. Mit einer Hand könnte der jeden Kopf zermalmen.

»Allerdings«, begann die Manzi wieder, »wissen wir nicht ... Sehen Sie, in unserer jetzigen Lage, nachdem unser Vater gerade erst gestorben ist nach langer Krankheit und ...«

Solche Reden hatte er schon unzählige Male gehört, dachte Perego. Allerdings noch nie aus dem Mund eines so dürren knochigen Weibes wie der Frau da vor ihm, hinter der ein Gorilla mit einem entsetzlichen Gesicht wachte.

»Sie wissen nicht, wie und wann Sie mir das Geld zurückzahlen können, nicht wahr?«

Es stimmte.

»Kommen Sie mit in die Küche«, sagte Perego.

Sie gingen hinein. Er zuerst. Hinter ihm die Manzi. Zuletzt die Bestie. Bei jedem ihrer Schritte knarzten die Dielen. Es klang nach zermalmten Knochen. Das hätte einen jeden erschaudern lassen. Aber nun nicht mehr Perego, der sich inzwischen einen Reim auf alles machen konnte.

»Setzen Sie sich«, sagte er und war amüsiert, als auch der Stuhl unter dem Gewicht dieses Riesenkerls ächzte. »Kein Problem.«

Die Signorina Tecla Manzi riß den Mund auf, aber nichts kam heraus. Sie sah den Bruder mit einem verkümmerten Lächeln an. Auch der versuchte zu lächeln. Doch sein fettes und einfältiges Gesicht war nicht dazu geschaffen, Freude zu zeigen. Er zog eine Grimasse, als wäre ihm jemand auf den Fuß getreten.

»Kein Problem«, wiederholte Perego. Er würde ihnen das Geld leihen, und die Bestie könnte es mit Arbeit zurückzahlen.

Was für Arbeit? fragte die Signorina Tecla Manzi.

Perego zuckte die Achseln. Besorgungen, Lieferungen, kleinere Aufgaben. Briefe austragen, Pakete abholen. Derlei Dinge. Seit einiger Zeit schon, erklärte Perego, spiele er mit dem Gedanken, sich eine Art Sekretär zuzulegen, da er eine Menge Dinge zu erledigen habe und jemanden brauche, der ihm zur Hand gehe.

Auf dem Gesicht der Manzi zeigten sich Enttäuschung und Niedergeschlagenheit. Perego dachte schon, dieses sprechende Skelett werde gleich in Tränen ausbrechen. Er wurde böse.

»Was ist los?« fragte er. »Ist das kein guter Vorschlag? Ist das zuviel verlangt?«

»Aber nein, aber nein«, versicherte die Signorina eilig. »Ein Sekretär«, stammelte sie, »Assistent eines Geschäftsmanns ...«

»Na und?« fragte Perego.

Ihr Bruder sei stumm.

Stumm?

Von Geburt an.

Perego grinste. Den hatte ihm das Schicksal gesandt. Ein solches Rindvieh und dazu noch stumm.

»Wer nicht redet, wird hundert Jahre alt«, erwiderte er. »Und ich werde ihm Aufgaben erteilen, die er problemlos erledigen kann.«

## 66

*Es schlug Mitternacht.* Der Brigadiere Mannu war in seinem Büro. Dorthin war er nach einem kurzen und schweigsamen Abendessen mit dem Carabiniere Locatelli zurückgekehrt, der zum ersten Mal in vier Tagen miterlebt hatte, daß der Brigadiere etwas aß. Ein paar Stunden lang erledigte der Sarde Papierkram und las Berichte, denn während er auf eigene Faust hinter dem heiligen Herzen der Signorina Tecla Manzi hergelaufen war, hatte sich weitere Arbeit angesammelt.

Ein schönes Gerenne! Inzwischen kam er sich vor wie die hinkende Katze, die ihm vor ein paar Stunden auf dem leeren Kirchplatz über den Weg gelaufen war. Nur ein paar Stunden, und sein Zustand war von Euphorie in Enttäuschung umgeschlagen. Als er in die Wache zurückgegangen war, hatte er sich eingebildet, endlich alle Teile der Geschichte zusammengesetzt zu haben. Dies war zwar der Fall, aber was für einen Sinn hatte das alles? Er hatte ein Ereignis rekonstruiert, das etwa dreißig Jahre zurücklag. Interessierte das irgendwen? Nein. Das heilige Herz war verschwunden, aber dann, vor drei Tagen, wieder aufgetaucht. Das war der springende Punkt. Warum? Wer wußte das schon?

Nur einer, sagte sich der Brigadiere. Davon war er überzeugt. Doch ebenso überzeugt war er davon, daß dies ein nur schwer zu überwindendes Hindernis darstellte, wenn es nicht gar unüberwindlich war. Denn Nello Manzi, der einzige in dieser Familie von Wirrköpfen, der klar denken konnte, war ein Schlitzohr. Auf direkte Fragen würde er niemals antworten. Er würde sich hinter einer Unschuldsmiene vor der Tatsache verstecken, daß er im Ausland gewesen war. Er konnte eine Menge erzählen und damit allen Fragen ausweichen!

Beim zwölften Glockenschlag schloß Mannu die Akte und lehnte den Kopf nach hinten gegen die Wand. Er schloß die Augen und suchte im Dunkeln nach einer Lösung für das neue Problem. Plötzlich spitzte er die Ohren. Öffnete die Augen wieder. Ihm war, als habe er etwas gehört ... Er lauschte. Tatsächlich, es war, als ob ... Aber nein! Es hörte sich an wie das Weinen eines Neugeborenen. Er lächelte bei dem Gedanken an den Kleinen, der seiner Mutter schlimme Nächte bereitete. Er sah in Gedanken eine Frau, die ihr Baby wiegte. Eine Mutter. Eine Frau. Eine Verlobte. Osmi ... Er fing sich gerade noch rechtzeitig. Was tat er da? Gab er sich wieder seinen Phantasien hin? Immerhin, schließlich war es spät, und die Nacht begünstigte alle möglichen Einbildungen, wunderschöne Illusionen. Aber das Weinen eines Neugeborenen hier in der Kaserne, wie war das zu erklären? Denn dieses Weinen kam direkt von dort. Von dort unten. Er stand auf und ging zur Tür. Er lauschte erneut. Ja, da war es wieder. Er ging leise die Treppen hinunter. Locatelli, der Nachtdienst hatte, lag lang ausgestreckt auf der Pritsche an der Wand im Eingangsflur. Er fuhr im Traum zusammen. Und er weinte, wie der Brigadiere feststellte, als er sich dem Jungen lautlos näherte. Er war der Verursacher dieser Laute, die Mannu zuerst für das Wimmern eines Neugeborenen gehalten hatte. Zudem brabbelte er vor sich hin, Worte in seinem Dialekt. Der Brigadiere schnappte einige von ihnen auf, ohne ihre Bedeutung zu verstehen.

»Locatelli!« rief er dann.

Ein Gewehrschuß. Der Junge träumte einen dramatischen Traum, einen wahren Alptraum, der sich im Val Brambana abspielte, in jenem Tal, aus dem er stammte. Die Hauptpersonen waren er, sein Vater und ein Jagdaufseher, der sie dabei erwischt hatte, wie sie zahllose Netze anbrachten, um Zugvögel zu fangen. Als der Brigadiere zu ihm trat, steuerte Locatellis Traum auf einen entscheidenden Punkt zu: Sein Vater richtete gerade das Gewehr auf den Aufseher und forderte ihn auf, ihn nicht noch weiter zu reizen, wenn ihm sein Leben lieb sei, während der junge Locatelli zutiefst erschrocken seinen Vater anflehte, nicht zu schießen. Da krachte der Gewehrschuß und unterbrach den Traum. Zur Überraschung des Brigadiere sprang Locatelli – noch nicht ganz wach – auf die Füße wie eine Feder. »Wir tun das nie wieder«, sagte er, als er die Uniform vor sich sah.

Der Brigadiere verschränkte die Arme vor der Brust und grinste. Vielleicht hatte er soeben einen Weg gefunden, um die letzte Hürde zu überwinden. Genau so, dachte er. So würde ihm Nello Manzi gefügig sein: tief erschrocken, bereit zu reden, alles auf der Welt zu versprechen, nur um seinen Hals zu retten.

Locatelli war inzwischen hellwach. Er war rot im Gesicht wie eine Tomate. Der Brigadiere hatte ihn im Dienst auf frischer Tat ertappt: schlafend. Was würde jetzt passieren.

»Leg dich wieder hin«, sagte der Brigadiere.

»Ist das ein Befehl?« stotterte der Junge aus Bergamo.

»Schlaf«, wiederholte Mannu. »Ruh dich gut aus, denn morgen habe ich einen Auftrag für dich.«

Locatelli erstarrte. Er hätte gern gefragt, was für ein Auftrag das war. Aber der Sarde war bereits verschwunden.

## 67

*Die Imbißstube von Nello Manzi* und seiner unersättlichen Gefährtin war ein Treffpunkt von Herumtreibern. Schmuggler, Taschendiebe, Spinner, Verrückte, Wilderer sowie Vermittler von allen möglichen unsauberen Geschäften kamen oft dort vorbei und machten halt, tauschten Gegenstände und Ratschläge aus. An diesem Ort fanden manche von ihnen außer der Befriedigung, in einem geschützten, vertrauten Raum zu sein, noch eine weitere: Es gehörte nicht viel dazu, die Chefin zu dem zu überreden, was sich anschließend in einem Schuppen vollzog, der sich unweit der Imbißstube befand und normalerweise als Lagerraum diente. Allerdings handelte es sich um eine Straftat, da die Bellinelli sich dafür bezahlen ließ.

Der Maresciallo Maggiore Cilietti, Kommandant der Wache von Colico, wußte zwar davon, drückte jedoch ein Auge zu. Denn daß er diese übelriechende Höhle voller finsterer Gestalten nicht dichtmachte, brachte ihm mehr an Informationen, geheimen Tips und Hinweisen, als ihm hundert Carabinieri hätten liefern können. Er hätte an nur einem Vormittag alle Dauerkunden der Imbißstube verhaften und diese Höhle schließen können. Aber mit welchem Ergebnis? Fast alle diese Tölpel würden ihm nach spätestens sechs Monaten wieder zwischen die Füße geraten, doch diesmal ohne die »Neuigkeiten aus der Unterwelt«, wie er die Nachrichtenbörse in der Imbißstube nannte. Da drückte er doch lieber mal ein Auge zu und manchmal alle beide. Der Maresciallo Maccadò, Altersgenosse und Freund des Kollegen in Colico, war damit einverstanden, die Kaschemme offenzuhalten, denn auch er hatte mehr als einmal von der Situation profitiert.

Am Donnerstag morgen rief der Brigadiere Mannu den Maresciallo Cilietti an. »*Ajo*!« begrüßte dieser ihn, als er seine Stimme erkannte.

Cilietti war ein reinrassiger Piemontese, hatte aber viele Jahre Dienst in Sardinien hinter sich und drückte sich hin und wieder gern im Dialekt des Campidano aus, wobei bisweilen der größte Unsinn herauskam.

»Womit kann ich dienen?« fragte er, nachdem Begrüßung und Höflichkeiten ausgetauscht waren.

Mannu kam gleich zur Sache: Er brauche ein paar nette Jungs, die regelmäßig die Imbißstube von Manzi besuchten, so um die vierundzwanzig, fünfundzwanzig Jahre alt. Auf jeden Fall jung.

»Und wozu?« fragte der Maresciallo.

»Für ein bestimmtes Spielchen«, antwortete Mannu geheimnisvoll.

»*Giogu de caghineri* – ein Schwulenspiel?« fragte der Maresciallo lachend in sardischem Dialekt.

Da lachte auch der Brigadiere.

»Nein«, antwortete er ebenfalls auf sardisch, »*giogu di bagassa* – ein Nuttenspiel.«

»Und das bedeutet?«

»Das erkläre ich Ihnen jetzt«, sagte der Brigadiere und machte es sich auf seinem Stuhl bequem.

## 68

*Es gehe darum*, Nello Manzi in die Zange zu nehmen, begann der Brigadiere. Ihn in die Ecke zu drängen. So daß er über eine bestimmte Sache, die den Brigadiere interessiere, alles sagen würde. Man müsse ihn daran hindern zu leugnen oder auszuweichen. Um ihn soweit zu kriegen, müsse man ihn vor eine Entscheidung stellen. Ihn ein bißchen erpressen, ihm Angst einjagen, damit er sich an den Rand eines Abgrunds gedrängt fühlte.

»Wer nicht mit uns ist, der ist gegen uns«, faßte der Maresciallo Cilietti zusammen.

»Genau«, stimmte der Brigadiere zu.

Aber bisher habe der Brigadiere ihm erst die Theorie dargelegt, wandte der Mann aus Colico ein. Er sei aber ein praktischer Mensch.

»Darauf komme ich gleich zu sprechen«, antwortete Manu.

Manzi wußte, daß das empfindliche Gleichgewicht, auf dem seine Aktivitäten beruhten, vor allem dadurch gehalten wurde, daß die Wache in Colico im Austausch gegen Informationen, die sie in diesem Bordell bekam, verbotene Dinge zuließ. Es war ein Kartenhaus: Ein Windstoß konnte es zum Einstürzen bringen. Wenn beispielsweise ein ahnungsloser Carabiniere, der nichts über das stillschweigende Abkommen wußte, die Nase hineinsteckte, dann bräche alles zusammen.

»Aber nur zum Schein«, sagte Mannu.

»Wollen Sie Theater spielen?«

»Genau«, bekannte der Sarde, eine kleine Inszenierung. In der er der ahnungslose Carabiniere wäre.

»Der was entdeckt?« fragte Ciliètti.

Den miesen Handel, den die Lebensgefährtin von Manzi betreibe. Und dafür brauche er eben zwei junge Herumtreiber. Die beiden sollten einen angeblichen Vetter zu der Imbißstube begleiten, tun, als wären sie betrunken, und darum bitten, dem Gast, der noch Jungfrau sei, die Liebestaufe zu gewähren. Wenn dieser dann erst einmal im häufig frequentierten Alkoven der Bellinelli untergebracht sei, würde er, der Brigadiere, dessen Gesicht in dieser Gegend niemand kannte, eindringen und die Frau sowie Manzi wegen Zuhälterei festnehmen. Dann würde er sie auf die Wache in Colico bringen und dort verhören; vor allem Manzi, da die Bellinelli für ihn gänzlich uninteressant sei.

Nach den Ausführungen seines Kollegen war Ciliètti für einen Moment still.

Der Plan konnte funktionieren. Aber während Mannu ihm von seiner Idee erzählte, glaubte er, eine Schwachstelle entdeckt zu haben. »Das hört sich alles gut an. Aber wer spielt die Rolle der männlichen Jungfrau? In dieser Gegend sind nur bekannte Gesichter anzutreffen. Es wird schwer sein, die Bellinelli zu täuschen.«

Der Brigadiere hatte den Einwand vorausgesehen. »Machen Sie sich deswegen keine Gedanken, Maresciallo. Ich habe bereits die geeignete Person gefunden. Hauptsache, die beiden Begleiter spielen gut und machen keinen Unsinn.«

»Das bringe ich denen schon bei. Wenn sie dann

trotzdem Unsinn machen, kriegen sie es mit mir zu tun. Aber woher haben Sie nur den Darsteller der Jungfrau? Das ist der schwierigste Part.«

»Schwierig?« fragte Mannu, und nachdem die beiden Männer sich für den späten Nachmittag verabredet hatten, legte er auf. Schwierig wäre es, wenn er die Jungfrau wirklich spielen müßte, aber diesbezüglich konnte man unbesorgt sein. Mannu würde sein Gehalt darauf wetten, daß der Carabiniere Locatelli noch nie eine Frau aus der Nähe gesehen hatte. Für ihn würde es das erste Mal sein, mit allem, was dazugehört: Zittern, Furcht, Zögern und Ungeschicktheiten. Die Rolle war ihm auf den Leib geschrieben. Locatelli war die perfekte Besetzung. Natürlich ließ sich ein gewisses Recht, das erste Mal in einem romantischeren Rahmen zu erleben, nicht absprechen. Aber die Pflicht! rechtfertigte sich der Brigadiere vor sich selbst. Die Pflicht ging schließlich vor.

## 69

*Die ganze Nacht* verbrachte er mit Grübeleien. Der Grund dafür war die Schulter, die ihm wirklich etwas weh tat. Nicht so sehr, wie er seiner Frau beim Abendessen weisgemacht hatte. Nicht so sehr, um ihm tatsächlich den Schlaf zu rauben. Was ihn mehr schmerzte als die Schulter, war der Gedanke an diesen dämlichen Sarden, der es wegen zwei Knöpfen mehr auf den Schulterklappen bei jeder Gelegenheit darauf anlegte, ihm auf die Nerven zu gehen. Und jetzt hatte er ihm auch noch diesen verdammten Auftrag zugeschoben.

Auf der rechten Seite konnte Appuntato Misfatti nicht liegen, weil er sich dann die Schulter quetschte. Dabei war dies seine Lieblingsseite. Er probierte es mit der linken. Aber in dieser Position hatte er das Gesicht seiner Frau vor sich, das sich im Schlaf veränderte. Man sah ihr das Alter an, sie war schon über vierzig, das war nicht mehr zu übersehen, und sie ließ sich gehen. Anders konnte sich der Appuntato Misfatti ihr Schnarchen, Brummen und gelegentliches Prusten nicht erklären: Es war auf jeden Fall unangenehm.

So verbrachte er die ganze Nacht damit, an die Decke zu starren und darüber nachzudenken, wie er das Entgegenkommen des sympathischen Vorgesetzten erwidern könnte. Und je weiter die Nacht fortschritt, begleitet vom fernen Echo der Kirchenglocken, desto konkreter gestaltete sich ein Plan, mit dessen Hilfe er sich die blöde Sache mit den Würmern vom Hals schaffen konnte. So mache ich es, sagte er sich, als es vier Uhr morgens schlug. Er würde nach Vendrogno fahren, einen Rückzieher konnte er nicht mehr machen. Aber in Zivil. Mit einem Verband. Leidend. Niedergeschlagen. Mit angeblichen Bauchschmerzen. Von Hustenanfällen und Durchfall, Juckreiz und Schlafstörungen geplagt. Also all den Symptomen, die auftreten, wenn man Würmer hat.

Wenn er dann mit dem Wunderheiler unter vier Augen sprach, würde er Klartext reden: Es sei ihm vollkommen wurscht, was für Worte er benutze. Das sei ihm vollkommen egal.Und er schere sich kein bißchen um … Er würde den Satz unterbrechen, um deutlich zu machen, wen er meinte. Doch er habe eine Pflicht zu erfüllen. Natürlich sei er ein verständnisvoller Mann. Der die Dinge begriff und manchmal auch wieder vergaß.

Die Zeit zwischen vier und fünf Uhr morgens verbrachte Misfatti damit, den Preis für sein Vergessen festzulegen. Um sechs hatte er ihn bestimmt: Vier Stück Geflügel, schon gerupft und ausgenommen, würden ihn in die Lage versetzen zu bekräftigen, daß die Aussage einer blöden Gans, die wer weiß was im Kopf hatte, absolut unglaubwürdig war. Sollte der Herr von der Miliz, der sicherlich jeden Abend das Glück hatte, ein Huhn zu essen, doch platzen.

Wenn nun aber der Wunderdoktor nicht mitmachen würde?

Es wäre ihm ein leichtes, dachte Misfatti, zu erklären, deutlich gehört zu haben, daß der Wunderdoktor doch tatsächlich, während er merkwürdige Zeichen auf den Bauch malte, einen fragwürdigen, vielleicht sogar strafbaren Satz ausgesprochen hatte, in dem der Wurm, vielleicht, um dem Reim mit den von ihm bewohnten Därmen, den *intestini,* gerecht zu werden, verglichen wurde mit …

## 70

*Die Wache in Colico* war größer als die von Bellano. Sie verfügte über mehr Räume und ein kleines Stück Garten. Doch die Aussicht war bei weitem nicht zu vergleichen.

Wenn man aus dem einzigen Fenster des Büros von Maresciallo Ciliettí blickte, sah man die Kirche, und wenn man weiter nach oben schaute, den Berg Legnone. Da hatte man doch von Maresciallo Maccadòs Büro aus einen ganz anderen Blick: über den See, so weit das Auge reichte.

Der Brigadiere Mannu bemerkte sogleich den wesentlichen Unterschied. Drohte er in Bellano die Kontrolle über sich zu verlieren, brauchte er sich nur ans Fenster zu stellen und den See zu betrachten, um sich sogleich ein wenig zu beruhigen; hier in Colico konnte er angesichts des einengenden Panoramas nicht garantieren, daß er gleichgültig bliebe, wenn Nello Manzi versuchen würde, ihn übers Ohr zu hauen. Die Voraussetzungen, daß er ihm ein paar Backpfeifen verpassen würde, waren durchaus gegeben, wenn auch, bis zu dem Moment, in dem er hinter Manzi die Wache betrat, alles glattgelaufen war.

Der Schwank in der Imbißstube hätte nicht überzeugender sein können. Das war vor allem das Verdienst des Carabiniere Locatelli, der ohne äußeres Einwirken den Part des Widerwilligen übernommen hatte und von den beiden von Maresciallo Cilietti zur Verfügung gestellten

Herumtreibern schließlich mit Gewalt in die Bude der Bellinelli geschleppt worden war. Nach Anweisung des Brigadiere Mannu hatte Locatelli zuerst das Geld gezückt und gut sichtbar auf eine mit Sackleinen bedeckte Holzkiste gelegt, die als Kommode diente. Dann hatte er, noch immer den Anweisungen des Brigadiere folgend, auf die Stimme von Mutter Natur gehört. Die allerdings ließ ihn just in diesem Moment im Stich, denn ihn überkamen tiefe Scham und Entsetzen angesichts dieser opulenten lachenden Frau, deren Atem stark nach Knoblauch roch.

Also griff die Bellinelli Mutter Natur unter die Arme. Sie lachte, erst recht, als sie endlich begriff, daß sie hier einen »Erstling« vor sich hatte, wie sie es nannte, den der Anblick all ihrer Reize in Verlegenheit brachte. Sie führte den Carabiniere zu ihrer Liege und begann wie eine Herbergsmutter mit der Arbeit. Schließlich, mittendrin, als Locatelli trotz der staubigen Luft, des Knoblauchgeruchs und seiner Verlegenheit begonnen hatte, sich zaghaft zu bewegen, platzte der Brigadiere Mannu herein, veranstaltete einen Riesenlärm und schrie herum.

Locatelli bekam von allen den größten Schreck. Die Bellinelli sagte nur: «Oh, was sind denn das für Manieren«, und zog sich daraufhin in aller Ruhe an. Mannu stellte den Tatbestand fest und befahl, Nello Manzi zu rufen. Dieser traf nach ein paar Minuten gemächlich ein, alles andere als erschrocken.

»Ich begleite Sie auf die Wache«, sagte der Brigadiere streng.

»Ich kenne den Weg«, erwiderte der Mann.

Um den Ernst der Angelegenheit zu betonen, legte der Brigadiere ihm sogar Handschellen an, aber auch das schien Manzi nicht weiter zu erschüttern. Als er die Imbißstube verließ, verabschiedete er sich von allen und sagte, in einer Stunde sei er wieder da.

## 71

*Als sie alle drei* im Büro versammelt waren, er, Manzi und Cilietti, fragte der Brigadiere den Kommandanten als erstes, ob er einen Spaten habe. »Sie müssen einen haben, denn irgendjemand kümmert sich sicher um den Garten.«

Sie fanden den Spaten. Einer der Carabinieri von der Dienststelle brachte ihn auf Befehl von Maresciallo Cilietti. Sobald Mannu den Spaten in der Hand hatte, reichte er ihn Manzi. »Tun Sie so, als würden Sie ein Loch graben«, wies er ihn an.

»Also, ich …«, versuchte Manzi einen Einwand und wollte zu verstehen geben, daß er mit dieser Art von Werkzeugen wenig Erfahrung habe.

»Tun Sie, was ich sage«, riet ihm der Brigadiere in einem Ton, der ein Gewitter ankündigte. Kaum hatte Manzi nach dem Spaten gegriffen, sagte Mannu: »Das reicht.«

»Aber was …«, brummte Nello Manzi. In wessen Hände war er da bloß geraten?

Was der Brigadiere gesehen hatte, genügte ihm schon. »Sie sind Linkshänder«, stellte er fest.

Ist das verboten? fragte sich Manzi. Dann sagte er es laut.

»Nein«, antwortete der Brigadiere, »daß ist nur eine Spur. Aber es ist eine Straftat, seine Frau gewinnbringend zur Prostitution anzuhalten.«

Manzi lächelte und setzte dann ein betrübtes Gesicht

auf. »Brigadiere, Sie machen wohl Witze. Und Sie regen sich über einen Hahnrei auf. Der Junge, den Sie da auf frischer Tat ertappt haben, um den hätte ich mich schon gekümmert. Er ist der Liebhaber meiner Frau, und wenn Sie nicht gekommen wären, dann hätte ich wahrscheinlich heute ein ziemliches Unheil angerichtet.«

Jetzt grinste Mannu. »Erstens«, legte er dar, »ist sie nicht Ihre Frau, sondern Ihre Lebensgefährtin. Zweitens ist der Junge nicht ihr Liebhaber, sondern ein Carabiniere aus meiner Abteilung.«

Das war ein harter Schlag für Manzi. Ihm zitterten die Knie. »Kann ich mich setzen?« fragte er.

»Nein«, antwortete der Brigadiere Mannu.

Nello schluckte, ihm wurde die Kehle trocken.

»Rechnen wir noch Hehlerei, Unterschlagung und den Verkauf von Schmuggelware hinzu. Ich kann genug anführen, um Sie für zehn Jahre hinter Gitter zu bringen«, beharrte Mannu.

Mit einem Seufzer fragte Manzi: »Aber warum?« und warf dem Maresciallo Cilietti einen flehenden Blick zu.

Cilietti verstand sofort die Bedeutung dieses Blicks. Bevor der Kollege aus Bellano Manzi weiterbeschimpfte, griff er ein: »Lassen Sie mich eine Minute mit ihm allein«, bat er Efisio.

Mannu wollte nach dem Grund fragen. Diese Einmischung paßte ihm gar nicht. Ihm kam der leise Verdacht, daß dies zu nichts Gutem führte. Allerdings war Cilietti von höherem Rang, und dies war sein Revier. So gehorchte er und ging wortlos nach draußen.

72

*Der Carabiniere Locatelli* saß draußen im Flur auf einer Bank, den Kopf an die Wand gelehnt. Er betrachtete den Monte Legnone, auf dessen Gipfel sich schon leichter Schneeflaum abzeichnete, während weiter unten die Herbstfärbung einsetzte. Er dachte an die Wälder im heimatlichen Tal, wo er zu dieser Jahreszeit normalerweise – wie so viele andere – die Jagdvorschriften ignorierte und mit allen möglichen und erdenklichen Mitteln Jagd auf Singvögel machte. Bei dem Gedanken an die Scharen von Drosseln und Wachholderdrosseln, die Säcke voll Rotkehlchen, Buchfinken, Grünfinken, Lerchen und Fichtenkreuzschnäbeln, die er und sein Vater täglich nach Hause brachten, um sie an Restaurants, Gasthäuser oder privat zu verkaufen, erschien auf seinem Gesicht ein zufriedenes kindliches Lächeln.

»Bravo, Locatelli«, sagte der Brigadiere und setzte sich neben ihn. »Du hast gute Arbeit geleistet.«

Der Junge aus Bergamo hing in seliger Verzückung seinen Phantasien nach. »Ich hab' nur meine Pflicht getan«, sagte er, ohne die Augen von dem Berg abzuwenden, der ihn in den Bann zog. Dann aber fragte er, ermutigt durch den vertraulichen Ton in der Stimme seines Vorgesetzten: »Ist das eigentlich immer so?«

»Was, wie?« fragte der Brigadiere zurück.

»Das mit den Frauen«, erkärte Locatelli.

»War es wirklich das erste Mal?« fragte Mannu weiter.

Der Carabiniere wandte den Blick vom Berg ab: In

seiner Phantasie hatte er inzwischen so viele Vögel gefangen, daß er damit die Trattorien des gesamten Val Brembana hätte versorgen können. »Wäre es vielleicht geworden«, sagte er, »wenn Sie nicht gekommen wären.«

Der Brigadiere war froh, Locatelli gerade noch rechtzeitig gerettet zu haben. »Mach dir nichts draus«, sagte er tröstend, »das Leben hält viel, viel Besseres für dich bereit.« Und während er sprach, verspürte er einen Stich im Magen. Nicht wegen Cilietti, der in diesem Moment herauskam, um ihn in sein Büro zurückzurufen. Auch den Brigadiere suchten private Phantasien heim. Doch die Pflicht lenkte ihn wieder ab.

»Er ist soweit«, erklärte der Maresciallo aus Coloco.

»Er ist soweit?« fragte der Sarde.

Nello Manzi war soweit, und zwar dank des Maresciallo Cilietti, der die richtige Eingebung gehabt hatte. Cilietti wollte weder, daß er einen so kostbaren Informanten wie Manzi, noch, daß der Brigadiere Mannu das Gesicht verlor. Er hatte mit Nello allein sein wollen, um ihm einen kleinen Vortrag zu halten und ihm klarzumachen, daß er einem ziemlich sturen Kollegen in die Hände gefallen sei, der nichts von ihrem mehr oder weniger geheimen Nichtangriffspakt wisse. Aber, so betonte er, er glaube verstanden zu haben, daß sich Mannu nur für eine Sache interessiere, und darüber könne er ihm ruhig Auskunft erteilen. Worum es gehe, wisse er allerdings nicht. Manzi solle den Brigadiere aber ohne viel Aufhebens darüber in Kenntnis setzten. Danach könne er gehen, ohne Handschellen.

## 73

*Zuerst den Namen.*

Hatte der Stumme im Hause Manzi einen Namen? Natürlich hatte er einen. Er hieß Ernesto. Aber seit man von seiner Behinderung wußte, wurde er der Stumme genannt, bis zu seinem Tod. Auch er war Linkshänder wie die Signorina Tecla Manzi – ein Erbe der Mutter. Groß, dick, häßlich, stumm. Wahrscheinlich nicht der Hellste. Keiner im Hause Manzi hatte ihn je als ein richtiges menschliches Wesen betrachtet. Nie hatte sich jemand darum gekümmert, ihm etwas beizubringen, Arbeit für ihn zu suchen, ihm ein Leben aufzubauen. Er war eine Last, und alle im Haus hofften im stillen, daß der Herr ihn eher früher als später wieder zu sich nehmen würde.

Als jedoch klar wurde, daß unser Herrgott keine derartige Absicht hegte, als die Signorina Tecla Manzi wegen ihrer Wahnvorstellungen in der Klinik weilte und der Vater Amilcare immer unberechenbarer wurde, begriff Nello Manzi, daß die Zeit gekommen war, das Seil zu durchtrennen, wenn er nicht für immer diese Familie von Verrückten am Hals haben wollte. Und so war er gegangen. Nicht einmal auf Hilferufe hatte er reagiert. Das war gemein, zugegeben. Aber auch er hatte ein schweres Leben, was die Tatsache bewies, daß er es als Mann mittleren Alters irgendwann nicht mehr ertragen konnte, von den Gelegenheitsarbeiten, die man ihm anbot, zu leben, und deshalb nach Italien zurückkehrte.

Man weiß nie, hatte er gedacht. In zwanzig Jahren konnte sich zu Hause einiges geändert haben. Vielleicht würde er ja in dem Nest, aus dem er geflohen war, etwas Ruhe und Frieden finden.

Und tatsächlich erlebte er eine kleine Überraschung: Die beiden hatten ihr Auskommen. Bescheiden und ohne Luxus. Aber sie hatten ihr Auskommen. Es reiche aus für sie beide, hatte Tecla ihm erklärt. Einen Teller Suppe würden sie auch für ihn immer haben. Aber er solle ja nicht daran denken, bei ihnen seine Zelte aufzuschlagen.

Deutlicher hätte seine Schwester nicht sein können. Er hatte es geschluckt. Und gefragt, was für eine Arbeit der Stumme denn habe.

Geschäfte, lautete die Antwort. Sonst nichts.

Geschäfte? hatte er gedacht. Ein Stummer, der Geschäfte macht! Konnte man so etwas glauben? Er jedenfalls glaubte nicht daran. Er war wieder gegangen, er wollte niemandem zur Last fallen. Aber er hatte Nachforschungen angestellt.

## 74

*Ein komischer Typ*, dachte der Brigadiere. Er hatte Nachforschungen angestellt? »Was für Nachforschungen?« fragte er trocken.

Manzi stand wortlos da. Er sah Mannu an und kniff die Augen zusammen. Auf seiner Stirn bildete sich Falte über Falte. Zum Teufel, für wen hielt sich dieser Carabiniere? Glaubte der, nur er sei schlau?

Der Brigadiere schwieg. Vielleicht hatte sein ungläubiger Ton Manzi beleidigt, dabei, da war Mannu sich sicher, sprach der die Wahrheit. Er mußte ihm klarmachen, das er seinen Worten glaubte. »Wir waren bei diesen Nachforschungen«, hob der Brigadiere erneut an, bewegte auffällig eine Hand in der Luft und sah Cilietti mit einem ironischen Grinsen an.

Nello stammelte etwas Unverständliches. Ein purpurroter Streifen überzog seine Wangen, ein Zeichen dafür, daß er sich aufzuregen begann. »Ich …«, sagte er.

»Die Nachforschungen«, begann der Brigadiere aufs neue und lachte. »Was ist mit diese Nachforschungen?«

Die Röte in Manzis Gesicht wich einer plötzlichen Blässe. Es war geschafft, dachte Mannu. Der Bruder der Signorina Tecla Manzi schluckte. Und er redete. Nur hatte sich seine Stimme verändert. Sie war tiefer und heiser. So daß weder Cilietti noch Mannu gleich verstanden, was er sagte.

Wer hätte sich vorstellen können, daß der Stumme

und seine Schwester miteinander redeten? Sie baten ihn, das Gesagte zu wiederholen. Der Brigadiere ging zwei Schritte auf ihn zu. Einen Meter vor ihm blieb er stehen.

Er wurde unruhig.

Vielleicht hatte Manzi eine Lektion nötig: »Ich kann mir schon vorstellen, worüber sie gesprochen haben«, sagte er. Und er warf Cilietti und dem anderen Carabiniere einen vielsagenden Blick zu. So vielsagend, daß der Maresciallo eingriff.

»Manzi«, sagte er, »wir waren uns doch einig!«

Nello war unerschütterlich.

»Sie redeten miteinander«, bestätigte er. »Oder sagen wir besser, daß sie miteinander kommuniziert haben, wenn das Ihnen besser paßt«, fügte er barsch hinzu, als dulde er keinen Widerspruch.

Meistens geschah dies am Abend. Nach dem Rosenkranz und vor dem Schlafengehen. Vor allem, wenn im Ort etwas Besonderes geschehen war, wechselte die Signorina Tecla Manzi ein paar Worte mit ihrem Bruder. Der beschränkte sich meistens auf ein Kopfnicken oder ein paar Gebärden, und nur in besonderen Fällen kritzelte er mit seiner selbsterlenten Schrift eine Frage oder eine Antwort auf ein Stück Papier. Und an jenem Abend war genau das geschehen.

Am Morgen nämlich war der Notar Isnenghi gestorben, ein alter gebrechlicher, alleinlebender, steinreicher Mann, der, wie es hieß, auf der ganzen Welt keinen einzigen Verwandten hatte. Die Signorina Tecla Manzi berichtete dem Stummen davon und tat ihre Meinung dazu kund: »Sein Leben lang hat er Geld beiseitegeschafft, und jetzt muß er es hierlassen. Denn Geld kann man nicht mit ins Grab nehmen.«

Der Stumme nickte. Dann gab er einen seltsamen Laut von sich.

Tecla verstand, was der Bruder meinte, und stimmte ihm zu. »Genau«, sagte sie. Genau wie dieser Perego, der ihnen für ihre Dienste ihren Lebensunterhalt zahlte. »Auch der«, sagte die Signorina Tecla Manzi voller Überzeugung, »kriegt den Hals nicht voll. Her damit, her damit! Und wenn er mal tot ist, wer bekommt dann das viele Geld?«

Da gab der Stumme ihr ein Zeichen, daß sie ihm Stift und Papier geben solle, was bedeutete, daß er ihr etwas Wichtiges mitzuteilen hatte. Die Manzi gab ihm etwas zu schreiben. Der Stumme schrieb: »Perego hat das Geld zu Hause versteckt. An einem Ort, den ich nicht kenne. Aber den Schlüssel dazu hat er immer bei sich. Er hängt um seinen Hals.«

Die Signorina Tecla Manzi las, was auf dem Zettel stand, und fuhr hoch. »Aber wenn er in eine Schlucht fällt oder im See ertrinkt?«

Der Stumme starrte eine Weile ins Leere. Vielleicht dachte er daran, daß es ihm noch vor Perego passieren könnte, in einer Schlucht oder im Wasser des Sees umzukommen. Er sah den fadendünnen Schatten seiner Schwester, der sich auf der Wand abzeichnete. Wer würde in so einem Fall für sie sorgen? Dann blickte er auf den Zettel in seiner Hand. War das nicht eine Art Testament, eine Versicherung? Die man an einem sicheren und geheimen Ort verbergen mußte? Er überlegte kurz, den Zettel Tecla anzuvertrauen, damit sie sich zur rechten Zeit daran erinnere. Aber man konnte diesem armen Mädchen nicht trauen. Hatte sie es nicht damals sogar fertiggebracht, Nellos kostbare Adresse zu verlieren? Er würde sich darum kümmern. Und einen sicheren, wirklich sicheren Ort, den gab es.

## 75

*»Als ich erfuhr,* daß Perego in Treviglio vom Schlag getroffen worden und tot war, habe ich die Ohren gespitzt«, sagte Manzi.

Er wußte, daß sein Bruder für Perego arbeitete, denn das waren dessen angebliche »Geschäfte«. »Ich wußte davon«, bestätigte er, »so wie alle es wußten. Auch die Carabinieri.« Er war sein Laufbursche, sein Lakai. Auch sein Geldeintreiber, denn sein Aussehen und der schlimme Ruf von Vater Manzi machten ihm zum idealen Mann für solche Aufgaben.

Nachdem Nello Manzi begriffen hatte, daß im familiären Heim für ihn nichts abfiel, ging er seinen eigenen Weg und begann ein neues Leben. Die Nachricht von Peregos Tod ließ ihn jedoch vermuten, daß sich die Dinge geändert hatten. So tat er etwas, was er seit undenklichen Zeiten nicht mehr getan hatte: Er begann seiner Schwester Tecla Besuche abzustatten, natürlich nur in der Absicht, die Ohren offenzuhalten und vielleicht etwas aufzuschnappen.

»Können Sie sich vorstellen, Brigadiere, daß jemand über so viele Jahre Seite an Seite mit einem Mann zusammenlebt, ohne dessen Geheimnisse aufzuspüren oder sie wenigstens zu ahnen?« fragte Manzi.

So jedenfalls hatte er gedacht.

Zeitgenossen wie Perego, diese Wucherer, haben immer jede Menge zu verbergen. Überall verstecken sie Geld. Ihm hätte eine Spur genügt, ein Hinweis, irgend etwas, was der Stumme möglicherweise wußte. Und niemandem je mitgeteilt hätte.

Dann wurde der Stumme krank. Er lag im Bett und hatte Fieber. Nicht sehr hoch, doch es dauerte an. Schließlich überstürzten sich die Ereignisse. Nello Manzi begriff, daß es nur noch eine Gelegenheit gab. In diesen Tagen wohnte er praktisch in seinem früheren Zuhause, mit dem Segen der Signorina Tecla Manzi, die nicht die Kraft hatte, den langen Todeskampf des Stummen mit diesem allein durchzustehen. Nello Manzi hatte ihr erklärt, sie brauche sich um nichts zu sorgen, er nehme die Last auf sich, dem Sterbenden beizustehen. In der stillen Hoffnung, von diesem irgendeinen Wink zu bekommen. Aber nichts dergleichen geschah. Ein Tag nach dem anderen verging. Nichts. Doch kurz bevor Manzi jede Hoffnung verloren glaubte, ganz am Ende, nur wenige Minuten vor dem Tod des Stummen, geschah das, worauf er so lange gewartet hatte. An jenem Abend war der Priester gekommen. Nello Manzi war besorgt, denn er fürchtete, daß dieser seine Pläne vereitelte. Aber der Priester begriff nichts. Er täuschte sich vielmehr.

»Inwiefern?« fragte der Brigadiere.

»Was das heilige Herz Jesu betraf«, antwortete Manzi.

Das heilige Herz.

Bevor er den letzten Atemzug tat, packte den Stummen eine seltsame Erregung: Er achtete nicht auf den Priester, der ihm die letzte Ölung gab, drehte das Gesicht zu der Wand hinter sich, wo das Bild vom heiligen Herz Jesu hing, und versuchte sogar, sich aufzusetzen. Er streckte den Arm nach dem Bild aus, um danach zu greifen. Es gelang ihm nicht, denn er war zu schwach. Winselnd fiel er aufs Bett zurück.

Der Priester meinte, der Stumme wollte sich nun, da er begriffen hatte, daß sein Ende gekommen war, an das einzige religiöse Symbol in dem Zimmer wenden, um die Vergebung des Herrn zu erflehen. Vielleicht hatte er es küssen wollen. Doch bis diese Hypothese in den Gedanken des Priesters Gestalt angenommen hatte, war der Stumme schon eine Weile tot.

Die Signorina Tecla Manzi gab sich mit dieser Erklärung zufrieden.

Ihr Bruder Nello jedoch nicht. Als er sah, mit welcher Verzweiflung sich sein Bruder bewegte, wie er den Hals zu dem Bild reckte, das über seinem Kopf an der Wand hing, und als er diese seltsamen Laute hörte, die er von sich gab, war ihm plötzlich ein Licht aufgegangen. Er wartete, bis der Priester hinausgegangen war, um Tecla zu trösten. Sobald er allein war, gab er dem Stummen einen Kuß, nahm sich das heilige Herz Jesu und steckte es ein.

76

*Die Göre fing an zu weinen.* Ihr Onkel, der Seniore della Milizia, hatte gerade das Haus verlassen, nachdem er versichert hatte, er habe nicht die geringste Absicht, in der Sache mit den Würmern nachzugeben. Er war im Wohnzimmer auf und ab gegangen, hatte gepredigt und gedroht. Und angekündigt, es würden Köpfe rollen. Bevor er gegangen war, hatte er ihr wohlwollend über den Kopf gestrichen und gesagt, die gesamte Jugend Italiens solle sich ein Beispiel an ihr nehmen und dazu bereit sein, jeden anzuzeigen, der sich erlaube, den Duce und den Faschismus zu verspotten.

Wenn es nicht genüge, hatte er am Hauseingang hinzugefügt, seine Freunde und Bekannten bei den Königlichen Carabinieri zu mobilisieren, um die Sache aufzuklären, dann sei es für den Zio Seniore kein Problem, auch die Presse dafür zu interessieren. *Il Gargliardetto*, die Tageszeitung der faschistischen Föderation in Como, warte nur darauf, sich mit Dingen zu befassen, die mit den mehr oder weniger geheimen Feinden des Regimes zu tun hatten. »Wir werden die Wahrheit herausfinden«, sagte er, als er das Haus verließ, »und wer diesen Fehler begangen hat, wird dafür bezahlen!« Dann verabschiedete er sich und schloß hinter sich die Tür. Da begann die Göre zu weinen und hörte nicht mehr auf, so sehr weinte sie, daß sie Schluckauf bekam. Einen unbändigen Schluckauf, der noch anhielt, als die Tränen bereits versiegt waren, so heftig und besorgniserregend, daß Papà und Mamma irgendwann auf die Idee kamen, den Arzt zu rufen. Denn die Mutter hatte eine Schwester gehabt, die jung gestorben war. Und sie erinnerte sich daran, daß diese vor ihrem letzten Atemzug ebenfalls unter heftigem Schluckauf gelitten hatte, genau wie jetzt ihre Tochter. Der Doktor hatte damals der Familie erklärt, daß es vom Herzen komme, es sei das Schluchzen einer Herzkranken, doch sie hatte das nie geglaubt, und noch heute war sie davon überzeugt, daß der heftige Schluckauf das Herz ihrer armen Schwester zum Stillstand gebracht hatte. Jetzt befürchtete sie, daß ihrer Tochter die gleiche Gefahr drohte, doch als das Mädchen hörte, daß man den Arzt rufen wollte, war ihr Schluckauf plötzlich vorbei. Sie müsse ihnen etwas beichten, sagte sie den beiden Eltern. Sie müsse sich von einer Last befreien, die auf ihr Herz drücke.

## 77

*Das Herz zersprang ihm beinahe* vor Freude, als Nello Manzi feststellte, daß seine Eingebung richtig gewesen war. Es war ganz einfach gewesen, das heilige Herz Jesu von der Wand zu nehmen und unter seiner Jacke zu verstecken. Er nahm es mit, studierte es in aller Ruhe und lüftete das Geheimnis. Als er das Glas, das das heilige Bild schützte, anhob, entdeckte er zwei Zettel. Auf dem einen stand seine alte Adresse. Auf dem anderen jedoch …

Was darauf stand, löste bei ihm ein Gefühl nie gekannter Glückseligkeit aus. Jetzt mußte er nur an die Schlüssel herankommen.

»Deshalb …«, sagte Manzi kichernd.

Es war keine leichte Aufgabe, vielmehr ziemlich heikel. Aber es gab keine andere Lösung. So hatte er es eben getan. Allein. Eine Höllenarbeit.

Der Brigadiere unterbrach ihn, hielt ihm drohend den Zeigefinger unter die Nase. »Nein«, sagte er. »So geht das nicht. Wenn Sie mir einen Bären aufbinden, kommen wir nicht zusammen.«

Es waren mindestens zwei Personen beteiligt, stellte der Brigadiere klar. Denn bei der Inspektion des Friedhofs hatte er zwei Erdhügel bemerkt: einen großen am linken Rand und einen kleineren am rechten Rand der Grube. Und ihm war der Gedanke gekommen, daß letzterer von einem Linkshänder geschaufelt worden war. Der andere Haufen hingegen war vermutlich das Werk eines Rechtshänders, der stärker war als sein Spießgeselle. Jünger und kräftiger.

Manzi gab dies zu. Aber gleich darauf bat er den Brigadiere, den Namen des Komplizen, den er in die Sache mit hineingezogen hatte, nicht nennen zu müssen, denn wenn er diesem schade, brächen finstere Tage für ihn an.

»Das werden wir noch sehen«, sagte Mannu. »Bislang interessiert er mich nicht besonders. Reden Sie bitte weiter.«

Es gab nur noch wenig zu sagen. Als sie die Grabungsarbeiten schließlich beendet hatten, erwartete sie eine schöne Bescherung. Sie hatten sich jedoch nicht geirrt. Es war eindeutig das Grab von Perego, aber Perego war nicht drin. »Das war alles«, sagte Manzi abschließend.

»Das war alles?« wiederholte der Maresciallo Cilietti erstaunt. Was war das nur für eine Geschichte mit Gräbern und Friedhöfen?

»Eine banale Verwechselung von Särgen«, konstatierte Mannu knapp.

»Banal?« gab der Maresciallo zurück. Für ihn mochte das banal sein, aber …

»Das ist eine lange Geschichte«, unterbrach ihn der Brigadiere, der es plötzlich eilig hatte zu gehen. »Ich erzähle sie Ihnen ein andermal.«

»Und mir nicht?« fragte Manzi.

Mannu, der noch vor ihm stand, beugte sich zu ihm hinunter. »Nein, flüsterte er ihm ins Ohr. »Und wenn ich erfahre, daß Sie mit irgendwem über diese Sache geredet haben, garantiere ich Ihnen, daß es mit Ihrer Ruhe vorbei ist. Ist das klar?«

Natürlich, sagte der Blick, mit dem Manzi ihm antwortete. Aber konnte man wenigstens erfahren, murmelte er, was aus Peregos Schlüssel geworden war? Hatte es jemand geschafft, ihn in seinen Besitz zu bringen?

## 78

*Wie sollten sie das nur* dem Zio Seniore beibringen? fragten sich die Eltern nach dem Geständnis. Mit welchen Worten sollten sie ihm verständlich machen, daß ihre zauberhafte Göre sich alles nur ausgedacht hatte, zusammen mit ihren Freundinnen? Daß es gar keine mussolinifeindliche Formel gab, sondern nur ein Liedchen, das folgendermaßen ging: »*Scruta anche gli intestini sua eccelenza Mussolini e ti guarda ogni mattino adagiato nel vasino*. – Auch Mussolini soll erforschen und in die Gedärme horchen, kann ihn so doch nicht erschrecken, was er morgens sieht im Becken.«

»Herunterspielen«, sagte der Vater. »Wir müssen das herunterspielen. Ich kenne meinen Bruder. Wenn auch wir ihn noch anlügen, dann bringt er es fertig und verzeiht uns nie.«

Seine Frau dachte nach. »Er wird sagen, wir seien nicht in der Lage, unsere Tochter zu Aufrichtigkeit und Ehrlichkeit, den Tugenden der Partei, zu erziehen«, meinte sie.

Ihr Mann stimmte ihr zu. »Soll er doch sagen, was er will«, entgegnete er. »Wir geben ihm recht und bitten ihn um Verzeihung. Vergiß nicht, daß seine Unterstützung für meine Beförderung enorm wichtig ist.

»Auch das geht vorbei«, seufzte die Frau.

»Sicher, aber deine Tochter, diese Göre, hat uns ganz schön in Schwierigkeiten gebracht«, sagte der Mann.

Die Frau fuhr hoch. »Sie ist auch deine Tochter, mein Lieber«, sagte sie.

»Ich …«

»Und ich habe dir auch gesagt, du sollst sie nicht immer ›Göre‹ nennen!«

Der Mann hob die Stimme. »Ich werde das so lange tun, wie es mir angebracht scheint. So wie jetzt zum Beispiel.«

»Eine schöne Art, unser Mädchen in Schutz zu nehmen!«

Der Mann fuhr hoch. »Erstens ist sie kein Mädchen mehr. Sie ist siebzehn. Und bevor sie den Mund aufmacht, könnte sie ihr Gehirn bemühen.«

»Ach ja? Dann sag mir doch erst einmal, was daran überhaupt so schlimm ist.«

»Was daran schlimm ist? Das fragst du mich noch?«

»Ja, das frage ich dich. Denn wenn du es wirklich wissen willst, ich glaube, daß diese Angelegenheit nur zur Tragödie geworden ist, weil dieser Wichtigtuer, dein Bruder …«

»Aha«, rief der Mann giftig, »jetzt ist also mein Bruder schuld. Er hat sich das Ganze wohl ausgedacht, nicht wahr?«

»Aber ja, aber ja doch. Denn ich frage mich, ob es nötig war, wegen dieser kleinen Dummheit einen solchen Lärm zu schlagen.«

»Eine kleine Dummheit? Die Beleidigung unseres Staatsoberhauptes soll eine kleine Dummheit sein?«

»Aber von Zeit zu Zeit hast du doch auch …«

»Ich? Was habe ich?«

»Wie nennst du ihn noch mal hin und wieder?«

»Sei doch endlich still, sei still!«

»Jetzt soll ich plötzlich still sein!« erwiderte die Frau. »Ich? Warum nicht du, wenn du bestimmte Wörter gebrauchst?«

»Ich gehe jetzt wohl besser«, knurrte der Mann.

»Ja, ja, geh nur«, sagte die Frau und lief hinterher. »Aber vergiß nicht, daß unser Mädchen bestimmte Dinge nur deshalb sagt, weil sie es von dir so gelernt hat!«

»Jetzt reicht's!« rief der Mann, schon an der Haustür.

»Vergiß das nicht«, schrie die Frau über das Treppengeländer gelehnt. Und da sie wirklich wütend war, beschimpfte sie ihren Mann mit ebenjenem Wort, das dieser so oft für das Staatsoberhaupt benutzte. Für einen Augenblick hallte das Echo des Wortes durch das Haus, und es endete auf -wein.

## 79

*Am Freitag morgen* war die Luft rein und frisch. Dank eines nächtlichen Gewitters, dem letzten Gruß des ausklingenden Sommers, das die mitternächtliche Stille erschüttert hatte. Der Brigadiere Mannu hatte nichts davon mitbekommen. Dabei hatte es ein solches Gewitter mit heftigem Donner und Prasselregen schon lange nicht mehr gegeben.

Am Abend vorher war er mit dem Carabiniere Locatelli in die Wache zurückgekehrt, hatte eine gute Nacht gewünscht und war ins Bett gefallen. Große Müdigkeit hatte ihn übermannt, die vielleicht mit der Enttäuschung darüber zusammenhing, das Rätsel gelöst zu haben, ohne jedoch etwas Handfestes vorweisen zu können. Perego lag irgendwo auf dem Friedhof von Treviglio. In seinem Grab auf dem Friedhof von Bellano lag eine Unbekannte. Und über das Geld des Wucherers wußte man nichts. Nach Ansicht des Bürgermeisters hatte es sich in Nichts aufgelöst. Doch der Brigadiere glaubte nicht daran, das war unmöglich. Aber was konnte er jetzt noch tun? Aus Nello Manzi hatte er alles herausgepreßt, was dieser wußte, und dennoch trat er weiter auf der Stelle. Was blieb, war nur die klägliche Befriedigung, am nächsten Tag bei der Signorina Tecla Manzi erscheinen und ihr eröffnen zu können, was so alles geschehen war, direkt vor ihrer Nase, ohne daß sie es bemerkt hatte.

Mit diesem Gedanken nickte er ein und fiel wenig

später in einen bleischweren Schlaf, aus dem er sich am nächsten Morgen nur mühsam befreien konnte. Wie gewöhnlich stand er um sechs Uhr auf. Er wusch sich, rasierte sich, zog sich an. Er trank Kaffee. Aber es gelang ihm nicht, diese Starre abzuschütteln, die selbst die einfachste Bewegung verlangsamte. Daß er aus diesem Halbschlaf endlich erwachte, dafür sorgte Misfatti, der um acht Uhr dreißig auf der Wache erschien. Er trug Zivil und hatte seinen blauen Hochzeitsanzug mit Nadelstreifen an, an dem die Jahre nicht spurlos vorübergegangen waren; die Jacke war am Rücken wegen des darunterliegenden Verbands ausgebeult, die Hose hielt nur mit Mühe über dem Bauch zusammen. Misfatti bemerkte sogleich den überraschten Blick des Vorgesetzten. »Ich konnte mir ja wohl nicht extra für heute einen neuen Anzug machen lassen«, sagte er zu seiner Rechtfertigung.

Der Brigadiere sah ihn weiterhin fragend an.

»Die Würmer«, lautete die lakonische Antwort des Appuntato.

Derentwegen, so sagte er schnell, müsse er sich beeilen, falls sein Auftrag noch aktuell sei. Der Doktor warte um neun und keine Minute später an der Straße nach Vendrogno auf ihn, und er sei schon spät dran.

»Die Würmer!« seufzte der Brigadiere. »Lassen Sie sie nicht warten. Und seien Sie überzeugend, wenn ich bitten darf.«

## 80

*Der Brigadiere Mannu* war gerade gegangen. Vor nicht mehr als fünf Minuten. Das Telefon klingelte.

»Verflucht!« zischte der Carabiniere Locatelli. Laut sagte er: Außer ihm sei niemand in der Dienststelle. Er ging nur ungern ans Telefon. Er war verlegen, begriff nicht, was man ihm sagte. Und als geschehe es mit Absicht, immer wenn er allein war, dann – dring, dring! – klingelte es, und er mußte drangehen.

»*Pronto*?« meldete er sich.

O je! Er sollte doch »Carabinieri« sagen und nicht »*pronto*«. Das hatten sie ihm wieder und wieder eingeschärft. »Carabinieri«, verbesserte er sich schnell.

Am anderen Ende der Leitung hörte er jemanden lachen. »Wie viele seid ihr«, fragte die Stimme.

Vielleicht sollte er besser sagen: der Carabiniere Locatelli. Er nannte Rang und Namen.

»Hier ist das Kommando von Lecco«, sagte die Stimme. »Geben Sie mir den Kommandanten.«

Locatelli wurde rot. Der Kommandant war nicht da, und das mußte er jetzt erklären. Und dann würden sie ihm, da war er sicher, etwas mitteilen, das er weitergeben sollte. Das versetzte ihn in Aufregung. Er erklärte, der Kommandant sei diensthalber außer Haus, was ihm recht gut gelang.

»Dann sage ich es eben Ihnen. Und Sie geben es weiter. Ich verlasse mich auf Sie. Es hat absolute Priorität«, erwiderte der andere.

Der Junge aus Bergamo schloß die Augen. Er glaubte, sich so besser konzentrieren zu können. »Bitte«, sagte er.

Er hörte aufmerksam zu. Dann legte er auf, dachte nach und schrieb die Nachricht auf. Man konnte ja nie wissen. Als er sie aufgeschrieben hatte, las er sie noch einmal durch. Es waren fast die gleichen Worte, die der andere ihm am Telefon gesagt hatte. Ihre Bedeutung war geheimnisvoll. Was soll's? dachte sich der Junge aus Bergamo und steckte den Zettel in die Tasche. Letztlich ging ihn das alles nichts an.

## 81

*Die Signorina Tecla Manzi* wischte gerade Staub, als der Brigadiere am Gittertor ihres Hauses klingelte. Sie sah aus dem Küchenfenster, das auf den Vorgarten hinausging, erkannte den Brigadiere, sagte: »Einen Augenblick«, und klopfte den Staublappen aus, den sie in der Hand hielt.

Fünf Minuten vergingen, bis die Signorina an dem Gittertor erschien, hinter dem der Carabiniere auf sie wartete. Als er ihr die Stufen zum Haus hinauffolgte, begriff Mannu, warum sie so lange gebraucht hatte: Beim Hinausgehen hatte die Signorina Tecla Manzi sorgfältig Türen und Schlösser hinter sich zugesperrt, und jetzt öffnete sie eines nach dem anderen wieder.

Er sagte nichts. Doch er dachte, daß in dieser Familie, gleichmäßig auf all ihre Mitglieder verteilt, bei jedem im Dachstübchen etwas nicht ganz in Ordnung war.

Im Haus der Manzi war es dunkel und kühl, stellte der Brigadiere fest. Bald, wenn der Winter über den See hereinbrach, würde es hier kalt sein. Alles war aufgeräumt und penibel sauber. Es roch nach Wachs, und in dem Küchenboden aus sechseckigen roten und grauen Fliesen konnte man sich spiegeln.

Irgend etwas erinnerte den Brigadiere an das Haus seiner Eltern auf Sardinien, auch an das von Zia Ninna. Vielleicht lag es an den Wänden, die nicht ganz gerade waren, vielleicht an der Armut, die das Haus ausstrahlte und die durch den starken Wachsgeruch etwas gemildert wurde.

Von diesen Gedanken abgelenkt, begann der Brigadiere nicht sofort das Gespräch, und so fragte die Signorina Tecla Manzi: »Welch guter Wind bringt Sie hierher?« und ließ dabei das Staubtuch schwungvoll durch die Luft wirbeln, als wehte in der Küche tatsächlich ein laues Lüftchen.

»Entschuldigen Sie«, sagte Mannu, »ich muß Sie mit einer Frage behelligen, die ich als grundsätzlich bezeichnen würde. Doch ich glaube, daß auch Sie ein Recht haben, davon zu erfahren.«

Die Manzi sah ihn wortlos an.

»Es geht um die Angelegenheit mit dem heiligen Herzen«, erklärte Mannu.

»Immer noch?« fragte die Signorina.

»Gewiß, immer noch«, antwortete der Brigadiere, ging langsam um den großen Küchentisch herum und klopfte mit den Fingern auf die Tischplatte. Am Kopfende, wo wahrscheinlich vor Jahren der unmenschliche Polier gesessen hatte, blieb er stehen. »Sehen Sie«, sagte er, »Sie haben den Stein geworfen und dann die Hand sinken lassen. Ich habe den Stein gefangen, und es ist mir eine Ehrensache, Licht in diese Angelegenheit zu bringen.«

Während sie zuhörte, faltete die Signorina Tecla Manzi das Staubtuch zusammen. Dann legte sie es auf den kleinen Altar, von dem der Appuntato dem Brigadiere berichtet hatte. »Aber es war doch schon alles geklärt«, entgegnete sie.

»So schien es.«

»Aber?«

»Hören Sie mir zu«, sagte Mannu.

Die Signorina Manzi bewegte dreimal heftig den Kopf. Das bedeutete, daß sie bereit war, sich anzuhören, was der Brigadiere ihr zu sagen hatte.

*»Was ist in Vendrogno* so Schlimmes passiert, daß ein Carabiniere dorthin fahren muß und dazu noch in Zivil?« Der Doktor platzte mit dieser Frage heraus, als sie gerade unterhalb von Pradello waren und ihr Gespräch langweilig zu werden begann. Er hatte eine kräftige, tiefe Stimme, die klang wie ein Bariton, und redete fast wie ein Schauspieler.

Der Appuntato rutschte unruhig auf seinem Sitz hin und her. Er überlegte, daß er, selbst wenn er zu Fuß gegangen wäre, kaum mehr Zeit gebraucht hätte, da der Doktor mit nervenaufreibender Langsamkeit fuhr und außerdem schon zweimal, in Ombriaco und Gora, angehalten hatte, um zu pinkeln. Er seufzte.

»Ein militärisches Geheimnis?« fragte der Doktor und lachte heftig.

Auch Misfatti lachte. »Ich habe Würmer«, sagte er dann und rechnete mit einem erneuten kehligen Lachen als Antwort. Schließlich hatte er einen ganz guten Witz gemacht. Der Doktor aber schaltete einen Gang zurück, fuhr noch langsamer, wandte ihm das Gesicht zu und blitzte ihn böse an. Er wußte genau, daß es in Mornico diesen verrückten Wunderheiler gab. Seit Monaten versuchte er, ihn in einem kräftezehrenden Kampf auszuschalten. Doch dieser Kerl machte ihm weiterhin Patienten abspenstig und brachte ihn um sein Geschäft. Er hatte den Mann wissen lassen, er solle aufpassen, da seine Geduld an ihre Grenzen komme und er ihn früher oder später wegen Mißbrauchs des Heilberufs anzeigen würde. Doch auch das änderte nichts. Weiterhin standen die Leute vor seiner Tür Schlange und verbreiteten wie ein Lauffeuer seine Wundertaten.

Der Appuntato merkte, daß er etwas Falsches gesagt hatte.

»Würmer?« knurrte der Arzt und fletschte die Zähne. Also fuhr auch er, der Signor Appuntato, nach Mornico, zog die Konkurrenz vor und nutzte überdies seine Freundlichkeit und seinen Wagen aus. Das wollte er ihm gerade sagen.

»Aber eigentlich ...«, warf der Appuntato ein.

»Aber eigentlich?«

»Nicht wirklich Würmer ...«, erklärte er, ohne etwas zu erklären. Jetzt hatten sie fast die gefährliche Kurve mit der schönen Aussicht erreicht.

»Erst gehe ich pinkeln«, sagte der Arzt und bremste. »Und dann erläutern Sie mir das mal.«

Es sei ganz einfach, sagte der Appuntato wenig später. Und er erzählte es ihm, betonte er, weil er wisse, daß er ihm vertrauen könne, und sicher sei, daß der Doktor das Geheimnis, das sich hinter seinem Auftrag verbarg, nicht verraten würde.

## 83

*Ein Schnaufer.* Zwei Schnaufer. Drei Schnaufer. Eine endlose Zahl von Nasenschnaufern; die Signorina Tecla Manzi schien nicht mehr in der Lage, sich zu beherrschen, und der Brigadiere Mannu fürchtete schon, daß ihr gleich die Luft wegbleiben würde. Doch dann merkte er, daß die Manzi mit dieser Reihe von Geräuschen zuerst versucht hatte, ein Lachen zu unterdrücken, und diesem dann, als ihr das nicht gelang, freien Lauf ließ. Jetzt lachte sie, mit geschlossenem Mund, wobei ihre Schultern zuckten und ihr Kopf schnelle, ruckartige Bewegungen machte.

Warum lachte sie bloß so? fragte sich der Brigadiere. Er hatte fast alles über die verschiedenen Stationen seiner Nachforschungen berichtet und ihr auch verraten, daß ihr Bruder Nello sie an der Nase herumgeführt hatte und es fraglich war, ob er sich, wenn es ihm gelungen wäre, sein Ziel zu erreichen, ihrer noch erinnert hätte. Er ließ sie auch wissen, daß das Ergebnis seiner Nachforschungen allein auf seine Beharrlichkeit und seine Intuition zurückzuführen sei: Er sei nicht auf Komplimente oder Schmeicheleien aus, sondern begnüge sich mit einem einfachen Dank, der Bestätigung, daß es nicht sinnlos war, sich an die Carabinieri zu wenden. Doch sie lachte nur.

»Darf man wissen, warum?« fragte er und das nicht gerade in leisem Ton.

Die Schultern der Manzi bewegten sich plötzlich

nicht mehr. »Entschuldigung, Brigadiere«, antwortete sie und wirkte augenblicklich wieder genauso mausgrau wie zuvor. »Aber ist das alles?«

Ob das alles sei? Dem Brigadiere kam die Galle hoch. Mach dir nichts draus, dachte er dann. Mach dir nichts draus, weil ihm einfiel, daß er es ja mit einer Person zu tun hatte, die, wie man wußte, wegen gewisser Störungen an einem bestimmten Ort untergebracht gewesen war. Eine Sache, die, das mußte man im Auge behalten, wohl noch nicht ganz ausgestanden war. In einer anderen Situation wären sicherlich die Pferde mit ihm durchgegangen, und er hätte ihr gezeigt, wie er mit Leuten umzugehen pflegte, die »Ist das alles?« zu ihm sagten. »Das ist alles, jawohl«, antwortete er ruhig. »Für Sie scheint es nicht genug zu sein!«

»Ich habe nicht gesagt, daß es mir nicht genug ist«, antwortete die Signorina Tecla Manzi.

»Es schien mir aber so.«

»Ich habe das nur so dahergesagt und weiß, daß es nicht Ihre Schuld ist. Sie haben viel Zeit verloren.«

»Das ist mir klar«, sagte Mannu ironisch.

Die Signorina schnaubte ausgiebig. »Das glaube ich nicht«, sagte sie.

»Ach nein?«

»Nein, denn ich war über die Sache mit dem Schlüssel um den Hals im Bilde.«

»Das weiß ich.«

»Aber das war alles nur Täuschung.«

Der Brigadiere beugte sich zur Manzi hinunter. »Was?«

Die Signorina schloß einen Moment die Lider. Ein dichtes Netz feiner Fältchen bildete sich um ihre Augen. Augen, in denen in einem kurzen Moment, der dem Brigadiere nicht entgangen war, ein boshaftes Lächeln aufgeleuchtet war. Der Ausdruck einer Wildkatze, dachte der Brigadiere. Einer Katze, die mit einer Maus spielt. Das war die zweite Persönlichkeit der Signorina Tecla Manzi. Geschickt unter all dem Grau verborgen, jener gesichtslosen Maske. Was für ein Mensch war die Person, die da vor ihm stand, wirklich? überlegte der Carabiniere.

Die Manzi sah inzwischen wieder aus wie immer und beantwortete die Fragen des Brigadiere. »Eine Lüge. Eine Unwahrheit. Eine Idee, um Dumme an der Nase herumzuführen. Dumme wie ... ja, auch meinen stummen Bruder. Und wenn Sie mich danach gefragt hätten, hätte ich es Ihnen gesagt, und Sie hätten eine Menge Zeit gespart.«

Der Brigadiere starrte der Signorina Tecla Manzi ins Gesicht, in der Hoffnung, den Ausdruck wiederzufinden, den er kurz zuvor wahrgenommen hatte.

Nichts zu machen.

»Wie hätte ich darauf kommen sollen?« sagte er dann, wobei er jede Silbe einzeln betonte.

Die Manzi bewegte ein paarmal ruckartig den Kopf. »Sie sind der Carabiniere«, erwiderte sie, »nicht ich.«

## 84

*Sie sei nicht dumm*, sagte die Signorina Tecla Manzi. Für ziemlich dumm aber habe sie nach den Enthüllungen ihres Bruders diesen Perego gehalten. Wie kann man nur sein Geld im Haus aufbewahren und sich den Schlüssel um den Hals hängen … Dümmer ging es wohl kaum. Es hätte doch jederzeit ein Dieb ins Haus kommen, ihm einen Schlag auf den Kopf versetzen und sich dann bedienen können wie auf dem Markt. Und er hätte noch Glück gehabt, wenn es nur seinen Kopf getroffen hätte. Zur Hölle! Aber wenn es ihn erwischte, dann wären auch sie und ihr stummer Bruder betroffen. Das durfte nicht passieren. Zwei, drei Tage dachte sie nach, bevor sie einen Entschluß faßte. Sie ging zu Ercole Perego, um mit ihm zu reden.

»Sie?« fragte der Brigadiere erstaunt.

Die Signorina Manzi antwortete mit einigen heftigen Nasenschnaufern. Glaubte er vielleicht, sie sei nicht in der Lage, die richtigen Worte zur Verteidigung ihrer Interessen zu finden? Sie war hingegangen und hatte es ihm ohne Umschweife gesagt.

Selbst mit größter Mühe gelang es dem Brigadiere Mannu nicht, sich die Szene vorzustellen: ein mit allen Wassern gewaschener Wucherer und ihm gegenüber dieses Knochengerippe, das ihm erklären wollte, wie er mit den Einkünften aus seinen schmutzigen Geschäften umzugehen hatte.

»Und er?« fragte der Brigadiere.

Der, so antwortete die Manzi trocken, habe gar nichts anderes machen können, als zuzugeben, daß sie recht hatte und es äußerst dumm von ihm war, solch ein sinnloses Risiko einzugehen.

»Unglaublich«, murmelte der Brigadiere leise. Das war unmöglich. Das paßte nicht zusammen. Bestimmt hatte Perego an diesem Abend, so sagte er sich, wenn alles wirklich so geschehen war und nicht nur einem Hirngespinst der Manzi entsprang, die Gelegenheit genutzt, sich auf Kosten der Schwester seines Handlangers zu amüsieren. Er hatte sich einen Spaß daraus gemacht. Sicher hatte der Wucherer nur selten Gelegenheit zu einem solchen Vergnügen.

»Glauben Sie mir nicht?« fragte die Manzi, die den Ausdruck des Erstaunens im Gesicht des Carabiniere wahrnahm.

»Ich bin ganz Ohr«, sagte der Brigadiere und wich so der Frage aus.

Nach dem, was die Manzi behauptete, hatte Perego die Worte der kleinen Frau durchaus ernst genommen und sie sogar gefragt, was sie an seiner Stelle tun würde. Darauf war die Manzi natürlich vorbereitet gewesen. »Die Bank«, antwortete sie.

»Die Bank ...«, wiederholte Perego zögernd.

Sie begriff den Grund seiner Zweifel: Die Bank war doch eher für Kunden gedacht, die ihr Geld mit weniger zweifelhaften Geschäften verdienten. Und dann spielte auch noch die Sache mit dem Selbstmord Mellesis eine Rolle. Das war zwar alter Kram, der dreißig Jahre zurücklag, aber solche Sachen gerieten nie in Vergessenheit.

Sie konnten jederzeit wieder an die Oberfläche kommen. Perego hatte es nicht ausdrücklich gesagt, es ihr aber deutlich zu verstehen gegeben: Die Banken ließ er doch besser außen vor. Er wollte die Früchte seiner Arbeit lieber auf andere Weise in Sicherheit bringen.

»Arbeit …«, sagte Mannu.

Die Manzi ruckte ein paar Mal mit dem Kopf. »Ich habe meine Nase nie in die Angelegenheiten meines stummen Bruders und Peregos gesteckt«, versicherte sie. »Ich habe nie etwas davon wissen wollen. Ich habe nur zu unserem Besten gehandelt.«

Und weiter? fragte der Brigadiere.

Dann habe sie ihm erklärt, was sie an seiner Stelle tun würde. Ja, Signore, sie würde das Geld in einem schönen Tresor verwahren. Das und nichts anderes würde sie tun.

Die Idee als solche sei nicht schlecht, sagte Perego.

Sie erwiderte ihm beleidigt, wenn die Banken nicht in Frage kämen, sei das eine ausgezeichnete Idee. Und sie biete den Vorteil, daß nur er die Kombination kenne, um den Tresor zu öffnen, wann immer ihn der Wunsch überkomme, den Bestand seiner Besitztümer in Augenschein zu nehmen.

An diesem Punkt seufzte die Signorina Tecla Manzi.

»Was ist?« fragte der Brigadiere scheinbar drängend.

Das alte Fräulein strahlte. Da habe sie begriffen, sagte sie, daß sie Perego überzeugt hatte, daß ihre Worte ihn so weit gebracht hatten, daß er …

Das Läuten an der Haustür unterbrach sie. Sie erstarrte, der Kopf ruckte hin und her, sie schnaufte, offensichtlich in Verlegenheit. »Entschuldigen Sie mich einen Augenblick«, sagte sie.

»Bitte«, sagte der Brigadiere, aber er wäre lieber schnell zum Ende dieser fragwürdigen Geschichte gekommen, um sich endlich wieder um die vielen anderen Probleme kümmern zu können, die in der Dienststelle auf ihn warteten.

# 85

*Der Carabiniere Locatelli* saß auf glühenden Kohlen. Die aus Lecco hatten ihm gesagt, die Angelegenheit sei dringend und habe absolute Priorität. Wenn aber der Brigadiere nicht wiederkam, und er war jetzt schon eine gute halbe Stunde fort, wie sollte er der Anweisung nachkommen? Und nicht nur das bot Anlaß zur Unsicherheit. Denn leider gab es da noch etwas anderes. Er glaubte, genau verstanden zu haben, was man ihm am Telefon gesagt hatte. Direkt nach dem Gespräch hätte er beschwören können, was er gehört und aufgeschrieben hatte. Er hatte den Anrufer nicht einmal darum gebeten, die Worte zu wiederholen. »Laßt die Sache mit den Würmern auf sich beruhen.« Das hatte der andere gesagt, und so hatte er es aufgeschrieben. Doch je mehr Zeit verging, desto mehr Zweifel überkamen ihn. Mit jeder Minute wurde eine Frage in ihm lauter, die er hartnäckig zu verdängen suchte: Bist du dir sicher, alles richtig verstanden zu haben? Es gab genug Gründe, daran zu zweifeln. Denn was beispielsweise hatten Würmer mit den Carabinieri zu tun? Der Satz konnte ja, so überlegte er, eine Redensart sein, eine Art verdeckter Befehl, etwas, das eine andere Bedeutung hatte, als es schien. Wenn dies der Fall war und wenn er doch etwas falsch verstanden hatte, dann war womöglich die wahre Bedeutung entstellt, und er löste vielleicht irgendein Durcheinander aus. Andererseits, wenn ihm keiner etwas sagte, wie sollte er dann Bescheid wissen? Locatelli grübelte. Ihm wurde ganz heiß, und Pipi lief in seine Hose. Wenn dieser Brigadiere sich nur entscheiden würde zurückzukommen … Aber er kam nicht. Er hatte von einer halben Stunde gesprochen. Danach hatte er sich zu richten. Schließlich hatten die Vorgesetzten am Ende immer recht. »Heilige Madonna«, murmelte der Junge aus Bergamo. Heilige Madonna, was hatte ihn nur dazu gebracht, die Uniform der Carabinieri zu wählen.

86

*Die Signorina Tecla Manzi* kehrte mit einer Tüte ins Haus zurück, aus der ein intensiver Fischgeruch drang. Sie ging gleich damit in die Küche und schien die Gegenwart des Brigadiere vergessen zu haben. Entsetzt beobachtete er, wie sie zum Waschbecken ging, das Päckchen auswickelte und vier Fische ins Becken plumpsen ließ. Die Manzi drehte den Wasserhahn auf, nahm ein Messer und begann die Fische abzuschuppen. »Das muß man sofort machen«, sagte sie dann, »sonst wird der Fisch trocken, und die Schuppen werden hart.«

Das war dem Brigadiere nun wirklich egal. »Sie erzählten mir gerade, bevor wir unterbrochen wurden ...«, setzte er an.

»Ach«, antwortete die Signorina und schabte weiter. »Ich habe Ihnen doch schon alles gesagt. Ich habe Perego überzeugt.«

»Überzeugen Sie auch mich«, sagte Mannu lächelnd.

Sie hatte Perego so sehr überzeugt, daß dieser auf die Idee mit dem Tresor einging und sogar sie die Zahlenkombination bestimmen ließ.

»Was?« Der Brigadiere fuhr hoch. »Was?« wiederholte er. Jedoch als rede er mit sich selbst. Voller Selbstmitleid. Er stand da und verlor nur seine Zeit, weil er sich das Gefasel einer Spinnerin anhörte. Perego, dessen war er sicher, hatte sich über die Signorina lustig gemacht und sich dabei köstlich amüsiert. Geduld. Schön für Perego. Aber er? Was, zum Teufel, was machte er noch hier in dieser Küche, wo außer der Stimme der Signorina Tecla Manzi, die ihm einen Bären aufband, noch das Kratzen des Messers zu hören war und wo es unerträglich nach Fisch roch?

»Gut«, sagte er. Und meinte damit: Es reicht!

»Und ich habe sie für ihn ausgewählt, verstehen Sie?« legte die Manzi erneut los.

»Gewiß, das glaube ich Ihnen«, antwortete der Brigadiere, »er hatte Sie schließlich danach gefragt.«

Die Signorina bemerkte die Ironie nicht. »Sechs Zahlen«, sagte sie. »Genau die, die meine arme Mutter ihr Leben lang beim Lotto gesetzt hat. Natürlich nur, wenn ihr noch etwas Geld geblieben war.«

»Und sie hat damit gewonnen, nehme ich an.«

»Nein, niemals.«

»Glückszahlen, wie es scheint.«

»Für eine Kombination«, sagte die Signorina Tecla Manzi, »paßten sie fast zu gut.«

»Und wie lautete die Kombination?« fragte Mannu, der sich langsam auf die Tür zubewegte, in der festen Absicht zu gehen.

»Neun …«, begann die Signorina. Dann schwieg sie. Sie hörte auf, die Fische abzuschuppen. Ihr Gesichtsausdruck war ernst, die Stirn in Falten gelegt.

»Wollen Sie sie denn nicht aufschreiben?« fragte sie.

Der Brigadiere tat, als wäre er zerstreut, und legte eine Hand an die Stirn. »Aber sicher, sicher«, sagte er grinsend, »wie dumm von mir!« Er zog ein Stück Papier und einen Stift aus der Innentasche seiner Jacke. »Bitte«, befahl er dann.

»Neun, vier, fünf, neunzehn, fünfzehn, dreizehn.«

»Bestens«, schloß Mannu. »Und jetzt ...« Jetzt wollte er gehen, unbedingt. Ehe sie jedoch nicht zum Schlüsselbund griff, um alle Vorhängeschlösser, Türen und Gitter zu öffnen, die ihm den Fluchtweg versperrten, war nichts zu machen. »Jetzt will ich ...«, begann Mannu.

»Leider ...«, seufzte die Signorina Tecla Manzi mit einem Blick, der sich in der Leere verlor, und mit drei oder vier Nasenschnaufern von ungewöhnlicher Milde.

Er mußte diesen Kelch wohl bis zur Neige leeren, dachte der Brigadiere Mannu. Schließlich hatte er sich eigenhändig in diese Geschichte hineinmanövriert. Jetzt gab es also noch ein ›Leider‹, bevor er die Manzi ihren Träumen überlassen konnte. Das mußte er sich wohl oder übel noch anhören.

»Leider?« fragte er und hoffte, daß wenigstens das Ende dieser pathetischen Geschichte nicht allzulang war.

Leider, so fuhr die Manzi fort, hatte sie beim Tod von Perego erfahren, daß die Gemeinde ihm die Beerdigung zahlen mußte, weil in seinem Haus kein Geld zu finden war. Was wohl bedeutete, daß er die Idee mit dem Tresor nicht umgesetzt hatte. »Oder etwa nicht?« fragte die Signorina.

»Fahren Sie fort«, forderte der Brigadiere sie auf.

Sie hatte sich nicht geschlagen gegeben.

»Wirklich nicht?« brummte Mannu.

Nein. Sie war auf die Bank gegangen.

»Auf die Bank?«

Aber sicher. Sie sei doch nicht dumm. Schließlich

wußte sie genau, daß Perego nirgendwo auf der Welt Verwandte hatte. Und das Geld konnte nicht einfach so mir nichts, dir nichts verschwunden sein. Irgendwo mußte es doch stecken. Sie war auf die Bank gegangen, aber niemand hatte sie beachtet. Und man war nicht besonders freundlich zu ihr gewesen.

Das Ende, so dachte der Brigadiere, war noch nicht gekommen, er brauchte Geduld. Am besten nahm er es von der komischen Seite und amüsierte sich so wie Perego an jenem lange zurückliegenden Abend.

»Wer nicht kommt zur rechten Zeit, der muß seh'n , was übrigbleibt«, verkündete die Signorina Tecla Manzi.

Sie hatte die Erste sein wollen. Und sich erkundigt, ob Perego ein Bankkonto hatte oder ein einfaches Sparbuch. Leider hatte man sie, anstatt ihr Auskunft zu erteilen, gefragt, aufgrund welchen Verwandtschaftsgrades sie diese Informationen verlange. Sie brauche nur eine Bescheinigung vorzulegen, aus der hervorgehe, daß sie eine Verwandte und damit legitime Erbin des verstorbenen Perego sei. Ob sie einen Anwalt oder Notar habe, der sie bei der Sache unterstütze? Sie mußte mit Nein antworten. Daraufhin erklärte man ihr, sie solle bitte gehen, da sie nur die Angestellten bei ihrer Arbeit störe. Wenn sie auf der Sache beharre, erklärte ihr der Direktor (als eine Bohnenstange mit einem pockennarbigen Gesicht beschrieb die Signorina Tecla Manzi den Mann, der sie an einen der zwei Verbrecher zu beiden Seiten unseres Herrn auf dem Passionsbild erinnert habe, das der Priester immer in der Karwoche zeigte), wenn sie weiter insistiere, sagte der Direktor, den man an den Schalter geholt hatte, dann würde er unverzüglich die Ordnungskräfte rufen.

Das war das Ende der Geschichte.

Von wegen!

»Schade«, rutschte es der Signorina Tecla Manzi heraus.

Der Brigadiere sah sie fragend an. »Was ist schade?« fragte er dann.

»Geld verschwindet doch nicht einfach so«, sagte die kleine Frau. »Und meine Idee war gar nicht so übel.«

## 87

»*Ich will für eine halbe Stunde* nicht gestört werden«, sagte der Brigadiere am Eingangstor zu Locatelli, der ihm gerade berichten wollte.

Der Junge aus Bergamo blieb mit offenem Mund stehen, wie gelähmt von der Heftigkeit des Vorgesetzten. In der Zeit, die er brauchte, um sich wieder zu fassen, war Mannu schon die Treppen nach oben gerannt und hatte sich in sein Büro zurückgezogen.

Er mußte eine Weile allein sein. Unbedingt. Er mit einem einzigen Gedanken: War es möglich, daß die Geschichte der Signorina Manzi nicht gänzlich ihrer Einbildung entsprang? Sollte etwas Wahres daran sein? Efisio Mannu übte Selbstkritik. Er hatte sie einfach reden lassen, da er davon überzeugt war, daß sie ihm lauter Dummheiten erzählte. Aber anstatt ihr wirklich zuzuhören, hatte er sie bloß angesehen und war eigenen Gedanken nachgegangen. Er hatte versucht, sie sich in fernen Tagen vorzustellen, als sie auf Befehl der Madonna mit bloßen Füßen zur Kirche von Lezzeno hinaufzulaufen pflegte. Die Manzi hingegen, die seine Zerstreutheit nicht bemerkte, plauderte alle Fakten aus, während sie sich weiter mit den Fischen abgab, sie viertelte, ausnahm, gründlich wusch und abtrocknete.

Wie sie die wohl zubereiten wird? dachte der Brigadiere. Das war ihre Sache. Er würde sie auf den Grill legen. Dabei war er sicher, daß die Manzi sie kochen und den Geschmack den Bedürfnissen ihres Magens opfern würde, der wahrscheinlich seit Jahren nichts Schmackhaftes mehr bekommen hatte.

Als sie mit den Fischen fertig war, schwieg die Manzi. Sorgfältig wusch sie sich die Hände und wandte sich dann dem Carabiniere zu. »Also bin ich auf die Bank gegangen«, sagte sie. Daraufhin hatte sie ihm genau von den Vorgängen berichtet, die für sie ein Abenteuer gewesen sein mußten, mit zahlreichen Beschreibungen und persönlichen Eindrücken.

Da lag der Hase im Pfeffer, dachte der Brigadiere. Denn ... »*Immui* – jetzt«, murmelte er. Jetzt! Jetzt mußte er nachdenken: Die Genauigkeit im letzten Teil des Berichts der Manzi war beunruhigend. So sehr, daß man sich tatsächlich fragen mußte, ob es überhaupt möglich war, daß sie alles nur erfunden hatte. Und wenn nun doch das Gegenteil der Fall war, nämlich, daß sie nichts erfunden hatte? Geld verschwindet nicht so mir nichts, dir nichts: Mannu hatte den Eindruck, als hörte er wieder den schroffen Ton der Signorina Tecla Manzi und – mit zwei Ausrufezeichen – ein doppeltes Nasenschnaufen. Was tun?

Zur Bank gehen! lautete die Antwort. Auch wenn er sich dabei lächerlich machte. Und wenn es nur war, um den Direktor zu sehen, den er nicht kannte, den aber die Signorina Tecla Manzi so genau beschrieben hatte. Ein Geschöpf ihrer Phantasie?

# 88

*Das Wort eines Carabiniere!* Genau eine halbe Stunde war vergangen, als der Brigadiere Mannu sich erhob, um sein Büro zu verlassen. Der Junge aus Bergamo, der unten in der Wachstube saß, platzte schier vor Ungeduld. Als er das Geräusch der sich öffnenden Tür hörte, stürzte er in Richtung Treppe, fest entschlossen, keine weitere kostbare Zeit zu verlieren. Mannu war gerade die halbe Treppe hinuntergestiegen, als sich die beiden begegneten.

»Locatelli.«

»Brigadiere.«

Sie redeten beide auf einmal.

Der Junge aus Bergamo verstummte. Der Vorgesetzte hatte das Recht, zuerst zu sprechen.

»Ich gehe für eine halbe Stunde weg«, sagte er.

Der Junge aus Bergamo wurde rot. Noch eine halbe Stunde! »Da war diese Sache aus Lecco …«, stotterte er.

Der Brigadiere war schon weitergegangen. »Ist schon gut«, antwortete er und beschleunigte seinen Schritt. »Das erzählst du mir nachher. Eine halbe Stunde früher oder später, was ändert das schon?«

Der Carabiniere Locatelli schluckte. Das änderte allerdings etwas, hätte er gern gesagt, denn wenn jetzt wieder das Telefon klingelte, mußte er den Anruf annehmen. Um was zu antworten? hätte er gern gefragt.

## 89

*Der Doktor hatte ihm soviel erzählt,* daß ihm der Schädel rauchte. Jetzt versuchte der Appuntato Misfatti, seine Gedanken zu ordnen. Zeit dazu hatte er. Für die Rückfahrt nach Bellano hatten sie ein Uhr verabredet, nach der Sprechstunde und den Hausbesuchen, und jetzt war es erst elf.

Nachdem der Arzt den Grund erfahren hatte, der den Appuntato nach Vendrogno trieb, erklärte er, es gehe ihn zwar nichts an, doch er müsse immerhin sagen, er sei froh darüber, daß sich die Behörden endlich, und dabei betonte er das »endlich«, um diesen skandalösen Menschen kümmerten, der einen ehrenwerten Berufstand in Mißkredit bringe. Wenn dieser Mann wenigstens über ein paar Kenntnisse verfügte, über irgendwelche Grundlagen wie ein abgebrochenes Studium, dann hätte man seine Ambitionen wenn schon nicht tolerieren, so doch wenigstens verstehen können, wenn sie auch inakzeptabel waren. Aber er war ja nicht mehr als ein Bauer!

Und außerdem: Wenn er sich darauf beschränkte, Würmer zu beseitigen, dann könnte man beide Augen zudrücken. Würmer, Gicht und Gürtelrose waren im Volksglauben geheimnisvolle Krankheiten, und deshalb mußte man ihnen auch mit magischen Ritualen entgegentreten. Aber dieser Mann, der sich selbst offenbar für allmächtig hielt, maßte sich an, Arthritis, Rheumatismus, Geschlechtskrankheiten, Beulenpest, Krupp, Unfruchtbarkeit, Fallsucht, Steinleiden, Kahlköpfigkeit und Leberbeschwerden zu kurieren.

Und womit?

Wer wisse das schon, hatte der Arzt gesagt. In den meisten Fällen mit irgendwelchen Mixturen. Heilmitteln, die er selbst herstellte, geheimnisvollem Gebräu, ungenießbar, vielleicht giftig, blähend oder stopfend, je nachdem, was für Schweinereien er hineinmischte. Und die Leute, unwissend wie sie waren, gaben sich damit zufrieden. Je scheußlicher, bitterer, übelriechender das Gebräu war, desto besser wirkte es nach dem Volksglauben. Aber das war noch nicht alles. Denn wenn seine sogenannte Medizin keine Wirkung zeigte oder ihre Heilkraft verstärkt werden sollte, griff der Wunderdoktor auf magische Kräfte zurück. Rituale, Zauberformeln, Handbewegungen, Kreuze auf dem Unterleib, den Handgelenken und Schläfen. Um diesen Mann habe sich die Aura eines heiligen Wunderheilers gelegt, der sich inzwischen alles erlaube, wobei der Doktor das Wort »alles« schreiend betonte.

Deshalb, hatte er daraufhin gesagt und seine Stimme um eine Oktave gesenkt, deshalb, auch wenn er es nicht genau wisse, könne er nicht ausschließen, ja, sei er vielmehr geneigt zu glauben, daß das, was der Appuntato Misfatti an der eigenen Person zu überprüfen vorhabe, der Wahrheit entspreche. Und er, so sagte der Doktor fast im Flüsterton, könne nicht umhin, mit ihm zu leiden, im Sinn der lateinischen *compassio*, wegen dem, was ihn erwarte, da er als Staatsdiener zu Opfern verpflichtet sei. Keiner wisse, was für Scheußlichkeiten er womöglich würde trinken und welchen Hexereien und lächerlichen Ritualen sich der arme Appuntato würde unterziehen müssen, um der ihm übertragenen Rolle gerecht zu werden. Er, der Arzt, hoffe, daß er nicht eines jener Gebräue würde trinken müssen, die einen eine Woche oder gar länger an die Schüssel fesselten.

Als sie schließlich auf dem Kirchplatz der kleinen Madonna von Vendrogno anhielten und der Doktor seine Predigt noch immer nicht beendet hatte, fragte sich der Appuntato Misfatti: Verflucht noch mal, warum ich?

Dann verabschiedete er sich von dem Arzt und überlegte, wie er am besten vorgehen sollte.

# 90

*In ihrem Weitblick* oder ihrer wahnhaften Hellsichtigkeit – was es war, mußte man noch herausfinden – hatte die Signorina Tecla Manzi nur die Banca del Mandamento von Bellano im Auge gehabt, so wie sie es auch Perego geraten hatte, und dabei die Banca del Piccolo Credito in Lecco verworfen. Ein logisches Vorgehen, auf der gleichen Linie wie das, was sie ihm erzählt hatte.

Der Brigadiere betrat die Bankfiliale von Bellano, in der vier oder fünf Leute warteten. Als sie sahen, daß der Brigadiere in ihre Richtung kam, bildeten sie ein Spalier und forderten ihn auf durchzugehen, denn sie hätten keinerlei Eile. Mannu schrieb diese Ehrerbietung seiner Uniform zu. Dabei hätte er gern ein paar Minuten gewartet, um die Überzeugung, die ihn hierhergeführt hatte, zu festigen und eine kleine Ansprache vorzubereiten.

Der Angestellte fragte ihn, womit er ihm behilflich sein könne.

»Ich möchte den Direktor sprechen«, sagte Mannu.

Kaum eine Minute verging, der Direktor erschien fast sofort, als hätte er auf ihn gewartet. Vor der Schwelle zu seinem Büro beugte er instinktiv den Kopf: Typisch für Leute von hoher Statur, die immer Angst haben, sich an den Türbalken zu stoßen, bemerkte Mannu. Denn groß war der Direktor wirklich. Vor allem seine Beine waren lang. Er war mager, hatte eine eingefallene Brust und hielt sich leicht gekrümmt. Wirklich eine Bohnenstange, da hatte sich die Manzi nicht geirrt. Also hatte sie zumindest das nicht erfunden.

Am Schalter drückte der Direktor sein Gesicht beinahe gegen die Scheibe. Er grüßte. Der Brigadiere grüßte zurück und nutzte die Gelegenheit, den anderen genau zu betrachten. Er erblickte, wovon er schon gehört hatte: zahllose Narben in einem Gesicht, in dem ein gewisses Leiden zu lesen war. Welcher von den gekreuzigten Verbrechern zu beiden Seiten unseres Herrn auf dem Hügel hatte mehr zu leiden gehabt?

»Folgen Sie mir«, sagte die Bohnenstange freundlich.

Der Brigadiere raffte sich auf und versuchte, die Signorina Tecla Manzi und ihre Beschreibung des Bankdirektors zu vergessen. Jetzt mußte er handeln. Doch wenn er ehrlich war, fühlte er sich nicht dafür gewappnet. Die Zuvorkommenheit und Freundlichkeit des Direktors lieferten ihm kaum die notwendige Energie. Sie verstärkten im Gegenteil seine Unsicherheit und Zweifel. Also gut, dachte er, während er der Bohnenstange folgte, er hatte herausgefunden, daß sich die Manzi wenigstens diesen Teil der Geschichte – also den Direktor – nicht ausgedacht hatte. Aber sie hätte ihn ja kennen, ihm schon irgendwo begegnet sein können … Als der Brigadiere das Büro des Direktors betrat, befürchtete er, er könnte sich gleich so dumm benehmen, daß er sich sofort dafür entschuldigen müsse.

»Was kann ich für Sie tun?« fragte der Direktor.

»Ich glaube nicht viel«, antwortete der Brigadiere untröstlich. »Und ich entschuldige mich im voraus für die Zeit, die Sie durch mich verlieren.«

## 91

*Es war vorauszusehen gewesen.* Der Brigadiere Efisio Mannu bereute zutiefst, diesen Schritt getan zu haben. Denn er hatte ihn der Ironie des Bohnenstangen-Direktors und dessen väterlicher Herablassung ausgeliefert. Doch man mußte der Reihe nach vorgehen, auch wenn man sich mit Arschlöchern beschäftigte. Von Anfang an.

Zögernd legte der Brigadiere dem Direktor die Gründe dar, die ihn zu ihm geführt hatten. Der Direktor lächelte. Er fragte daraufhin zurück, ob auch er, der Brigadiere, den Besuch einer bestimmten Person erhalten habe. »Nennen wir keinen Namen«, sagte er. Aber den Besuch einer Frau, die vertrocknet sei wie ein Stockfisch, und das ausgerechnet zu der Zeit, als der Maresciallo Maccadò in den Ferien war: eine gewisse Frau, überspannt und mit einer merkwürdigen Phantasie … »Nennen wir sie lebhaft«, hauchte der Direktor, der sprach und gestikulierte, als säße er an einer Kaffeetafel. Einer krankhaften Phantasie, die trotz ärztlicher Behandlung offenbar nicht einzudämmen war und dazu geführt hatte, daß die fragliche Dame vor einiger Zeit zur Bank gekommen war und nach fremden Geldanlagen gefragt hatte. »Die es gar nicht gibt.«

Efisio Mannu räumte die Möglichkeit ein.

»Ich bitte Sie, Brigadiere«, rief der Direktor aus, »Sie vergeuden Ihre Zeit, wenn Sie solchen Hirngespinsten nachlaufen!«

Der Brigadiere kenne sich doch aus, fuhr er fort. Das

gehöre zu seinem Beruf: Um eine bestimmte Art Informationen herauszugeben, brauche er als Direktor eine offizielle Erlaubnis und die gebe es erst dann, wenn ein entsprechender Antrag vorliege. »Vorausgesetzt, daß Ihnen mein Wort nicht genügt.« Und er lachte wieder.

Wenn jedoch der Bürgermeister …, wollte der Brigadiere gerade sagen. »Um Himmels willen!« sagte er statt dessen. »Ich bin eben nur gewissenhaft.«

»Sie sind noch jung«, sagte daraufhin die Bohnenstange und nickte wohlwollend. »So mancher Zweifel ist typisch für Ihr jugendliches Alter und gereicht Ihnen zur Ehre. Aber Sie vergeuden damit wirklich nur Ihre Zeit. Im Lauf der Jahre wird Ihnen klarwerden, daß solche Skrupel manchmal eher hinderlich dabei sind, die Wirklichkeit so zu sehen, wie sie ist. Sie versperren nur den Weg zur Wahrheit.«

Der Brigadiere hatte diese Standpauke über sich ergehen lassen müssen, eine Lektion fürs Leben.

Doch jetzt, nachdem er die Rolle des Unbedarften gespielt hatte und es gar nicht schlimmer kommen konnte, wollte Efisio Mannu den Carabiniere hervorkehren. Die Frage mußte gestellt werden: »Also war Ercole Perego nie Kunde von Ihnen?« hakte er nach, wobei er den dringenden Wunsch verspürte, möglichst bald zu gehen.

»Das können Sie selbst überprüfen«, antwortete der Direktor. »Natürlich nur, wenn Sie Zeit zu verschenken haben.«

Und damit konnte er sich guten Gewissens verabschieden.

## 92

*Erst gegen Mittag* gelang es dem Carabiniere Locatelli, sich von seinen Qualen zu befreien. Mit vor Anspannung rotem und verzerrtem Gesicht stürzte er auf den Befehl des Brigadiere, der ihn in sein Büro gerufen hatte, los und überbrachte diesem die Nachricht derart ungestüm, daß Mannu kaum etwas verstand.

»Beruhige dich«, forderte er ihn auf. »Noch einmal, und zwar in Ruhe.«

Der Junge aus Bergamo atmete tief durch und wischte sich die Schweißperlen von der Stirn. »Die aus Lecco haben gesagt, wir sollen die Sache mit den Würmern sein lassen.«

Der Brigadiere reagierte nicht.

Locatelli spürte, wie die ganze in den vergangenen Stunden angestaute Anspannung von ihm abfiel. Er brach in hysterisches Lachen aus.

»Was ist daran so komisch?« fragte Mannu.

Der Carabiniere entschuldigte sich, konnte aber nicht aufhören: Der Anfall war zu heftig. »Aber was haben denn die Carabinieri mit Würmern zu tun?« fragte er und schüttelte sich vor Lachen.

»Frag das den Appuntato, sobald er zurückkommt«, antwortete Mannu. »Laß es dir von ihm erklären.«

## 93

*Er hatte nicht den geringsten Hunger*, er würde nichts essen. Der Brigadiere richtete sich darauf ein, sich während der Mittagszeit mit dem Zettel zu beschäftigen, auf dem er die von der Signorina Tecla Manzi genannten Nummern notiert hatte. Dann, entschlossen, die ganze Sache zu vergessen, trat er an das Fenster, das auf den See hinausging, öffnete es und blieb eine ganze Weile reglos dort stehen: Er blickte nach draußen und ließ seinen Gedanken freien Lauf. Es war schon beinahe eins, als der Brigadiere sah, wie der Appuntato Misfatti auf der Piazza Boldoni aus dem Auto des Arztes stieg und auf die Wache zukam. Der Brigadiere hatte nicht so früh mit ihm gerechnet. Aber der Doktor hatte keine Hausbesuche zu erledigen gehabt und war deshalb schon um Punkt zwölf Uhr in Vendrogno abgefahren. Man sah dem Appuntato an, daß er eine Menge zu erzählen hatte. Er eilte mit schnellem Schritt, als habe er keine Zeit zu verlieren, und als er auf der Höhe des Piers angekommen war und seine Gesichtszüge erkennbar wurden, sah Mannu, daß er die Lippen bewegte und den Bericht vor sich hin brummelte, den er gleich bei ihm loswerden wollte.

Zu erzählen hatte der Appuntato Misfatti einiges, auch wenn er gar nicht zu dem Wunderdoktor gegangen war. Zu groß war seine Angst vor alldem gewesen, was ihn nach der Darstellung des Doktors dort hätte erwarten können. Was er während der Autofahrt gehört hatte, reichte aus, um die in Lecco zufriedenzustellen. Denn man hatte es in diesem Fall mit einer Art öffentlicher Gefahr zu tun, und bisher hatte niemand daran gedacht, darüber einmal Klartext zu reden. Ein Subjekt, das sich als Arzt ausgab, ohne Arzt zu sein, und als Apotheker, der Sirup, Heiltränke, Pulver und wer wußte schon, was sonst noch, alles selbst herstellte und somit eine Gefahr für die öffentliche Gesundheit war. Bisher hatte ihn wohl nur deshalb noch niemand angezeigt, weil der fragliche Wunderdoktor die Fähigkeit oder Macht hatte, den Willen der Leute, die sich an ihn wandten, in seine Gewalt zu bringen. Sicher waren das arme Menschen, schwache Geister, aber gerade deshalb mußten sie besser geschützt werden. Angesichts derart schwerwiegender Dinge, wie sie nun ans Tageslicht gekommen waren, war die Angelegenheit, derentwegen er nach Vendrogno gefahren war, zweitrangig, wenn auch ernst, ja, äußerst ernst, da es sich um Beleidigung des Staatsoberhauptes handelte … Nein, so korrigierte sich der Appuntato selbst, »zweitrangig« war nicht das richtige Wort, es vermittelte einen falschen Eindruck von Herablassung … Kurz, diese Angelegenheit konnte zurückgestellt werden, bis nicht das ganze Ausmaß der Missetaten, die der besagte Wunderdoktor begangen hatte, enthüllt war. Dabei wäre es kein Wunder, würde bestätigt, daß ein solches Subjekt auch respektlose Sätze über Seine Exzellenz Benito Mussolini von sich gab.

Vor der Eingangstür der Wache bemühte er sich, der Appuntato, mit dem unverletzten Arm seinen Anzug in Ordnung zu bringen. Er war bereit. Er klingelte. Er ging Locatellis Neugier aus dem Weg, der noch immer kicherte. Mit tief ernstem Gesicht wurde er beim Brigadiere vorstellig.

Der sah ihn an.

Misfatti wollte gerade den Mund öffnen.

»Übrigens«, sagte sein Vorgesetzter, »die aus Lecco haben uns mitgeteilt, wir sollen die Sache mit den Würmern fallenlassen. Angeblich war das alles nur ein Scherz.«

Der Appuntato machte eine verwirrte Geste. Der Wind, der um diese Zeit vom See her wehte, drang böenartig in das Amtszimmer, in dem die beiden Carabinieri einander ansahen, ohne ein Wort zu sprechen.

»Zu Befehl«, sagte Misfatti und bückte sich, um ein Blatt mit Zahlen aufzuheben, das der Wind vom Tisch des Brigadiere geweht hatte.

## 94

*Zwei enttäuschte Männer* standen einander gegenüber. Eine ganze Weile über sagten beide Carabinieri kein Wort. Der Appuntato dachte an den schönen Vortrag, den er sich zurechtgelegt hatte. Nutzlos. Und an das Versprechen gegenüber dem Doktor, sich persönlich um diesen heimtückischen Wunderheiler zu kümmern. »Ich bringe das in Ordnung, seien Sie unbesorgt«, hatte er gesagt. Und jetzt? Er mußte darüber nachdenken.

Der Brigadiere sagte sich, daß es wohl angebracht wäre, den Appuntato danach zu fragen, wie sein Vormittag verlaufen sei. Das war ein Frage der Höflichkeit. Aber im Grunde war es ihm vollkommen wurscht. Locatelli hatte recht. Was hatten die Carabinieri mit Würmern zu schaffen? Der Geruch nach Essen drang in sein Büro. Wirsing. Der Carabiniere Locatelli war gerade mit der Zubereitung einer *Cazzuola* beschäftigt, einem Eintopf, von dem es Wunderdinge zu berichten gab – nur seine Großmutter hatte ihn so zubreiten können – und mit dem er die Appetitlosigkeit des Brigadiere zu besiegen hoffte.

Misfatti, den der appetitliche Geruch in die Wirklichkeit zurückgeholt hatte, gab seine Zurückhaltung auf. Er hatte Hunger und konnte diesem Wirsingduft nicht widerstehen. Er wußte nicht, was er seinem Gegenüber sagen sollte, und äußerte dann das erste, was ihm in den Sinn kam: »Setzen Sie diese Zahlen nicht, Brigadiere!« Und er schwenkte den Zettel in der Luft.

Der Brigadiere runzelte die Stirn. »Was meinen Sie?« fragte er.

»Wenn Sie wollen, gebe ich Ihnen bessere Zahlen. Man muß auf die setzen, die schon sehr lange nicht mehr gezogen wurden.« Und während er weiter mit dem Blatt herumfuchtelte, fragte er: »Wo haben Sie die denn her?«

Der Brigadiere spürte einen Krampf im Magen. Er hatte geglaubt, die Signorina Tecla Manzi und ihre Geschichte endlich vergessen zu können, aber nein. »Glauben Sie, daß das Lottozahlen sind?« fragte er.

»Was denn sonst?« entgegnete Misfatti.

»Sie haben recht«, sagte Mannu. »Einen Vormittag lang habe ich mir eingebildet, sie könnten der Schlüssel zu dem Geheimnis der Signorina Tecla Manzi sein. Dabei sind es nur Lottozahlen.«

»Und außerdem taugen sie nichts«, sagte der Appuntato.

»Das glaube ich Ihnen sofort. Wenn man bedenkt, daß die Mutter der Signorina ein Leben lang darauf gesetzt und nie gewonnen hat.«

»Ach ja?«

Der Brigadiere machte es sich auf seinem Stuhl bequem und schnupperte. Ob Locatellis *Cazzuola* wirklich so gut war? fragte er sich. In dieser Woche hatte er nur gelegentlich einen Happen gegessen. Davon zu kosten würde ihm sicher nicht schaden. »Essen wir zusammen, Appuntato? Dann kann ich Ihnen erzählen, wie ich an diese Zahlen gekommen bin.«

Das Beste, das Misfatti um diese Zeit von seiner Frau

erwarten konnte, war eine Menge lästiger Fragen, mit denen sie herauszufinden beabsichtigte, wo er gewesen war, was er gemacht hatte, warum er so spät kam und so weiter.

»Gern«, antwortete er, und so gaben sie der *Cazzuola* die Ehre.

## 95

*Die Cazzuola war gut.* Dank Locatelli und seiner Großmutter. »Vielleicht ein bißchen schwer«, sagte der Brigadiere.

»Drei Teller …«, wagte der Junge aus Bergamo zu erwidern.

Tatsächlich, stellte Misfatti fest, war die Geschichte des Brigadiere so lang, so überraschend und interessant gewesen, daß auch er drei Teller gegessen hatte, ohne es zu bemerken. Jetzt allerdings spürte er sie. Er spürte ein Zwicken im Magen.

Na ja, meinte der Brigadiere, sie könnten sich doch eins erlauben.

»Was?« fragte der Appuntato.

»Ein Nickerchen«, erklärte der Brigadiere. Sie hatten ihre Arbeit erledigt. Die aus Lecco brauchten sie nicht mehr. Etwas anderes stand nicht an. Angenehme Mittagsruhe für alle, wünschte Mannu.

Und wenn jemand auf die Wache kam? fragte Locatelli.

Sie seien ja da, antwortete der Vorgesetzte. Schlimmstenfalls, wenn sie zu fest schliefen, brauchte dieser jemand ja nur zu läuten, einmal, drei- oder viermal. Wie die Nasenschnaufer der Signorina Tecla Manzi.

## 96

*Es wurde dunkel.* Der Carabiniere Locatelli schlief fest. Der Brigadiere Mannu döste. Der Appuntato Misfatti hingegen nicht. Nicht im geringsten. Dabei hatte er es, als er vom Tisch aufgestanden war, durchaus vorgehabt. Aber eine Idee, die ihm während des Essens gekommen war, als der Brigadiere seine Geschichte zum besten gegeben hatte, hatte sich, in der Ruhe, die sich schwer über die Wache herabgesenkt hatte, immer mehr Raum verschafft, war immer klarer und reizvoller hervorgetreten. Fast eine Herausforderung. Genau das sagte sich der Appuntate: eine Herausforderung. Für ihn, der sich einbildete, ein intelligenter und scharfsinniger Mann zu sein, ein geschickter Dame- und Schachspieler, ein unschlagbarer Rätselfreund. In den Zeitschriften, die seine Frau manchmal kaufte oder die ihm zufällig in die Finger kamen, gab es kein Bilderrätsel, keine Denksportaufgabe, kein Anagramm, das vor ihm sicher war. Und mit den Augen eines Rätselspezialisten hatte er, nachdem er dem Brigadiere zugehört hatte, begonnen sich die Zahlen genauer anzusehen, die nun vor ihm lagen, so als handelte es sich nicht um zufällig ausgewählte Ziffern, sondern um einen Schlüssel, eine Art Geheimkode. Oder vielmehr um den Schlüssel zum Schlüssel, den Weg zur Wahrheit. Was hatte der Bankdirektor noch gesagt? Daß es in seiner Filiale keine Zahlenkodes gebe? Sondern nur Namen von Kontoinhabern? hätte er gefragt, wenn er an der Stelle seines

Vorgesetzten gewesen wäre. Eine unendliche Zahl von Namen? Und wenn Perego vorgegangen wäre wie ein Rätselspezialist? Wenn er die Idee der Signorina Tecla Manzi aufgegriffen und diese Nummern in Buchstaben umgewandelt und damit den Eigentümer eines Sparbuchs benannt hätte … Wer würde darauf schon kommen. Wie viele würde er noch an der Nase herumführen? Bis jetzt, zählte der Appuntato nach, waren es schon drei: der Bürgermeister, die Manzi und sein Vorgesetzter.

Während die Kollegen schlummerten, beschäftigte sich Misfatti mit den Zahlen. Neben jede Zahl schrieb er den entsprechenden Buchstaben aus dem Alphabet: I D E S O M. Lange starrte er die Buchstaben an, ohne weiter nachzudenken. Als ob sie ihm einen Sinn, eine Spur verraten müßten. Dann begann er einen Buchstaben nach dem anderen umzustellen und leise das unsinnige Wort, das jeweils dabei herauskam, auszusprechen. Jedes dieser Worte schrieb er sorgfältig auf ein Blatt, um festzuhalten, wie viele Kombinationen er schon ausprobiert hatte. Nach dem ersten Buchstaben, dem I, ging er zum zweiten über, dann zum dritten, vierten und immer so weiter, versetzte so nacheinander alle Buchstaben und erhielt am Ende eine beachtliche Zahl von Wörtern ohne Sinn: MOSDEI, DOSMEI, ESOMID, SIEDOM, MESIDO, IMESDO und so weiter, und so fort. Eines davon konnte so gerade einen Sinn ergeben, aber …

## 97

*Der Appuntato Misfatti* war so mit seiner Rätselei beschäftigt, daß er weder bemerkte, wie es immer dunkler wurde und es längst Zeit war zu gehen, noch wie der Brigadiere Mannu auf leisen Sohlen hereingeschlichen kam, sich hinter ihn stellte und ihn beobachtete. »Was machen Sie da eigentlich?« fragte er plötzlich.

Der Appuntato sprang auf und raffte schnell die Blätter zusammen, die er mit den sinnlosen Wörtern beschmiert hatte. »Nichts …«, sagte er.

»Und das soll nichts sein?« fragte der Brigadiere. »Sie haben den halben Papiervorrat der Wache aufgebraucht!«

Misfatti grinste. Aus den Worten von Mannu klang diesmal kein Vorwurf.

»Ich bin neugierig«, beharrte der Brigadiere.

Ihm blieb keine Wahl, dachte der Appuntato. Und so erzählte er dem Brigadiere, warum er sich den ganzen Nachmittag über in dieses Spiel vertieft hatte. »Nichts zu machen«, sagte er schließlich grinsend. »Es kommt nichts Sinnvolles dabei heraus. Außer einem Wort vielleicht … das aber ziemlich häßlich ist … Ich kann mir nicht vorstellen, daß Perego …«

»Was für ein Wort«? fragte der Brigadiere.

»Es ist ein Mädchenname. Es gibt ihn wirklich, ich habe im Heiligenkalender nachgesehen. Aber er ist ungewöhnlich, nicht nur häßlich.« Der Appuntato mußte lachen.

»Was ist daran so komisch?« fragte Mannu, der sich gern von der Heiterkeit des Untergebenen anstecken lassen wollte.

»Er ist so häßlich, daß meiner Meinung nach nur eine Frau so heißen kann, die genauso häßlich ist«, erklärte Misfatti.

»*Eja*!« rief der Brigadiere. »Und wie lautet dieser so häßliche Name?«

»Fünfzehn, neunzehn, dreizehn, elf, neun, vier, fünf«, scherzte der Appuntato.

»Und das heißt?«

»Osmide.«

Mannu fuhr zusammen, als hätte ihn jemand in den Rücken gestochen. Er wurde blaß, aber im Dämmerlicht bemerkte der Appuntato es nicht und kicherte weiter.

»Guten Abend, Appuntato«, verabschiedete sich der Brigadiere plötzlich und ging. Er haßte diesen ekligen Sizilianer. Gerade, als er gedacht hatte, er könne sich von allen feindseligen Gedanken befreien, als er bereit war, gemeinsam mit ihm zu lachen, hatte ihn dieser Sohn einer Hündin mit seiner Äußerung, die er für eine witzige Bemerkung hielt, zwei lästige Probleme aufgehalst, nicht eines, sondern zwei. Das erste war Osmide, die seit ein paar Tagen in irgendeinem Winkel seines Gedächtnisses geschlummert hatte und jetzt übermächtig zurückgekehrt war. Das zweite war die Signorina Tecla Manzi. Der Brigadiere ging zurück in sein Büro. Er setzte sich an den Schreibtisch. Er machte kein Licht. Er starrte ins Dunkel. Eine Frage machte ihn fast wahnsinnig: Konnte der Appuntato Misfatti recht haben?

# Epilog

## I

Der Brigadiere Mannu wußte es genau: Es gab Dinge, die mußte man sofort tun und sobald sie einem in den Sinn kamen, in die Tat umsetzen. Sie aufzuschieben bedeutete sie abzuwerten, und dann liefen sie ins Leere. Er hatte die Hand schon am Telefonhörer, zögerte jedoch. Zweifellos war es riskant. Als legte man sich mit den eigenen Händen eine Schlinge um den Hals. Falls er die Geduld des Bohnenstangen-Direktors überstrapaziert hatte, war es gut möglich, daß er sich an höherer Stelle über ihn beschwerte. Gründe dafür gab es: Immerhin war der Brigadiere von der üblichen Vorgehensweise abgewichen. Er setzte die Uniform aufs Spiel, wenn die Dinge in die falsche Richtung liefen. Er nahm den Hörer ab. Vielleicht war das, was er jetzt tat, ja völlig verrückt. Andererseits waren ihm in dieser Geschichte schon so viele Verrückte und Verrücktheiten begegnet, daß es auf eine mehr oder weniger nun auch nicht mehr ankam. Und wenn die Sache am Ende wirklich schiefging, wenn er seinen Posten verlor ... Na gut, dachte er, dann hieß das, daß er wieder nach Hause, nach Sardinien, gehen, Osmide Bachis in aller Freiheit den Hof machen und sie heiraten konnte, ohne durch einen Berichte verfassenden Appuntato Misfatti gestört zu werden. Er wählte die Nummer der Filiale der Banca del Mandamento. Immerzu Zahlen. Vielleicht taugten diese ja zum Lottospielen. Er würde den Appuntato danach fragen.

»Ja, bitte.« Die Stimme des Direktors verscheuchte jeden anderen Gedanken.

Der Brigadiere war fast erstaunt. Insgeheim hatte er gehofft, daß niemand ans Telefon gehen würde, schließlich war die Bank schon längst geschlossen. Es war bereits recht spät. So wäre der Zweifel bestehen geblieben, und er hätte die ganze Angelegenheit so zu den Akten gelegt. Aber nein. Jetzt stand alles auf dem Spiel. Er konnte nicht mehr zurück. Er war wieder ganz Carabiniere. Sofort stellte er sich die Frage: Was machte der Direktor um diese Zeit noch im Büro?

»Hier ist der Brigadiere«, meldete er sich.

»Brigadiere ...«, antwortete der Direktor und stockte. »Was gibt's?« fragte er dann.

Dieser Ton. Mannu bemerkte überrascht den Unterschied. Am Morgen hatte seine Stimme mondän, wenn nicht gar humorvoll geklungen. Nun wirkte sie ruhig, jedoch trocken und unpersönlich. Ahnte der Direktor den Grund des Anrufs und hatte beschlossen, ihm eine weitere Lektion zu erteilen?

»Ich weiß, es ist schon spät«, begann der Brigadiere.

»Das ist mir bewußt«, war die eisige Antwort des Direktors.

Der Brigadiere Efisio Mannu fürchtete, daß seine Chancen eher schlecht standen. Er machte sich Mut, indem er an den Duft von Zia Ninnas Limonen dachte. Was hatte er schon zu verlieren?

»Es geht noch immer um diesen Perego, über den ich

bereits heute morgen mit Ihnen gesprochen habe«, sagte er.

Er hörte, wie der Mann am anderen Ende der Leitung Luft ausstieß, und vermutete, daß er rauchte.

»Ich kann Ihnen nichts zu diesem Mann erzählen«, antwortete der Direktor. »Ich sagte es Ihnen ja bereits, der Name Perego kommt in unserer Kundenkartei nicht vor.«

»Genau, und deshalb …«

»Brigadiere«, unterbrach ihn der Direktor, »ich war Ihnen gegenüber freundlich und hilfsbereit. Aber wenn Sie meinem Wort nicht trauen, dann sehe ich mich gezwungen …«

Er durfte ihn nicht weiterreden lassen. Er durfte nicht zulassen, daß die hinter den Ratschlägen verborgenen Drohungen des Direktors ihn vom Ziel seines Anrufs abbrachten.

»Ich zweifle nicht an Ihrem Wort«, sagte er mit fester Stimme, was den Direktor offenbar verwirrte. »Ich bin davon überzeugt, daß Ihre Aussage der Wahrheit entspricht. Ich möchte Ihnen nur eine Frage stellen: Könnte Perego sich nicht hinter einem anderen Namen verstreckt haben, hinter einem erdachten Namen, der im Grunde nichts anderes als ein Kode ist? Zum Beispiel hinter einem Mädchennamen?«

Der Brigadiere hörte, wie der Direktor einen weiteren, sehr tiefen Zug von seiner Zigarette nahm. »Und welcher Name sollte das sein?« fragte die Bohnenstange dann. »Brigadiere, Sie müssen entschuldigen, aber ich fürchte, daß die Phantasie mit Ihnen durchgeht. Zum letzten Mal, ich …«

Der Brigadiere hörte nicht mehr hin. Ihm kam in den Sinn, was Misfatti gesagt hatte, daß nur eine häßliche Frau einen so häßlichen Namen haben konnte. Dummkopf, dachte er.

»Osmide«, sagte er dann und wartete darauf, daß der Direktor in Lachen ausbrach.

Statt dessen nur Schweigen. Ein Schweigen, daß ihm so lang vorkam wie die Fahrt von Genua nach Porto Torres. Oder so lange wie die Reise im Autobus von Porto Torres nach Siliqua. Oder so lange, wie er warten mußte, bis er Osmide Bachis wiedersah.

»Herr Direktor?« fragte er.

Der Brigadiere hörte ein Geräusch: eine Schublade, die geöffnet oder geschlossen wurde.

## II

Er selbst hatte Ercole Perego dieses System vorgeschlagen. Ein solcher Kunde hätte bei jedem Bankdirektor die Gier geweckt. *Pecunia non olet*. Es war nicht seine Aufgabe, nachzufragen oder dem Kunden einen Vortrag über Moral zu halten. Er hatte ihm geraten, sich nur nichts entgehenzulassen.

»Aber keine Geldeinlage auf meinen Namen«, hatte Perego gesagt.

Und er: »Ein schönes Sparbuch, schlage ich vor.«

Perego lachte: »Anonym vielleicht?«

»Nein«, hatte er ernst geantwortet. »Aber niemand zwingt Sie, Ihren Namen zu verwenden.«

Da hatte Perego nicht mehr gelacht.

»Und wenn Sie wollen«, hatte er schnell hinzugefügt, »kann ich es zu Ihrer größten Sicherheit in meiner persönlichen Schreibtischschublade aufbewahren.«

Da fragte ihn Perego, ob auch eine Zahlenkombination in Frage komme.

»Zahlen?« fragte der Direktor. Nein, keine Zahlen. Irgendwo waren Grenzen.

Da bat ihn Perego um Papier und Stift und schrieb ein paar Zahlen auf. Daraus setzte er einen Namen zusammen, indem er jeder Zahl einen Buchstaben des Alphabets zuwies. Schließlich reichte er ihm den Zettel.

Der Direktor las. »Was ist das?« fragte er.

»Der Inhaber meines Sparbuchs«, antwortete Perego.

»Osmide?« fragte der Direktor. »Wer soll das sein?«

»Was weiß ich?« erwiderte Perego. »Irgendein Name.«

## III

»Herr Direktor?« wiederholte der Brigadiere.

»Ich bin hier«, antwortete die Bohnenstange.

Wieder hörte Mannu das Geräusch der Schublade. Jetzt wurde sie wohl geschlossen. Der Direktor ließ Peregos Sparbuch auf die Schreibtischplatte fallen.

»Kann ich kommen?« fragte der Brigadiere Mannu.

»Ich erwarte Sie.«

Efisio legte auf und blickte ins Halbdunkel seines Büros. Er überlegte, wie seltsam das Gesetz doch war. Der Staat verbot ihm als Carabiniere, eine Frau zu heiraten, deren Vater bei den Wahlen von 1929 mit Nein gestimmt hatte. Daran, was ein Wucherer wie Perego trieb, hatte derselbe Staat kein Interesse, allerdings sehr wohl daran, dessen Geld zu kassiern. Und das tat er in jedem Fall. Es waren Reformen nötig. Gerechtigkeit. Und was konnte er dazu beitragen? Wenig. Aber er wollte es wenigstens versuchen. Er würde sich dafür einsetzen, daß die Signorina Tecla Manzi einen Teil von Peregos Geld bekam. Im Grunde hatte sie es verdient. Es würde ihr einen sorgenfreien Lebensabend sichern. Und dem Staat würde es nicht weh tun.

## Sprechstunde auf der Piazza

Der malerische Ort Bellano liegt am Ostufer des Comer Sees. Es ist ein typischer Ort für die Gegend, mit einem engen Ortskern, pittoresken Gäßchen und einem Orrido, einer Art Klamm, in der Gebirgwasser nach unten stürzt. Bellano hat etwa 3300 Einwohner, darunter einen Pfarrer, einen Apotheker und einen Arzt: Dottore Andrea Vitali.

Andrea Vitali wurde in Bellano geboren, wuchs dort auf und kehrte nach dem Studium gern zurück. Er liebt das Dorf, in dem jeder jeden kennt und fast jeder sein Patient ist. In der Häufigkeit, wie die Krankheiten grassieren, empfängt er seine Nachbarn in der Praxis. Doch nutzt der ein oder andere auch den samstäglichen Spaziergang auf der Piazza, um sein Leid zu klagen und sich ärztlichen Rat zu holen – schließlich ist man ja befreundet. Wie jeder Hausarzt ist Andrea Vitali Mediziner, Psychiater, Beichtvater und Briefkastentante in einer Person, nur ist in diesem Fall der Doktor auch noch Schriftsteller.

Er schreibt die Geschichten, die vor seiner Haustür passieren – oder irgendwann mal passiert sind –, das, was man sich in den Osterien erzählt und was er in Archiven und Chroniken aufspürt. Von den italienischen Rezensenten wird er als »narratore dell'italianità« bezeichnet, als Erzähler dessen, was Italien ausmacht. Hatte der deutsche Leser doch schon ausgiebig Gelegenheit, den Charme Siziliens oder anderer süditalienischer Regionen auf literarischem Wege zu testen, bietet ihm Andrea Vitali nun mit sehr viel Sinn für Humor die Möglichkeit, den italienischen Norden kennenzulernen. Die Italiener jedenfalls lieben seine Geschichten, weswegen seine Bücher regelmäßig auf den vorderen Plätzen der Bestsellerliste zu finden sind. Und sollte die Lektüre zu einer Reise an den Comer See inspirieren, gibt es dort einen guten Arzt, an den man sich im nicht zu wünschenden Krankheitsfall gern wenden kann.